長日將落的綺霞

蔡邕辭賦研究

劉楚荊 著

獻辭

謹以此書，獻給我敬愛的
父親劉述明先生
母親劉林美妹女士
以及我親愛的手足：
楚栗、楚琳、楚瓊、楚靚及志豪

感謝　主耶穌，賜給我這榮美的家

序

　　第一次點到「楚荊」這個名字，我就對楚荊說，妳應該研究楚辭。楚荊雖沒有研究楚辭，但她畢竟選了與楚辭關係密切的「蔡邕辭賦」作為碩士論文的研究對象。但是蔡邕辭賦今可見者只有 19篇，而且完篇僅有〈述行賦〉、〈漢津賦〉、〈青衣賦〉、〈短人賦〉及〈釋誨〉五篇，其餘 14 篇都是殘篇，甚至如〈玄表賦〉僅存一句。文本本身的限制，能否完成一篇碩士論文，我是有點擔心的。還好楚荊很會挖掘材料，而且分析文本的能力也不錯。她對每一題材的賦作都能從詩、文、賦等不同文類的作品中去探討起源。她能掌握每篇作品的特性去分析賦作的內容及藝術技巧。她更能運用相關歷史文獻及蔡邕其他作品，歸納蔡邕之辭賦，並指出蔡邕辭賦對建安辭賦之影響。

　　誠如楚荊所說：「蔡邕是漢末賦壇上的巨擘，他的辭賦聯繫著漢末與建安兩個文學時代，並且開啟了建安一代的辭賦風尚，是聯繫漢末與建安兩個文學時代的樞紐、關鍵人物。」對這麼重要的賦家作品，透過楚荊的詳細分析，深入闡釋，可以讓讀者更了解其人其賦。這對蔡邕研究及辭賦研究是很有意義的。

高秋鳳於 99 年 04 月

目　次

第一章　緒論

第一節　研究動機與目的

　　在大漢帝國長日將落的文學輝光中，一代文學大家蔡邕的辭賦，無疑是那一抹最絢爛多姿的綺霞。蔡邕是漢末賦壇上的巨擘，他的辭賦聯繫著漢末與建安兩個文學時代，並且開啟了建安一代的辭賦風尚，是聯繫漢末與建安這兩個文學時代的樞紐、關鍵人物。

　　劉大杰《中國文學發展史》云：「蔡邕是漢代辭賦的殿軍」；[1]陶秋英在《漢賦之史的研究》中指出：「蔡邕為結束兩漢賦家的一個人……大開魏晉以後駢賦之路。」[2]龔克昌〈蔡邕評傳〉：「蔡邕不僅是轉變漢賦思想內容的第一人，他同時也是轉變漢賦藝術形式的第一人。」[3]從以上引述可知，蔡邕的辭賦，不論是在漢末文學風氣轉變的賦壇上，或者是在辭賦的發展史上，皆有著相當重要的意義與價值，是不該被輕忽才對。但蔡邕辭賦長久以來未受人重視，推究其因，一者乃因蔡邕博學多才，集經學家、史學家、書法家、音樂家、文學家於一身，且其文學作品中的碑傳寫作成就為史上高峰，後人無超出其右者，一人而能精通各學術及才藝，其辭賦作品僅是其眾多著作與創作之一小部分；再者因漢大賦之光芒畢竟過於

1　見劉大杰《中國文學發展史》，（台北：華正書局‧1991‧07），頁 154。
2　見陶秋英《漢賦之史的研究》，（台北：新文豐出版公司‧1980‧02），頁 167。
3　見龔克昌〈蔡邕評傳〉，收入《中國辭賦研究》，（濟南：山東大學出版社‧2003‧11），頁 591。

耀眼，於是多書寫小賦的蔡邕，其辭賦成就遂一直受人忽視。緣此之故，引起筆者研究蔡邕辭賦的興趣。

至筆者截稿為止，研究蔡邕辭賦的學位論文有二，皆在大陸地區，一是傅建忠《蔡邕辭賦研究》，[4]二是佘紅雲《蔡邕思想及其辭賦碑銘研究》，[5]以上兩本論文，皆以宏觀、綜論的方式，陳述對蔡邕辭賦的研究結果，但並未逐篇針對蔡邕辭賦文本直接分析，對於蔡邕辭賦的文本討論顯得粗疏，而關於外緣的研究，也僅止於蔡邕生平的探討，其他如蔡邕辭賦的體式、類別、主題的外緣問題，則未置一辭，如此，讀者即便讀完這兩本論文，對蔡邕辭賦仍只能有綱要、概括性的了解，並無法深入了解蔡邕辭賦在題材、形式、內容及思想上承繼與創新的詳細情形。而關於蔡邕其人以及其文學活動之研究有二，一是侯深《蔡邕研究》，[6]二是高長山《蔡邕文學活動綜論》。[7]國內關於蔡邕及其作品研究，只有劉香蘭《蔡邕及其碑傳文研究》，[8]李佳穎《身體知覺與書法美學──從蔡邕的《筆論》開展身體知覺現象的研究》[9]。期刊論文方面，大陸地區近二十年來，隨著辭賦研究風氣的興盛，對蔡邕其人及其辭賦相關研究的論文也漸趨繁榮，因篇數繁多，此處則不贅述，詳情可參考本論文「參考文獻」部分。反觀國內研究蔡邕及其作品之期刊論文，則相形寡少，以近二十年而言，只有五篇文章，[10]且仍舊集中在蔡邕生平及

4　傅建忠《蔡邕辭賦研究》，(福建師範大學碩士論文，2003)。
5　佘紅雲《蔡邕思想與辭賦碑銘研究》，(湖南師範大學碩士論文，2005)。
6　侯深《蔡邕研究》，(華中師範大學碩士論文，2001)。
7　高長山《蔡邕文學活動綜論》，(東北師範大學博士論文，2003)。
8　劉香蘭《蔡邕及其碑傳文研究》，(政治大學中文研究所碩士論文，1990)。
9　李佳穎《身體知覺與書法美學──開展文體知覺現象的研究》，(南華大學環境與藝術研究所碩士論文，2006)。
10　此五篇為：楊長興〈蔡邕故里考〉，《中原文獻》，(2007‧10)；李齊芳〈真假蔡邕之辨〉，《歷史月刊》，(2001‧08)；呂佛庭〈蔡邕與漢熹平石經〉，《中原文獻》，(1991‧10)；沈謙〈蔡邕《郭有道碑》評析〉，《明道文藝》，

蔡邕與熹平石經、蔡邕碑傳文等問題探討。國內學者至今尚無針對蔡邕辭賦作專題、單篇或者綜論式的討論。基於上述「國內研究蔡邕辭賦闕如」的情況，筆者乃有研究蔡邕辭賦的動機，亦想藉由本論文以檢視、印證劉大杰、陶秋英與龔克昌等人對蔡邕辭賦的評價。再者，本論文試圖對蔡邕辭賦外緣及文本作深入的探討，以補國內尚無蔡邕辭賦研究的遺缺，此乃本論文撰寫之目的。

第二節　研究範圍與方法

　　蔡邕辭賦今可見者有十九篇，計為：〈述行賦〉、〈漢津賦〉、〈協和婚賦〉[11]、〈青衣賦〉、〈靜情賦〉[12]、〈釋誨〉、〈九惟文〉、〈弔屈原文〉、〈玄表賦〉[13]、〈瞽師賦〉、〈彈琴賦〉、〈筆賦〉、〈篆勢〉、〈彈棊賦〉[14]、〈蟬賦〉、〈團扇賦〉、〈霖雨賦〉[15]、〈傷故栗賦〉[16]、〈短人賦〉。其中之完篇為〈述行賦〉、〈漢津賦〉、〈青衣賦〉、〈釋誨〉、〈短人賦〉，其餘為殘篇或殘句，〈玄表賦〉今只存一句。。至於蔡邕辭賦於各總集、類書的輯錄情況，可見以下之表列。

（1988・11）；高安澤〈東漢陳留蔡邕的事略〉，《中原文獻》，（1988・01）。
[11]　《蔡中郎集》作〈協和婚賦〉與〈協初賦〉二篇。
[12]　《蔡中郎集》作〈檢逸賦〉。
[13]　《蔡中郎集》未收此篇。
[14]　《蔡中郎集》作〈彈碁賦〉。
[15]　《蔡中郎集》未收此篇。
[16]　《蔡中郎集》作〈胡栗賦〉。

蔡邕辭賦總目表

篇數	篇名	出處				備註
		蔡中郎集	全後漢文	藝文類聚	全漢賦	
1	述行賦	卷十	卷六十九	卷二十七		
2	短人賦	卷十	卷六十九	未收此篇		
3	篆勢	卷十	卷八十	卷七十四	未收	
4	釋誨	卷十	卷七十三	卷八		
5	弔屈原文	外集・卷一	卷七十九	卷四十	未收	
6	九惟文	外集・卷一	卷六十九	卷三十五	未收	
7	漢津賦	外集・卷三	卷六十九	卷八		
8	協和婚賦	外集・卷三	卷六十九	卷十四		
9	檢逸賦	外集・卷三	卷六十九	卷十八		嚴可均於〈檢逸賦〉題下云：「此舊題作〈靜情賦〉。
	協初賦	外集・卷三	無此篇名	卷十八		《全後漢文》將〈協和昏賦〉與〈協初賦〉合為一篇
10	青衣賦	外集・卷三	卷六十九	卷三十五		
11	瞽師賦	外集・卷三	卷六十九	無此篇		
12	筆賦	外集・卷三	卷六十九	卷五十八		
	琴賦	外集・卷三	卷六十九	卷四十四		《蔡中郎集》所收〈琴賦〉乃傅毅所作。
13	彈琴賦	外集・卷三	無此篇名	無此篇名		
14	彈棋賦	外集・卷三	卷六十九	卷七十四		
15	團扇賦	外集・卷三	卷六十九	未收此篇		
16	胡栗賦	外集・卷三	卷六十九	卷八十七		《藝文類聚》、《太平

篇數	篇名	出處				備註
		蔡中郎集	全後漢文	藝文類聚	全漢賦	
						御覽》題為〈傷故栗賦〉,《全後漢文》題〈傷胡栗賦〉
17	蟬賦	外集·卷三	卷六十九	卷九十七		
19	霖雨賦	未收	卷六十九	卷二		
19	玄表賦	未收	卷六十九	未收		殘句。《文選》謝朓〈拜中軍記室辭隨王牋〉李善注

說明:

1. 此表之篇名用字,以《蔡中郎集》用字為主,與正文所述之十九篇篇名有所出入,詳情可對照表列與附註。

2. 蔡中郎集收〈隸勢〉一篇,經學者考證應為晉·衛恒著,故未列此篇。

3. 〈檢逸賦〉與〈靜情賦〉實指同一篇,今從舊題〈靜情賦〉。

4. 《蔡中郎集》所收之〈琴賦〉(歷松岑而將降),為傅毅之作,並非蔡邕作品。蔡邕所作乃〈彈琴賦〉一篇。

5. 《全漢賦》未收者為〈九惟文〉、〈弔屈原文〉、〈篆勢〉三篇。

本論文以《四部集要》中之《蔡中郎集》(含《蔡中郎外集》)為研究底本,此版本為海源閣刊本,即聊城楊氏仿宋刻本,[17]聊城楊氏刻本為《蔡中郎集》最佳的版本。此外,再參酌嚴可均輯《全

---

[17] 海源閣本《蔡中郎集》,(台北:新興書局,1959·12)。

後漢文》[18]。至於今人近期對漢賦輯錄研究的總集,則主要參考三部著作,一是費振剛、胡雙寶、宗明華輯校《全漢賦》,[19]二是費振剛、仇仲謙、劉南平校注的《全漢賦校注》,[20]三是龔克昌等評注的《全漢賦評注》。[21]費輯《全漢賦》是最早的輯錄兩漢辭賦的一本總集,而以《全漢賦》為基礎加以校刊及注解的《全漢賦校注》,其注解則未盡精詳,不如龔本《全漢賦評注》深入精要。本論文在作文本討論時,大致參考費注及龔注,二者有不同注解時,依筆者對文意之理解而作選擇,若二書之注解皆不能詳其意,則筆者依據典籍及自身對文意之理解而加以解釋。

孟子謂讀其書須知其人。知人論世,乃研究中國文學之傳統,對作者生平的研究,亦是文學要素(宇宙、作家、作品、讀者)研究的一環,本論文主要採文獻分析、傳記書寫法,從《後漢書》、《三國志》、《晉書》等史書記載與蔡邕相關之史料加以擇取、分析,陳述其家世、鄉里、師承、交遊、出仕經歷、學術及文學成就,最後作一結論。蔡邕之十九篇辭賦為本論文主要的研究對象,本論文以賦文的文本內容研究為主,運用文獻分析法、歷史研究法、比較歸納法等研究方法,先將蔡邕辭賦依題材、主題分為「史地」、「情志」、「藝術」、「詠物」書寫,然後逐篇研究其文本內容,對賦文作詮釋、說解,有時則運用「讀者反應理論」說解賦文,再者分析其藝術技巧,以及討論該題材、類型之辭賦的源起,交代此題材、類型之辭賦的繼作(集中在建安時期)為何,以明蔡邕辭賦的承啟、特色、成就。最後一章,〈蔡邕辭賦觀〉的研究方法,乃採「基源問題研

---

[18] 嚴可均《全後漢文》,(台北:宏業書局,1975‧08)。

[19] 費振剛《全漢賦》,(北京:北京大學出版社,1997‧03)。

[20] 費振剛《全漢賦校注》,(廣州:廣東教育出版社,2005‧09)。

[21] 龔克昌《全漢賦評注》,(石家莊:花山文藝出版社,2003‧12)。此書不收建安時期之辭賦。

究法」,[22]從問題發生的根源處剖析,蔡邕〈上封事陳政要七事〉所言:「夫書畫辭賦,才之小者,匡國理政,未有其能」的背景、動機及用意,以糾正以往謂「蔡邕辭辭觀為否定辭賦價值」之論。

第三節　研究預期與限制

　　本論文期望透過逐篇仔細的分析,使人對蔡邕辭賦外緣及文本能有深入的認識及理解,而重新審視:在漢末這一文學自覺與個人自覺的蒙發時期,蔡邕辭賦如何扮演這轉移辭賦形式風格的角色,如何開啟建安辭賦之風格。同時亦期待能透過本論文,使學者對蔡邕辭賦之成就有一清楚的確認及定位。

　　蔡邕辭賦雖然題材多元,流傳至今,卻只有五篇完篇,其餘十四篇乃屬殘篇、殘句,甚至〈玄表賦〉只存一句,研究對象的殘佚不完整,使筆者僅能就今流傳的蔡邕辭賦加以研究,此是本研究的先天限制。因為研究文本多所殘佚,而本論文又採逐篇探究分析的方法研究,自知難免予人以「小題大作」之印象,而筆者限於才學,所見所言難免管窺蠡測,此篇論文若達不到研究預期,應是筆者努力不夠。關於蔡邕的辭賦研究,國內尚無人投入,故筆者撰寫

---

[22] 勞思光於《新編中國哲學史》中所提出的哲學史的研究方法。「所謂『基源問題研究法』,是以邏輯意義的理論還原為始點,而以史學考證工作為助力,以統攝個別哲學活動於一定設準之下為歸宿。」勞氏云:「我們著手整理哲學理論的時候,我們首先有一個基本了解,就是一切個人或學派的思想理論,根本上必是對某一問題的答覆或解答。我們如果找到了這個問題,我們即可掌握這一部分理論的總脈絡。」(台北:三民書局,1990・01),頁15。本論文借用勞氏所創之「基源問題研究法」以對蔡邕辭賦言論作一溯源的探討。

論文時所參考之期刊論文，只有大陸期刊可供參考，大陸研究論文的觀點及用語與國內不同，在參考時，筆者也盡量在融會理解之後，用屬於國內的學術語言及思想陳述，成績如何，有待先進師長指教。此篇論文從計畫撰寫至執筆經歷三年，其間大陸學者對蔡邕及其學術、文學研究的論文不斷有新作，而國內仍一片沈寂，筆者期待本論文之寫成，能引起國內對研究蔡邕辭賦或其作品的興趣，這也是筆者最質樸且衷心的期待。

第二章　蔡邕生平

第一節　鄉里與家世

蔡邕，字伯喈，陳留圉人，生於東漢順帝陽嘉二年（A.D. 133），卒於獻帝初平三年（A.D. 192），享年六十歲。

一、鄉里

關於蔡邕鄉里，《後漢書》本傳記載：「蔡邕字伯喈，陳留圉人。」「陳留」是郡，據《漢書・地理志》言，陳留在武帝元狩年間設置，屬兗州。《後漢書・郡國志》言：

> 陳留郡武帝置。雒陽東五百三十里。十七城，戶十七萬七千五百二十九，口八十六萬九千四百三十三。陳留有鳴雁亭。浚義本大梁。尉氏、雍丘本杞國⋯⋯圉故屬淮陽。有高陽亭。[1]

唐章懷太子李賢注：「圉，縣，故城在今汴州陳留縣東南」。可知唐時的圉縣是在汴州陳留縣東南，但問題是，在今日已無「圉縣」之縣治，那麼，「圉」地究竟相當於現今何處呢？當代學者，在提到

---

[1] 《新校後漢書注》，（台北：世界書局，1972・09），頁 3447。

蔡邕鄉里時，大都認為：「圉」，即今河南杞縣。[2]但亦有不少人指出蔡邕之故里，應是今之尉氏縣。[3]中國人重視里籍、郡望，後人在修地方志時，無不希望偉人、名人等「人傑」都能列入其同鄉鄉賢，多多益善，以證地靈人傑之不誣，所以會有諸多地方「爭奪」同一名人鄉里之情況，探討「圉」地究竟在今何處並非無關宏旨。

「陳留」郡，在東漢可說人才輩出，根據《後漢書・儒林傳》載，有劉昆（陳留東昏）、陳弇（陳留）、楊倫（陳留東昏）、樓望（陳留雍丘）等，同書之〈文苑傳〉中，則有邊韶、邊讓（陳留浚儀）、張升（陳留尉氏）。由以上所列，可知陳留學風及文風之盛。從以上敘述也可看出，如果蔡邕鄉里「圉」縣，果真是今尉氏縣，尉氏在後漢時即設縣治，〈文苑傳〉中的張升即是陳留尉氏人，《後漢書》為何不言張升為「圉」縣人？說「蔡邕為今尉氏縣人」，仍有諸多疑義，存此一說僅供參考。「蔡邕為今杞縣人」之說，仍是今之共識。

相對於清流時俊輩出的汝南、潁川二郡相互競爭下所展現之激切風氣，陳留則表現出獨特而不與世同的隱逸風氣；著有《孟子章句》的趙岐，曾在行經陳留時，見遍地種植藍草，「慨其遺本念末」，遂作〈藍賦〉。[4]陳留居民不植黍稷等農作物，卻遍植供作染料之藍草，從民生需求的角度觀之，理應黍稷先於藍草，但陳留居民則否，此則充分彰顯出該地文化獨立性及其審美趣味。[5]

2　見劉大杰《中國文學發展史》、曹道衡《漢魏六朝辭賦》、龔克昌《中國辭賦研究》等，另陳祚龍〈關於後漢蔡邕生平的一些小問題〉，(《文藝復興月刊》，第 40 期，1973・04) 及劉香蘭《蔡邕及其碑傳文研究》，(政治大學中文研究所 1990 年碩士論文) 有蔡邕鄉里之較詳細的考證。

3　見史福慶、張萬里〈蔡邕故里新考〉，(《河南大學學報（社會科學版）》，第 34 卷第 1 期，1994・01)。

4　趙岐〈藍賦・序〉：「余就醫偃師，道經陳留，此境人皆以種藍染紺為業，藍田彌望，黍稷不植，慨其遺本念末，遂作賦。」

5　參見日・岡村繁著，王琳、牛明月譯〈從蔡邕看東漢末期的文學趨勢〉，《陽

二、家世

陳留蔡氏在東漢屬豪族,《後漢書‧黨錮‧夏馥傳》:云「夏馥字子治,陳留圉人也……同縣高氏、蔡氏、並皆富殖,郡人畏而事之。」在陳留郡,高、蔡氏是人所敬畏的富豪大家。蔡邕本傳,對於其先祖僅言及六世祖蔡勳:

> 六世祖勳,好黃老,平帝時為郿令。王莽初,授以厭戎連率。勳對印綬仰天歎曰:「吾策名漢室,死歸其正。昔曾子不受季孫之賜,況可事二姓哉?」遂攜家屬,逃入深山,與鮑宣、卓茂等同不仕新室。父棱,亦有清白行,曰貞定公。[6]

雖然蔡勳「好黃老」,但在王莽篡位時,蔡勳不願接受印綬守厭戎郡,攜家人逃隱於山中,此行跡充份表現儒家不事二姓的忠節。其父棱,行止清白,諡號貞定。蔡邕在這樣的家風成長,人格節操必定深受濡染。蔡邕父親早逝,其事母至孝,母親也去世後,與叔父質及從弟同居,史書上說其「三世不分財」。

上探蔡邕世系,可據史書及蔡邕之〈祖德頌〉、〈貞定直父碑〉、〈讓高陽鄉侯章〉等推求。根據蔡邕〈讓高陽鄉侯章〉所云「臣十四世祖肥如侯,佐命高祖」之言,可上溯其十四世祖肥如侯蔡寅。《史記‧高祖功臣表》:「肥如敬侯蔡寅,以車騎將軍破龍且及彭城,侯千戶。」[7]知兩者相合。又據《漢書‧高惠高后功臣表》:「寅子戎,孝文帝三年嗣為嚴侯;後成子奴嗣位;奴無後,國除;至宣帝

山學刊(社會科學版)》,(1994 第 3 期)。

[6] 見《新校後漢書注》,(台北:世界書局,1972‧09),頁 2201。

[7] 《史記三家注》,(台北:七略出版社,1991‧03),頁 362。

元康四年，寅曾孫肥如大夫福詔復家」[8]知蔡福為邕之十一世祖；
又據《元和姓纂》卷八云：「漢功臣表，肥如侯蔡演，演（按：為
「寅」之誤）元孫義，義元孫勳……勳元孫攜。」[9]推知十世祖蔡
義、祖蔡攜。

　　現參考陳祚龍[10]、李齊芳[11]之考證，將蔡邕世系敘述如下：

　　姬度（周朝蔡國建國者）──姬胡（一作誦，即蔡仲，蔡氏始
祖）──蔡寅（蔡邕之十四世祖）──蔡戎（十三世祖）──蔡奴
（十二世祖）──蔡福（十一世祖）──蔡義（十世祖）──蔡勳
（六祖）──蔡則（五世祖）──蔡篤（四世祖）──蔡攜（祖）
──蔡棱（父）──蔡邕。

三、母、妻族及子嗣

　　蔡邕事母極孝，蔡邕母親亦出身名門。張華《博物志・卷六・
人名考》：「蔡伯喈母，袁公妹曜卿姑也。」[12]《三國志・魏書・袁渙
傳》：「袁渙字曜卿，陳郡扶樂人也。父滂，為漢司徒。」注引袁宏《漢
紀》云：「滂字公熙，純素寡欲，終不言人短。」[13]袁滂於漢靈帝光和
元年任司徒，蔡邕時年四十六，滂為其舅，推測其年至少六十六左右。

　　蔡邕本傳：「與（羊）陟姻家」。在逃亡吳會之際，「往來依太
山羊氏，積十二年。」可知能夠讓蔡邕長期依靠，之間必定關係密

8　《新校漢書集注》，（台北：世界書局，1972・03），頁559。
9　《元和姓纂》，（日本京都：中文出版社，1976・06），頁199。
10　陳祚龍〈關於後漢蔡邕生平的一些小問題〉，《文藝復興月刊》，（1973・04）。
11　李齊芳〈真假蔡邕〉，《自由青年》，（1983・08）
12　《博物志》，（台北：金楓出版有限公司，1987・01），頁121。
13　《新校三國志注・魏書十一》，（台北：鼎文書局，1990・02），頁333。

切。至於蔡邕和羊陟的關係，說法不一：劉香蘭《蔡邕及其碑傳文研究》認為，應是蔡邕娶羊氏女，羊陟為其姻長。陳祚龍〈關於後漢蔡邕生平的一些小問題〉認為，應是蔡邕叔父蔡質與羊陟有姻親關係，蔡邕與蔡質情同父子，所以蔡質之姻親羊陟，亦能夠長期資助蔡邕。但後者說法，沒有提出有力證明，只是推說。

但蔡邕確實有「羊」姓的後人，即外孫羊祜，外孫女景獻皇后。羊祜為晉朝大將軍，《晉書·羊祜傳》：「羊祜字叔子……父衜，上黨太守。祜，蔡邕外孫，景獻皇后同產弟。」[14]〈景獻羊皇后傳〉：「景獻皇后諱徽瑜，泰山南城人。父衜上黨太守，后母陳留蔡氏，漢左中郎將蔡邕之女也。」[15]羊祜和景獻皇后是同母姊弟，而兩姊弟的母親，史未明載，只說是蔡邕之女。但人皆知蔡邕有女琰，字文姬，其有流傳千古的〈悲憤詩〉、〈胡笳十八拍〉。關於文姬之事，人們大多知曉，但極少人知道蔡邕還有一女，嫁給了羊衜，為晉景獻羊皇后及羊祜之母。[16]《漢書·列女董祀妻傳》李賢注引〈列女後傳〉云：「琰，字昭姬」。所以劉香蘭於《蔡邕及其碑傳文研究》推測，應是蔡邕有二女：文姬與昭姬。《後漢書·列女董祀妻傳》云：「曹操素與邕善，痛其無嗣。」又蔡邕〈被收時表〉文中自云：「臣年四十有六，孤特一身，前無立男得以盡節。」蔡邕無子嗣可見。但亦有人引《晉書·羊祜傳》中，言邕外孫羊祜有舅父蔡襲，則似乎又與此說牴觸，但邕有叔父質，質子谷，設若蔡襲為蔡質之孫，而非蔡邕之子，羊祜亦能稱之為舅父。

[14] 《晉書》，（台北：藝文印書館，1957年版），頁483。
[15] 《晉書》，（台北：藝文印書館，1957年版），頁454。
[16] 但亦有學者認為，景獻羊皇后及羊祜之母，可能就是文姬。參考陳仲奇〈蔡琰晚年事跡獻疑〉，《文學遺產》，（1984年·第4期）。

第二節　生平經歷

　　蔡邕生平在《後漢書》本傳中有大略的敘述，清人王昶有〈蔡中郎年表〉一卷，附於海源閣《蔡中郎集》，王昶大致以作品繫年，未能精詳，劉香蘭於《蔡邕及其碑傳文研究》中，在王昶〈蔡中郎年表〉的基礎上，再列其經歷。現參考二人之研究，將蔡邕生平分為四個階段敘述如下。

一、閒居翫古期

　　順帝陽嘉二年（A.D. 133）──靈帝建寧二年（A.D. 169），出生至 37 歲。

　　蔡邕出生於文化教養極高的家庭，「少博學，師事太傅胡廣。好辭章、數術、天文，妙操音律」。

　　蔡邕善於鼓琴，妙操音律，卻意外為他帶來麻煩。延熹二年，權臣梁冀被誅，協助桓帝誅梁有功的宦官：單超、徐璜、具瑗、左悺、唐衡五人受封為縣侯，人稱五侯，此五人除了單超早亡外，其餘四人把持朝政，無惡不作。當時有民謠：「左回天，具獨坐，徐臥虎，唐兩墮。」[17]中常侍徐璜、左悺等五侯擅權恣意而行，聽聞蔡邕善於鼓琴，遂稟陳天子，得到皇上的敕令後，命陳留太守督促發遣蔡邕進京。蔡邕不得不應命前往，行到偃師，稱病而歸。蔡邕因此次行旅，作〈述行賦〉，此賦之序明言此事。他痛憤當時朝廷建顯陽苑，不顧「人徒凍餓，不得其命者眾」，當政者「窮巧變于

---

[17] 語見《新校後漢書注・宦者傳》，（台北：世界書局，1972・09），頁 2521。

臺榭」,「消嘉穀于禽獸」, 罔顧「民露處而寢濕, 下糠粃而無粒。」這樣的文思, 實乃「朱門酒肉臭, 路有凍死死骨」之先聲。

稱疾返家的蔡邕, 之後「閒居翫古, 不交當世」。因「感東方朔〈客難〉及楊雄、班固、崔駰之徒設辭以自通, 乃斟酌群言, 韙其是而矯其非, 作〈釋誨〉」。從〈釋誨〉可看出青年蔡邕的思想及生活態度, 他說:「覃思典籍, 韞櫝六經。安貧樂賤, 與世無營」,「用之則行, 聖訓也; 舍之則藏, 至順也。」此皆明白表示, 他決心要過隱逸舍藏的生活。

青年時期隱居在家的蔡邕, 值得留意的事有二: 一, 蔡邕師承胡廣、私淑朱穆, 二人人格、學問對蔡邕產生了深遠影響。二, 蔡邕對音律高深的造詣。

胡廣為官三十餘年, 歷事六帝, 先後七登公府。胡廣史學造詣極深。而蔡邕著史的用功及企圖, 有極大部分, 源自胡廣的影響, 蔡邕在〈戍邊上章〉自言:

> 臣自在布衣, 常以《漢書》十志, 下盡王莽而止, 世祖以來, 唯有紀傳, 無續志者。臣以師事太傅胡廣, 知臣頗識其門戶, 略以所有舊事與臣。雖未備悉, 粗見首尾, 積累思維二十餘年。不在其位, 非外吏庶人所得擅述。

其次對蔡邕產生明顯影響的人物, 是南陽朱穆。蔡邕未直接受業於朱穆門下, 但青年蔡邕十分敬慕朱穆, 蔡邕曾經因見朱穆的著論甚美, 於是就逕至朱穆家中抄寫。[18] 朱穆又曾因欲矯當時偏黨毀俗之弊, 著〈絕交論〉, 蔡邕深感其義, 遂作〈正交論〉廣揚其論。當朱穆去世(延熹六年, 163), 蔡邕和朱穆門人共述朱穆之行事, 諡

---

[18] 《後漢書・朱穆傳》注引袁山松《後漢書》:「穆著論甚美, 蔡邕嘗至其家自寫之。」

為文忠先生。這件「私諡」，引起隱士荀爽的非議，但蔡邕和朱穆
門人如此做，卻為不得已，因為衰世臧否不立，所以有此私諡。此
外，蔡邕對朱穆的敬意，還充份表現在〈朱公叔諡議〉、〈朱公叔鼎
銘〉、〈朱公叔墳方石碑〉三篇文章。

二、首次仕宦期

漢靈帝建寧三年（A.D. 170）──**漢靈帝光和元年**（A.D. 178）
38 歲至 46 歲。

蔡邕在建寧三年時，應品鑒人物知名於天下的橋玄之請，出補
河平長。召拜郎中，校書東觀。遷議郎。

蔡邕原本閒居翫古於家鄉陳留，年近不惑時，應司徒橋玄之辟
召而後出任河平長，極有可能是當時官居太傅的胡廣向橋玄推薦。
橋玄善於品鑒人物，曾見曹操後說：「天下名士多矣，未有若君者
也！」[19]由此推想，曹操和蔡邕相識、交好，當是在此時期。

在東觀任職時，蔡邕與盧植、韓說等撰補《後漢記》。熹平四
年，蔡邕與五官中郎將堂谿典等人，奏求正定六經文字。靈帝許之，
蔡邕書丹於碑，使工匠鐫刻立於太學門外。這是經學及書法史上的
大事，蔡邕於此事擔任極重要之角色。熹平六年七月，上封事陳政
要七條，力陳博選、求賢之道，力斥鴻都門學及宣陵孝子。

光和元年（A.D. 178），宮中數見妖異，靈帝特詔楊賜、馬日
磾、張華、單颺及蔡邕詣金商門，引入崇德殿，使中常侍曹節、王
甫就問消災之法，又特詔密問蔡邕，令蔡邕以皂囊封上。蔡邕在封

---

[19] 《新校三國志注・魏書一》注引《魏書》，（台北：鼎文書局，1990・02），
頁 2。

事中激切直指皇帝身邊之宦官及婦人干政，指出靈帝乳母趙嬈、永樂門史霍玉等人之邪行，又指陳鴻都門學應予停止。建言剴切，靈帝覽後歎息更衣，此時曹節於後竊視之，悉以此事告知左右，事遂漏露。當時被蔡邕上奏裁黜者，皆思報復。司徒劉郃與蔡邕不和，叔父蔡質又與將作大匠陽球有隙，陽球為中常侍程璜女婿，程璜於是上奏，言蔡邕與蔡質多次以私事請託於郃，郃不聽允，蔡邕遂以言語中傷之。於是將蔡邕與蔡質收執於洛陽獄，劾以「仇怨奉公，議害大臣，大不敬」之罪，判以棄市。判決上奏靈帝，中常侍呂強憐愍蔡邕實在無罪，乃向靈帝求情，靈帝下詔：減死一等，與家屬髡鉗徙朔方，不得以赦令除。

　　蔡邕流徙朔方途中，陽球令人刺殺蔡邕，但刺客感其義，皆莫為用。陽球又賂其部使毒害，但所賂者反以其情警戒邕，故邕每每得免，以居五原安陽縣。隔年大赦，靈帝赦宥蔡邕歸還本郡。蔡邕自流徙至赦歸，共九月。啟程歸鄉時，五原太守王智餞行。酒酣，王智起舞向蔡邕敬酒，蔡邕不回禮。王智為中常侍王甫之弟，素貴驕，蔡邕於酒席不回敬王智，令王智於眾賓客前顏面無光，王智於是詬罵蔡邕曰：「徒敢輕我！」蔡邕拂衣而去。王智深深銜恨，遂密告蔡邕怨於囚放，謗訕朝廷。內寵皆惡之。蔡邕認為此事必將招致禍患，於是亡命江海，遠跡吳會。

三、流亡吳會期

　　靈帝光和元年（A.D. 178）──靈帝中平六年（A.D. 189）46歲至57歲。

　　亡命吳會時期的蔡邕，「往來依太山羊氏」，此階段的蔡邕，有較安逸的生活。蔡邕在此時期教導學生，例如日後顯揚的建安文人

路粹，及三國時吳國丞相顧雍，都是蔡邕在此時所授業的學生；蔡邕繼續寫作碑銘；向何進推薦文士邊讓；發現「異端」奇書《論衡》而傳播之；此外蔡邕一些與音樂相關的故事，也大多發生於此。在吳地時，有人燒桐作飯，蔡邕聞火烈之聲，知道是做琴的好木材，搶救了這段桐木，製成了名留千古的焦尾琴。蔡邕亦曾告訴吳人，他嘗經過會稽高遷亭，見屋椽竹東間的第十六竿竹可以製笛。取而製之，果然能奏出優美的笛聲。[20]在會稽時，蔡邕見邯鄲淳所作〈曹娥碑〉，於其碑後題「黃絹幼婦，外孫齏臼」八字，亦為日後佳話。[21]

　　蔡邕在吳地時，發現王充《論衡》一書，當時在中原之地並未流傳此書。蔡邕得到《論衡》之後，秘密閱讀欣賞，以為談助。《論衡》經過蔡邕的傳播，方使人識於其書「疾虛妄」以破除天人感應神學之思想光華，[22]並且影響其知交孔融及弟子阮瑀之家風。[23]此外，蔡邕在會稽時，讀趙曄（字長君，會稽山陰人）所著《詩細歷神淵》而嘆息，以為長於《論衡》。蔡邕歸返京師後，大力傳播《詩細》，學者咸誦習之。

20　見《後漢書·蔡邕傳》注引張騭《文士傳》。

21　見《後漢書·列女傳》注引《會稽典論》，又見《世說新語·捷悟》注引《異苑》。

22　《後漢書·王充傳》：「充好論說，始若詭異，終有理實。以為俗儒守文，多失其真，乃閉門潛思，絕慶弔之禮，戶牖牆壁各置刀筆。著《論衡》八十五篇，二十餘萬言，釋物類同異，正時俗嫌疑。」注引《袁山松書》：「充所作論衡，中土未有傳者，蔡邕入吳始得之，恒秘以為談助。其後王朗為會稽太守，又得其書，及還許下，時人稱其才進。或曰，不見異人，當得異書。問之，果以《論衡》之益，由是遂見傳焉。」

23　詳見余英時〈魏晉之際士之自覺與新風潮〉一文，收入《中國知識階層史論（古代篇）》，（台北：聯經出版社，1989·09），頁249-252。

四、再度仕宦期

**靈帝中平六年（A.D. 189）──獻帝初平三年（A.D. 192）57
歲至 60 歲。**

中平三年，靈帝駕崩，董卓為司空，掌有大權，號令皆由其出，
因蔡邕名望極高，辟召之。蔡邕明白董卓此人貪狠，稱疾不就。董
卓大怒曰：「我力能族人」，蔡邕不得已，只好出仕。

此時間的蔡邕，曾三日之間，周歷三台。初平元年，蔡邕拜中
郎將，從獻帝遷都長安，封高陽鄉侯。董卓對蔡邕十分器重，雖然
如此，但董卓「多自很用」，蔡邕也遺憾董卓對於其建言並不多採
用，曾想奔逃兗州或山東，但終究因蔡邕聲名之盛及外貌之特出，
實在是無所遁逃，於是作罷。當董卓被誅，消息傳到司徒王允處，
此時蔡邕正和王允同坐，聽聞之後嘆息了一聲，王允怒云：「今天
誅有罪，而反相傷痛，豈不共為逆哉？」於是將蔡邕收付廷尉治罪。
蔡邕陳辭，希望能黥面刖足，繼成漢史。當時士大夫多矜救之，但
不能得。太尉馬日磾曾至王允處謂允曰：「伯喈曠世逸才，多識漢
事，當續成後史，為一代大典。且忠孝素著，而所坐無名，誅之無
乃失人望乎？」允曰：「昔武帝不殺司馬遷，使作謗書，流於後世。
方今國祚中衰，神器不固，不可令佞臣執筆在幼主左右。既無益聖
德，復使吾黨蒙其訕議。」邕遂死於獄中。王允後來後悔，想阻止
已來不及。鄭玄聞蔡邕死訊歎息曰：「漢世之事，誰與正之！」兗
州、陳留百姓聽聞此訊，皆畫像而頌焉。

以上將蔡邕生平分為「閒居翫古期」、「首次仕宦期」、「亡命吳
會期」及「再度仕宦期」四階段。蔡邕於閒居翫古期，從師問道，

吟咏詩書，韜光養晦。於靈帝時首次出仕，經歷八年，其間對朝政
多所諍諫，對經術之留存多所關心，其在正定熹平石經之事居功厥
偉，最後卻因劉郃及陽球之構陷而遭流徙。蔡邕流徙期間共歷九
月，後靈帝赦宥返鄉，途中又因忤觸中常侍王甫之弟王智，而致使
其亡命於吳會，遂展開人生的第三個階段。亡命於吳會的蔡邕，致
力於教育、藝術及文化傳播之事。靈帝死後，董卓擅權，董卓為拉
攏士人，脅迫蔡邕出仕，蔡邕為保全家人性命不得已事奉貪狠之董
卓，其曾三日而周歷三台，位極顯重，但亦因此而使聲譽節操白璧
微瑕。蔡邕最後死於司徒王允之手，未能完成續著漢志之宿願，此
為當時士林之痛惜。

第三節　師承、交遊、薦舉與弟子

　　蔡邕博學而多才多藝，且著述豐富，兼學者、文人、才子於一
身。其思想儒道兼融，雖然出仕董卓受而後人「無守」、「無識」之
評，[24]但其在東漢末年，以特出的才學從事著述及創作，又樂於提
攜後進，是有文壇盟主之實。蔡邕的師承，影響其出處立身，其
與同僚、交遊的往來關係，更是研究漢末學者、文人與學風、文
風的豐富資料，蔡邕更以其特出的識見提攜了諸多建安時的重要
文人。

---

[24] 顧炎武《日知錄・卷十三》：「東京之末，節義衰而文章盛，自蔡邕始，其
　　仕董卓，無守，卓死驚嘆，無識。」見黃汝成集釋、欒保群、呂宗力校點《日
　　知錄集釋》，（上海：上海古籍出版社，2006・12），頁 754。

一、師承

影響蔡邕最深者，應是其師胡廣。

胡廣，字伯始，南郡華容人。歷事安、順、沖、質、桓、靈六帝，任司空、司徒、太尉、太傅。著〈百官箴〉凡四十八篇，詩、賦、銘、頌、箴、弔及諸解詁，共二十二篇。胡廣在外戚宦官激烈鬥爭的政治局勢中，為官三十年，七登公府，深識道家禍福相倚，謙卑謹柔之道。《後漢書‧胡廣傳》中記載，當陳留郡缺職，尚書史敞等人推薦，稱胡廣為人「體真履規，謙虛溫雅」，「柔而不犯，文而有禮」。當時京師謠諺：「萬事不理問伯始，天下中庸有胡公。」胡廣「性溫柔謹素，常遜言恭色」，在政治上少有敵人。胡廣溫柔謹素，故遇事不能堅持力爭，當時亦有二事遭譏毀。質帝崩逝，大臣議論應立何人，胡廣、太尉李固、司空趙戒欲立清河王蒜，但梁冀以為清河王年長有德，恐為後患，所以欲立蠡吾侯志。胡廣、趙戒等畏懼梁冀威勢，不能堅持力爭，只有李固堅守原議。此外，胡廣與中常侍丁肅聯姻，亦受人譏評。

大將軍梁冀專權時，胡廣為梁冀故吏，梁冀被誅，胡廣因此連坐，被奪土而免為庶人。胡廣每每遜位辭病，及免退田里之後，不滿一年，就又復升進。胡廣身後更是哀榮，故吏自公卿、大夫、博士、議郎以下數百人，皆縗絰殯位，自終及葬。這樣的情形，是「漢興以來，人臣之盛，未嘗有也」。

漢末政治衰頹，社會動蕩，全身遠禍的道家思想，順應興盛，胡廣溫柔謹素，能知禍福，[25]蔡邕師承胡廣，自受其影響，早年閒

---

[25] 龔克昌評胡廣為──老滑頭。見氏著〈蔡邕評傳〉一文，收入《中國辭賦

居翫古，年近四十才出仕。當董卓辟召時，本辭而不就，但董卓以
「我力能族人」威迫，蔡邕為保家人性命，雖知日後亦必無法遠禍，
但仍只得如其業師胡廣事於梁冀門下一般。

胡廣歷事三公，但對著史仍有相當熱情，蔡邕曾上書自言：

> 臣自在布衣，常以《漢書》十志，下盡王莽而止，世祖以來，
> 唯有紀傳，無續志者。臣以師事太傅胡廣，知臣頗識其門戶，
> 略以所有舊事與臣。雖未備悉，粗見首尾，積累思維二十餘
> 年。不在其位，非外吏庶人所得擅述。[26]

胡廣未能完成其著史之自我期許，將自身所搜集之史料轉交予高徒
蔡邕，是深知以蔡邕之才定能完成。

當蔡邕被王允收執時，仍乞願苟全以續漢史，胡廣學風門戶之
影響，使蔡邕視著漢史為個人使命。

胡廣之外，深深影響蔡邕為人者，還有朱穆。朱穆與胡廣皆為
梁冀故吏，但相較於胡廣的溫柔謹素，朱穆顯得孤貞剛正，不計死
生。東漢末年太學生兩次請願，第一次即是為了替朱穆請命。永興
元年，黃河水患，數十萬戶受災，百姓流徙，時朱穆任冀州刺史，
有宦者趙忠喪父，歸葬安平郡（冀州所在），僭用天子方能使用的
璵璠、玉匣、偶人，朱穆即令有司收其家屬。皇帝聞此事，大怒，
降罪朱穆，太學生劉陶等數千人於是詣闕上書，書中言：

> 當今中官近習，竊持國柄，手握王爵，口含天憲，運賞則使
> 餓隸富於季孫，呼噏則令伊顏化為桀跖。而穆獨亢然不顧身

　　研究》，（濟南：山東大學出版社，2003‧11），頁 576。
[26] 見《後漢書‧蔡邕列傳》注引《蔡邕別傳》，又見《全後漢文》卷七十，蔡
　　邕〈戍邊上章〉。

害。非惡榮而好辱，惡生而好死也，徒感王綱之不攝，懼天
網之久失，故竭心懷憂，為上深計。[27]

東漢末年宦官握有大權，賞罰幾由其出，宦官行賞，能令餓隸富於
季孫，宦官呼叱，則能令伊尹、顏回之賢成為夏桀、盜跖之惡。宦
官趙忠葬父而敢僭用天子之禮，更是彰顯宦官之猖狂，朝中大臣若
有敢維護體制者，宦官必視為寇讎而欲置其死。朱穆義之所趨，不
畏宦官權勢，並非惡榮好辱、惡生好死，實在是痛感綱紀失墜，典
章廢弛，朱穆如此，實乃深為朝廷振攝綱紀。

　　朱穆雖是梁冀下屬，但仍多次向驕暴的梁冀建言，勸諫其「一
日行善，天下歸仁，終朝為惡，四海傾覆」。「宜時易宰守非其人者，
減省第宅園池之費，拒絕郡國諸所奉送。」無奈梁冀終不悟納。

　　朱穆在當時，因感世風澆薄及黨人黨同伐異偏頗之風，分別有
〈崇厚論〉與〈絕交論〉之矯時之作。〈崇厚論〉言：「故覆人之過
者，敦之道也；救人之失者，厚之行也。」朱穆亦極好學，五十歲
時，仍向同郡趙康學求教，學習經傳。朱穆剛貞，不群不黨，仕途
不甚得意，祿仕數十年，蔬食布衣，家無餘財。

　　朱穆之剛貞，令蔡邕折服，蔡邕除了曾到朱穆家抄寫所著文
論，朱穆死後，還與朱穆門人共述其體行，議其諡號。

二、交遊

　　蔡邕三十八歲時，應橋玄之辟而出仕，橋玄品鑑人物天下知
名。曹操初與橋玄相見時，橋玄即曰：「天下將亂，非命世之才不

---

[27] 見《新校後漢書注・朱穆傳》，（台北：世界書局：1972・09），頁1471。

能濟也，能安之者，其在君乎！」[28]蔡邕在橋玄門下，曹操曾謁見橋玄，史書上又說「曹操素與邕善」，二人之相識及日後之交好，應即在此時。

蔡邕之後任議郎，於東觀任職，與盧植、韓說等撰補《後漢紀》。當時與其相善之同僚還有有馬日磾、張馴、單颺、楊彪等。盧植年輕時和鄭玄共同師事馬融，不好辭賦但學通古今；韓說博通五經，善圖緯之學，巧於賦、頌、連珠之文；馬日磾是馬融的族子，年輕時與盧植同受業於馬融，以才學榮進；張馴是精通《春秋左氏傳》、《大夏侯尚書》的學者；單颺明曉天官、算術；楊彪是光祿大夫楊賜之子，又是後來在建安文壇活躍的才子楊修的父親。以上這些碩學大臣，都在東觀與蔡邕一起擔任秘書校讎之職，而盧植與蔡邕更是生死之交，二人在對方遭難時，皆為對方請命。[29]

蔡邕除了和曹操有交誼，也和被曹操殺害的孔融友好。靈帝時，孔融曾在司徒楊賜府中供職，楊賜與蔡邕是好友，此時蔡邕和孔融應該往來頗多，之後蔡邕與孔融同為董卓下屬，孔融的官職為議郎，[30]所以在學術和文學方面，二人也應會相互影響。蔡邕與孔融感情十分友好，蔡邕被王允處死後，有一虎賁士相貌與蔡邕極相似，孔融每每酒酣，引與之同坐，曰：「雖無老成人，且有典刑。」由此可看出孔融與蔡邕之深厚交誼。此二知交有頗多相似之處，一者，蔡邕大力推舉王粲而孔融推舉禰衡；二者，蔡邕被王允所殺，而孔融被曹操所殺。

28　見《新校三國志注・魏書一》注引《魏書》，（台北：鼎文書局，1990・02），頁2。

29　《後漢書・盧植傳》：「植素與善蔡邕，邕前徙朔方，植獨上書請之。邕時見親於卓，故往請植事。」

30　《後漢書・孔融傳》：「（融）辟司徒楊賜府……會董卓廢立，融每因對答，輒有匡正之言。以忤卓旨，轉為議郎。」

能薦達賢士卻又心高氣傲的孔融多次侮慢曹操，曹操早欲羅致其罪名，最後，曹操令蔡邕的弟子丞相軍謀祭酒路粹，寫奏書告發孔融「大逆不道，宜極重誅」，孔融因路粹之枉奏，下獄棄市。

三、薦舉

蔡邕在東漢末年以文壇盟主之勢，公開肯定創作奇文的高彪，薦舉辭賦華麗的邊讓，提攜後來活躍於建安文壇的王粲。《後漢書·文苑傳》：

> 高彪，字義方。吳郡無錫人……後郡舉孝廉，議經第一，校書東觀，數奏賦、頌、奇文，因事諷諫，靈帝異之。時京兆第五永為督軍，使督幽州，百官大會，祖餞於長樂觀，議郎蔡邕等皆賦詩，彪乃獨作箴……邕等甚美其文，以為莫尚也。[31]

由此段記載看來，蔡邕當時雖與高彪同為議郎校書東觀，但蔡邕已有文壇盟主之勢，否則不會在此場合鑑賞同僚之作。

當眾人為第五永餞行時，眾人皆因襲前習而賦詩相贈，只有高彪獨作箴文。高彪的箴文中有激勵之語，更多的是警戒之語，如此捨眾人習以為常的詩歌而以箴文為他人送別，凸顯其別具一格之用心，展現了創作之「尚奇」心理。但設若蔡邕沒有此「尚奇」之審美心理，亦絕對無法欣賞肯定此為奇文。而「邕等甚美其文，以為莫尚之」，則說明蔡邕在當時已是朝廷品評文章之文壇領袖。

---

[31] 《新校後漢書·文苑傳》，（台北：世界書局，1972·09），頁2649、2650。

另外，邊讓也因「能屬文」而受到蔡邕的薦舉。《後漢書·文苑傳》：

> 邊讓字文禮，陳留浚儀人也。少辯博，能屬文。作〈章華台賦〉，雖多淫麗之辭，而終之以正，亦如相如之諷也……大將軍何進聞讓才名，欲辟命之，恐不至，詭以軍事徵召。既到，署令史，進以禮見之。讓善占射，能辭對，時賓客滿堂，莫不羨其風。府掾孔融、王朗並修刺候焉。議郎蔡邕深敬之，以為讓宜處高位，乃薦於進。[32]

〈章華台賦〉使邊讓名噪一時，其不僅因此受到大將軍何進禮遇，又因「善占射，能辭對」的機智風度，受到士人敬羨，孔融、王朗還曾拿著名片拜會邊讓。而蔡邕氣度恢宏，能欣賞異士能才，不僅敬佩邊讓的才華，並且向何進舉薦，認為其應處高位。

蔡邕寫〈與何進書薦邊讓〉時，自身正處於吳會避禍，遠離朝廷政治中心的蔡邕，仍留意薦舉人才。邊讓後來因高才擢進，曾出任九江太守，但沒有特出之政治才能。邊讓最後也因恃才傲物，又對曹操多有輕侮之言，建安中，邊讓因鄉人搆陷，曹操遂令郡守殺之。

建安七子中，辭賦最佳的王粲是早熟的天才，受到蔡邕的大力提攜。王粲字仲宣，山陽高平人。獻帝西遷，王粲遷徙長安，當時官居左中郎的蔡邕，貴重朝廷，又因才學顯著，常常車騎填滿街巷，家中賓客盈坐。當蔡邕聞王粲在門外，立即倒屣迎之。賓客一見王粲：年既幼弱，身材短小，相貌不佳，全都驚訝不解，蔡邕何以要對眼前這十三歲貌不起眼的少年如此禮遇。蔡邕說：「眼前這少年是王暢之孫，他絕異的才華，我都不如他。我家的書籍文章，應當都給他。」

---

[32] 見《新校後漢書注·文苑傳》（台北：世界書局，1972·09），頁2640。

　　蔡邕何以對一少年如此禮遇，如此讚賞，這不能不說是蔡邕特意如此。蔡邕在董卓門下任職中郎，官居要職，又是文壇盟主，董卓值此用人之際，不得不「忍性矯情，擢用群士」，積極起用清流及黨人，如何顒、荀爽等名士也在其徵辟之下。[33]蔡邕如此禮遇王粲，一方面是呼應董卓起用清流，一方面展現了賞鑑人物的審美風度。王粲是前司空王暢之孫，王暢與李膺等人，在危言危行的黨人眼裡，是引領風氣的人物，王粲家世如此，自身又有絕異才華，蔡邕一向尊敬黨人清流，更重要者，王粲年少而有卓異才華，蔡邕自然會在公開場合讚揚禮遇。蔡邕是有意要在當時，建立起賞鑑人才的風氣，這種對人才風度特殊的審美表現，可說是魏晉風度之先聲。蔡邕不僅在公開場合讚揚王粲，甚至將家中藏書悉盡予之，又可看出其愛護才子、提攜後進之心。

四、弟子

　　蔡邕提攜後進不遺餘力，阮瑀、路粹、顧雍乃直接受業於其門下。

　　阮瑀，字元瑜，在建安七子中，曹丕稱其「書記翩翩」。《三國志·魏書》注引《典略》：

> 太祖嘗使瑀作書與韓遂，時太祖適近出，瑀隨從，因於馬上具草，書成呈之。太祖擥筆欲有所定，而竟不能增損。[34]

---

[33] 見《新校後漢書注·董卓傳》（台北：世界書局，1972·09），頁 2326。

[34] 《新校三國志注·魏書二十一》注引《魏書》，（台北：鼎文書局，1990·02），頁 601。

《三國志‧魏書》:「阮瑀少受學於蔡邕。」《魏書》注引《文士傳》:
「瑀善解音,能鼓琴。」既然阮瑀少受學於蔡邕,其鼓琴及音律,
必定也從學於蔡邕。

　　建安七子中,蔡邕與孔融、阮瑀關係密切,孔是知交,阮是弟
子,蔡邕又與曹操友好,蔡邕對建安文壇之影響,由此可窺見一斑。
而不在七子之列的路粹,亦是蔡邕高足。《典略》:

> 粹,字文蔚,少學於蔡邕。以高才與京兆嚴像擢拜尚書郎。

> 粹後為軍謀祭酒,舉陳琳、阮瑀等典記室。及孔融有過,太
> 祖使粹為奏,承指數致融罪。

> 融誅之後,人睹粹所作,無不嘉其才而畏其筆也。[35]

蔡邕知交孔融,死於曹操借刀殺人之下,而此執刀者,竟且是蔡邕
弟子,時變世亂,孔融狂放不見容於當權,路粹自甘為刀俎之具,
此事思之令人慨然,想其師蔡邕,不也是在王允「今誅有罪,而反
相傷痛,豈不共為逆哉」之指陳下而死於獄。

　　蔡邕流亡於吳會時,亦有一高足,即日後為孫吳丞相之顧雍。
《三國志‧吳書》:「顧雍,字元歎,吳郡吳人也。蔡伯喈從朔方還,
嘗避於吳,雍從學琴書。」顧雍之名、字由來,另有典故。《吳書》
注引《江表傳》:

> 雍從伯喈學,專一清靜,敏而易。伯喈貴異之,謂曰:「卿
> 必成致,今以吾名與卿。」故雍與伯喈同名,由此也。

---

35 《新校三國志注‧魏書二十一》注引《典略》,(台北:鼎文書局,1990‧02),
　　頁 603。

注引《吳錄》:「雍字元嘆,言為蔡雍之所歎,因以為字焉。」顧雍日後確如其師所言「成致」,不僅輔佐孫權,並且受孫權敬重,《吳書》載:

> 顧雍為人不飲酒,寡言語,舉動當時。權嘗歎言「顧君不言,言必有中。」至飲宴歡樂之際,左右恐有酒失而雍必見之,是以不敢肆情。權亦曰:「顧公在坐,使人不樂。」其見憚如是。[36]

從上述引文可知顧雍莊重自律而受孫權及朝臣之敬憚。陳壽評曰:「顧雍依杖素業,而將之智局,故能究極榮位。」以此觀之,蔡邕之弟子,阮瑀、路粹才高,但阮瑀天不假年,路粹坐法而死,顧雍敬慎自守,又受孫權重用,頗有天幸。

小結

　蔡邕出生於文化教養極高之名門豪族,成長於有獨特審美趣味及隱逸風氣之陳留,師事溫柔謹素之胡廣、私淑剛貞不黨之朱穆,諸此,皆對其人格氣性有一定程度的影響。蔡邕是經學家、禮學家,其刊定六經文字,為經學史之大事,寫〈明堂月令〉,說明典章禮制;蔡邕是史學家,雖續漢史未成,但著有《十意》;蔡邕是書法家,其將六經文字書丹於碑石,又寫〈書論〉、〈筆賦〉、〈篆勢〉等書法理論著作。蔡邕是音樂家,不僅精通音律,善於鼓琴,是樂器製作者,也輯校〈琴操〉,寫〈彈琴賦〉;蔡邕是文化傳播者,《論衡》、《詩細》由其慧眼識寶而得傳播;蔡邕是名士,受其提攜舉薦之人亦影響一時風氣。

---

[36] 《新校三國志注·吳書七》(台北:鼎文書局,1990·02),頁1225-1228。

　　蔡邕又以其絕異才華，留下豐富的文學作品，不僅其碑銘為天下第一，其辭賦作品又是東漢末年最具承繼與開創性者，而其辭賦題材之廣、數量之多，更是兩漢無人能比。蔡邕之多才多藝在歷史上令人津津樂道。雖然兩漢六朝之文人大多兼擅數藝，但兩漢如蔡邕之多才，只有在蔡邕之前的馬融，但馬融在書法方面的成就，是比不上蔡邕的。[37]如此才子亦有淑世之志，惜其生於衰世，未遇明主，蔡邕出仕進退之矛盾，而又不得不仕於貪殘之董卓，造成其生命的悲劇，以致顧炎武等人予其「無守、無識」之苛評。此是時代的悲劇，亦是蔡邕個人的悲劇。但無論如何，蔡邕是兩漢時代的學術、文學巨擘，這一點是無人可否認的。

---

[37] 關於兩漢文人文藝好尚，詳情可參考胡旭《漢魏文學嬗變研究》，（廈門：廈門大學出版社，2006‧01），頁277。其中馬融及蔡邕兼擅音樂、舞蹈、書法、繪畫、棋類、珍玩等六項，司馬相如只善音樂，班固好珍玩，揚雄則於此未見其文藝好尚，張衡善音樂、舞蹈、繪畫三項。

第三章　史地書寫

　　作為漢末辭賦大家，蔡邕辭賦的篇數最多，題材最廣，兩漢無人可比。[1]相較於漢賦四大家司馬相如、班固、揚雄、張衡長篇巨製的大賦，蔡邕十九篇的辭賦，唯〈述行賦〉與〈釋誨〉篇幅較長，但兩篇的字數亦只千餘字，尚不及現今學者所謂的一千五百字的「大賦」標準。[2]在「體國經野，義尚光大」的大賦書寫之強烈輝光映照下，蔡邕辭賦遂長期受世人忽視，再者，蔡邕辭賦今可見者多屬殘篇，令人無法見其辭賦全貌，此為研究之客觀限制。深究蔡邕辭賦始發現，其辭賦在文學史上的價值，乃以有別於漢大賦長篇巨製的型態，以精雅清麗的風格，開啟建安以降的辭賦新風貌，無論是「體物瀏亮」抑或「緣情綺靡」的書寫，蔡邕辭賦均有佳作，而建安時文壇出現的「擬蔡」之風，亦能證明蔡邕辭賦實為漢大賦至六朝小賦轉折之樞紐，吾人更可從蔡邕辭賦清楚看出其承繼與開創的精神。

　　文學研究，離不開「宇宙、作家、作品、讀者」四要素，[3]一切文學作品發生，皆來自於作家對所生存之宇宙的描述或感懷，「感

---

[1] 此處所指之「兩漢」，不包括建安時期的文學。據《全漢賦》輯，漢賦四大家司馬相如、揚雄、班固、張衡的辭賦篇數分別為 10、9、9、16 篇。

[2] 見劉偉生〈大賦與小賦〉一文。文中以「內容」、「體式」、「字數」分述「大賦」、「小賦」的差別，而從字數對「大賦」、「小賦」的界定，則以一千五百字為界限。此文收入郭建勛著《辭賦文體研究》，（北京：中華書局，2007．04），頁 109-111。

[3] 見劉若愚著、杜國清譯《中國文學理論》，（台北：聯經出版社，2001．05），頁 13。

物吟志」、「緣事而發」是作家書寫宇宙的緣由。上下四方；古往今來，謂之宇宙，宇宙即「時、空」，在時空二元籠罩下之事事物物，為「宇宙」一詞所含涉，即是作家所書寫的範圍、對象。

　　生存於宇宙下的作家，對時空的觀照較常人敏感、深刻。作家除了對春、秋等「自然時間」往往興之以傷悲之情，所謂傷春悲秋，此外，作家更善於對「人文時間」仔細凝視，以思索人於歷史長流所彰顯之意義。而所謂「人文時間」，就是「歷史」。歷史是過去的時間中所發生的一切，組成歷史事件之要素乃人、事、地、物，今所謂的「史地書寫」，其實廣義來說，可以「時空書寫」稱之，而在此用「史地書寫」，乃因為要更精確的指出，本章所言之「時空」，大部分是指「人文意義」下的時空。人文意義的時間是指歷史，人文意義的空間，則是山川、都城、古跡等富於歷史意義的地理空間，亦即歷史古跡。蔡邕辭賦之「史地書寫」，即〈述行賦〉及〈漢津賦〉二篇。

第一節　〈述行賦〉

　　〈述行賦〉是蔡邕辭賦中最常被學者討論的一篇，從〈述行賦〉的書寫，除了可看出蔡邕承繼以往的紀行賦的範式外，還能看出其將紀行賦之風貌作了一番新的開創。

一、紀行賦源流

　　文學作品分類常常會出現未能適恰的問題，但為討論方便，又不得不作分類。將辭賦分類選編，最早出現於梁‧蕭統所編之《昭

明文選》。其中將辭賦分為十五類,「紀行」一詞,即出現於此十五項分類之名。《文選》紀行類賦,收班彪〈北征賦〉、班昭〈東征賦〉、潘岳〈西征賦〉三篇。唐時編定之《藝文類聚》節錄漢魏六朝十九家二十一篇「行旅」賦,劉歆〈遂初賦〉為此類辭賦之首篇。蔡邕所作題為「述行賦」。「紀行」、「行旅」、「述行」[4]三者,有時互為指涉,但細究卻有些許差異,在此,吾人採用較通行之「紀行賦」稱此類賦作。所謂「紀行賦」,乃指「有條理紀錄旅行行程變化之賦」。此定義中有四要素:條理、旅行、行程變化、賦。[5]

　　劉歆〈遂初賦〉雖是第一篇紀行賦,但體式及內容皆並非無所本而開天闢地的創作,早在屈原所作〈離騷〉,以及〈九章〉中的諸多篇章,就包含有紀行賦的要素。屈原在被楚王放逐之後,上天下地求索而寫〈離騷〉,雖然其中之「紀行」多是個人恢奇浪漫之想像而非寫實的行旅,但在屈原超越現實的想像之旅的書寫中,實也可見「有條理的紀錄旅行行程變化」,且《文心雕龍·時序》云:「爰自漢室,迄至成哀,雖世漸百齡,辭人九變,而大抵所歸,祖述楚辭,靈均餘影,於是乎在。」[6]劉勰指出,屈原作品對漢代辭賦之深刻影響,兩漢辭賦之源頭,皆可在屈原的「楚辭」中尋得。誠然,〈九章〉中的〈涉江〉[7]、〈哀郢〉[8],皆有屈原遭流放後的經

---

[4]　劉勰《文心雕龍·詮賦》:「夫京殿苑獵,述行序志,並體國經野,義尚光大。」中有「述行」一詞。見周振甫注《文心雕龍注釋》,(台北:里仁書局,1998·09),頁138。

[5]　關於「紀行」、「行旅」、「述行」三者之差異,以及「紀行賦」之定義,見張秋麗《漢賦六朝紀行賦研究》。(國立政治大學中文研究所碩士論文,1996·06),頁5-9。

[6]　劉勰著,周振甫注《文心雕龍注釋》,(台北:里仁書局,1998·09),頁814。

[7]　〈涉江〉:「乘舲船余上沅兮,齊吳榜以擊汰。船容與而不進兮,淹回水而疑滯。朝發枉陼兮,夕宿辰陽。苟余心其端直兮,雖僻遠之何傷?」

[8]　〈哀郢〉:「將運舟而下浮兮,上洞庭而下江。去終古之所居兮,今逍遙而來東。羌靈魂之欲歸兮,何須臾而忘返?背夏浦而西思兮,哀故都之日遠。

歷及行旅見聞，以及抒發憂思哀情。屈原將紀行、寫景、抒情融為篇章之中，雖然不是立意要「紀行」，但仍有紀行的成份，故可說是劉歆〈遂初賦〉及漢魏以降紀行賦之濫觴。

在屈原作品之後，賈誼〈弔屈原賦〉乃行經湘水，哀弔屈原、抒發己悲之作，其中少了「行程變化」的要素，但賈誼因行經之地懷想與此地相關之古人史事，此對後來之紀行賦也有所影響。賈誼之後的漢帝國，文治武功皆至中國歷來未有之局面，從武帝開始，帝王身旁的文學侍從之臣，常隨帝王畋獵、出遊，因此寫出遊的漢大賦，有也紀行的成份，如司馬相如之〈哀二世賦〉、揚雄〈河東賦〉。

〈哀二世賦〉乃司馬相如與漢武帝同行出遊，經過宜春宮有感所作，宜春宮本秦之離宮，胡亥於此被閻樂所殺，司馬相如行見此處，描述此處景色及地理概況曰：「觀眾樹之塕蔚兮，覽竹林之榛榛。東馳土山兮，北揭石瀨。」然後抒發深沉的感懷：「彌節容與兮，歷弔二世。持身不謹兮，亡國失勢。信讒不寤兮，宗廟滅絕。嗚呼哀哉！」用以諷諫武帝。而揚雄與成帝祭后土，行經介山有感而上〈河東賦〉以勸成帝，其中言：

> 於是靈輿安步，周流容與，以覽虖介山。嗟文公而愍推兮，勤大禹於龍門，灑沈菑於豁瀆兮，播九河於東瀕。登歷觀而遙望兮，聊浮游以經營。樂往昔之遺風兮，喜虞氏之所耕。瞰帝唐之嵩嵩兮，眿隆周之大寧。汨低回而不能去兮，行睨陔下與彭城。濊南巢之坎坷兮，易豳岐之夷平。

上文中提到的歷史人物有：輔佐晉文公而不言祿的介之推、鑿通龍門山以治水的大禹、耕於歷山之虞舜、德行如天的唐堯；提到的史

登大墳以遠望兮，聊以舒吾憂心。哀州土之平樂兮，悲江介之遺風。當陵陽之焉至兮，淼南渡之焉如。」

事有周文王、武王之德治及武功；提到的地名有項羽自刎處的陔下以及劉邦故鄉彭城、成湯流放夏桀之處南巢、周古公亶父建邑之岐山。此賦已見紀行賦「因地及史」[9]之特色，以及藉行旅徵引與所經之地相關史事以抒懷或言志的紀行賦要素。

綜上所述，紀行賦之濫觴源流可簡述如下：

屈原〈離騷〉、〈涉江〉、〈哀郢〉——賈誼〈弔屈原賦〉——司馬相如〈哀二世賦〉——揚雄〈河東賦〉——劉歆〈遂初賦〉

二、〈述行賦〉前的紀行賦

在蔡邕〈述行賦〉之前，依序有劉歆〈遂初賦〉、班彪〈北征賦〉、班昭〈東征賦〉三篇紀行賦，此四篇紀行賦的體制，皆是以「序」、「正文」、「亂」三部分組成，亦「緣由」、「歷程」、「結論」[10]三者，所謂「既履端於倡序，亦歸餘於總亂。」[11]序言的部分，用來說明寫作緣由、背景，其實具有紀錄個人史實的自傳性質；正文用以紀錄行旅，其中亦有山水景色之描寫，最重要的是簡要徵引與所經之地相關的史事，具有「方志」、「地理志」的性質；亂以結論，作者之思想志意總述於此。劉歆、班彪、班昭皆是著名史家，對於歷史治亂、興亡及故實，自然皆能深刻熟稔的掌握。

劉歆（53-23 B.C.）字子駿，後改名秀，字穎叔。沛（今江蘇沛縣）人，劉向少子，西漢末年古文經學派的開創者。劉歆曾與其

9　見王琳〈簡論漢魏六朝的紀行賦〉，《文史哲》，（1990 年 5 期）。

10　見張秋麗《漢賦六朝紀行賦研究》，（國立政治大學中文研究所碩士論文，1996‧06），頁 24-26。

11　劉勰著，周振甫注《文心雕龍注釋》，（台北：里仁書局，1998‧09），頁 138。

父劉向一同領校秘書,將六藝群書輯為《七略》,劉歆深入研究《左傳》,極力主張將《左傳》、《毛詩》、《逸禮》、《古文尚書》入於學官,故與治今文經的五經博士論辯,因此觸怒執政大臣,受眾人謗誣,劉歆為避禍乃求出補吏,原定為河內太守,因宗室不宜典三河,出為五原太守,〈遂初賦〉即寫此次外放之經歷及兼以抒發感懷。

五原郡所轄在今內蒙古包頭西。劉歆從長安出發,經過洛陽,往北行過太行山,進入位於今山西南部的天井關,一路向北,歷經高城、長子、屯留、下虒、銅鞮、太原等地,出雁門關經雲中,西折到達五原。所經之地主要為三晉故地。行經每處,他都情不自禁的聯想到與此處相關的晉國舊事。經過下虒,他想起晉平公不恤政事,導致晉國衰弱,又列舉晉國後期政令不出於主、賢人不受重用之例。路經太原,他憶起於此發生的晉國六卿相互傾軋;荀寅驕橫、范吉射反叛,趙鞅被困於晉陽。劉歆在賦中列舉晉平公以後的一系列事件,昏主亂臣,和西漢哀帝王室衰落時的情況極為類似,由此可看出〈遂初賦〉乃生於哀世之嘆,具有深刻借古諷今的性質。

班彪(3－54 A.D.)字叔皮,扶風安陵(今陝西咸陽市東北)人。才高而好述作,曾採前史遺事,繼司馬遷《史記》之後作《後傳》數十篇,其子班固作《漢書》,乃在其基礎上完成。〈北征賦〉作於建武元年的戰亂年代,當時距王莽篡漢建立新朝十多年,綠林軍推翻王莽之後,赤眉軍又攻入長安,推翻綠林軍所立之更始帝劉玄,原本繁榮的三輔地區成了戰場。當時二十三歲的班彪,眼看舊室毀於兵燹之中,只好遠避涼州,往天水郡依隗囂,班彪沿途所見歷史舊城故邑,將地理空間化作歷史舞台,一連串史地交融的歷代興亡哀嘆,遂寫下〈北征賦〉。班彪從長安出發至天水郡投靠隗囂,途經雲陽、郇邠、赤須、義渠、泥陽、彭陽、安定、朝那,最後到達安定郡治所高平(今寧夏固原)。班彪行經多為周秦舊地,經過郇邠(豳),他想起於此興盛之姬周亶父公劉,並將公劉時周的安

定局面和己身所處的亂世對比。在義渠舊城，他追憶秦昭襄王起兵伐義渠戎王，而使秦國日益強大。登上長城，班彪想起秦將蒙恬修築長城，雖為用以禦外防匈奴入侵，但長期大量征用百姓，實是為強秦築怨。相較於秦的暴虐統治，班彪肯定漢文帝對內德治對外懷柔的政策。正文最後，班彪描寫蕭條的冬景，抒發因時局不靖而遠遊思鄉的哀思。此篇是亂世嘆興亡之作。

班昭（約49－120 A.D.），字惠姬，續成其兄班固未完之《漢書》〈八表〉及〈天文志〉，十四歲嫁與曹壽為妻，博學才高，和帝時任皇后嬪妃之師，人稱其為曹大家。安帝永初七年，班昭之子曹成被任為長垣（漢屬陳留郡）長，班昭隨子赴任，乃仿效其父班彪〈北征賦〉而寫〈東征賦〉。東漢安帝時期，相較於西漢哀、平之際及赤眉之亂，是相對安定之治世，班昭在賦中，對離開京都洛陽表示留戀，「明發曙而不寐兮，心遲遲而有違」，但賦中的感情相較於〈遂初賦〉及〈北征賦〉，就顯得不那麼深沉悲慨，其中所引用的歷史故實也較少，只提到正面的孔子、子路、蘧伯玉三人及其事，藉以抒「唯令德為不朽兮，身既沒而名存」之懷，而負面的歷史人物未在賦中出現。這情形似乎能印證作品與作家所處時代及個人身世的密切關係。班昭的政治經歷，和劉歆及其父班彪相較，自然是平順多了，而其所處又屬治世，故在賦中亦未有衰世、亂世之怨怒哀音。

劉歆、班彪、班昭三人，遭遇及所處的政治情勢不同，故所抒發的感受也各異，從寫作時代背景分析此三篇賦作，〈遂初賦〉乃衰世嘆治亂之作，〈北征賦〉為亂世嘆興亡之作，而班昭〈東征賦〉，是治世嘆（個人聲名）存沒之作。[12]

---

[12] 見李炳海〈跋涉遐路，感今思古──漢代紀實性述行賦品評〉，《古典文學知識》，（1999‧03）。

〈遂初賦〉、〈北征賦〉、〈東征賦〉比較表

	遂初賦	北征賦	東征賦
序	〈遂初賦〉者，劉歆所作也。歆少通詩書，能屬文。成帝召為黃門侍郎、中壘校尉、侍中、奉車都尉、光祿大夫。歆好《左氏春秋》，欲立於學官，時諸儒不聽。歆移書太常博士，責讓深切，為朝廷大臣非疾，求出補吏，為河內太守，又以宗室不宜典三河，徙五原太守。是時朝政已多失矣，歆以論見排擯，志意不得。之官，經歷故晉之域，感今思古，遂作斯賦，以歎征事而寄己意。 句型：散體 （政治失意）	余遭世之顛覆兮，罹填塞之阨災。舊城滅以丘墟兮，曾不得乎少留。遂奮袂以北征兮，超絕跡而遠遊。 句型：騷體 （時逢世亂，遠行避禍）	惟永初之有七兮，余隨子乎東征，時孟春之吉兮，撰良辰而將行。 句型：騷體 （隨子赴任）
背景	衰世	亂世	治世
起始地	長安──五原郡（今蒙古包頭市西北）	長安──安定郡（今甘肅平涼西北）	洛陽──陳留（今河南）
行經地	長安──洛陽──天井關──高城──長子──屯留──下虒──銅鞮──太原──雁門關──雲中	長安──雲陽──邠邪──赤須──義渠──泥陽──彭陽──安定──朝那──高平	洛陽──偃師──鞏縣──成皋──滎陽──武卷──原武──陽武──封丘──匡城──長垣──蒲城

	遂初賦	北征賦	東征賦
提及歷史人、事	1. 秦將白起大敗趙括於長平，秦阬殺四十萬降軍。 2. 周文禮賢下士。 3. 辛甲原為商臣，屢諫紂王不聽。至周，在周任太史，封於長子。 4. 衛‧孫蒯與石買攻打晉之盟國曹國，次年，晉出兵，於屯留俘獲孫蒯。 5. 春秋‧魯成公元年，周天子軍隊在余吾被晉軍打敗。 6. 晉平公作虒祁之宮，大興土木，耗竭民力，使晉國從此衰敗。 7. 晉靖公於三家分晉時，寄宿為銅鞮，降為家人。 8. 晉大夫叔向（羊舌肸）因其弟羊舌虎與欒盈同黨，被宣子所囚，後獲釋。 9. 晉大夫祁奚救叔向。 10. 叔向為人正直，卻為群邪所惡。 11. 孔子於陳蔡被圍。 12. 屈原忠而受譖，自沉於江。 13. 魯大夫柳下惠行止正	1. 周‧古公亶父公劉德政。 2. 秦昭襄王母宣太后私通義渠王，昭襄王興兵滅義渠，佔其地，築長城以拒胡。 3. 蒙恬築長城，趙高為亂，立胡亥、殺蒙恬。 4. 獫狁屢侵華夏。 5. 匈奴攻打朝那，殺朝那都尉孫卬。 6. 漢文帝對匈奴採懷柔政策。 7. 漢文帝以安撫政策對南越，南越王趙佗遂去帝號稱臣。 8. 漢文帝賜几杖與吳王濞，釋其心結。	1. 孔子絕糧於匡。 2. 子路為蒲城太夫，後為孔悝邑宰，死於衛亂。 3. 蘧伯玉為衛大夫，國人稱賢。

	遂初賦	北征賦	東征賦
	直，仍受屈被黜。 14. 蘧伯玉於衛國兩次內亂均持反對態度，結果兩次出奔。 15. 晉之舊公族皆微賤出身，新興之六卿：趙無卹、范吉射、智瑤、荀寅、魏曼多，韓不信，執掌朝政。 16. 晉大夫荀寅放肆而愚蠢。 17. 晉大夫范吉射擅自起兵。 18. 晉大夫趙簡子掌權近十年。 19. 趙武靈王胡服騎射，使國家強盛。 20. 趙國將領趙奢以堅壁之策破秦軍。		
寫景	野蕭條以寥郭兮，陵谷錯以盤紆。飄寂寥以荒吻兮，沙埃起而杳冥。迴風育其飄忽兮，迴颮颮之泠泠。薄涸凍之凝滯兮，莁谿谷之清涼。漂積雪之皚皚兮，涉凝露之隆霜。揚雹霰之復陸兮，慨原泉之凌陰。激流澌之漻淚兮，窺九淵之潛淋。颯悽愴以慘怛兮，慽風漻以洌寒。獸望浪以穴竄兮，鳥脅翼	隮高平而周覽，望山谷之嵯峨。野蕭條以莽蕩，迴千里而無家。風猋發以漂遙兮，谷水灌以揚波。飛雲霧之杳杳，涉積雪之皚皚。鴈邕邕以群翔兮，鶬雞鳴以嘈嘈。	睹蒲城之丘墟，生荊棘之榛榛。

	遂初賦	北征賦	東征賦
	之淩浚。山蕭瑟以鷓鳴兮，樹木壞而哇吟。地坼裂而憤忽急兮，石捌破之品品。天烈烈以厲高兮，廖踤窻以翏牢，雁邕邕以遲遲兮，野鸛鳴而嘈嘈。望亭隆之曒曒兮，飛旗幟之翩翩。回百里之無家兮，路脩遠之綿綿。		
抒懷	攸潛溫之玄室兮，滌濁穢於太清。反情素於寂漠兮，居華體以自得兮，玩書琴以條暢兮，考性命之變態。運四時而覽陰，總萬物之珍怪。雖窮天地之極變全，曾何足乎留意。長恬淡以懽娛兮，固賢聖之所喜。	遊子悲其故鄉，心愴恨以傷懷。撫長劍而慨息，泣漣落而霑衣。攬余涕以於邑兮，哀生民之多故。夫何陰曀之不陽兮，嗟久失其平度。諒時運之所為兮，永伊鬱其誰愬。	知性命之在天，由力行而近仁。勉仰高而蹈景兮，盡忠恕而與人。好正直而不回兮，精誠通於明神。庶靈祇之鑒照兮，祐貞良而輔信。
亂	處幽潛德，含聖神兮。抱奇內光，自得貢兮。寵幸浮寄，奇無常兮。寄之去留，亦何傷兮。大人之度，品物齊兮。舍位之過，忽若遺兮。求位得位，固其常兮。守信保己，比老彭兮。	夫子固窮，遊藝文兮。樂以忘憂，惟聖賢兮。達人從事，有儀則兮。行止屈申，與時息兮。君子履信，無不居兮。雖之蠻貊，何憂懼兮。	君子之思必成文兮，盍各言志慕古人兮。先君行止則有作兮，雖其不敏敢不法兮！貴賤貧富不可求兮，正身履道以俟時兮。修短之運愚智同兮，靖恭委命惟吉凶。敬慎無怠思嗛約兮，清靜少欲師公綽兮。
	句型：四，三兮。	句型：四，三兮。	句型：七兮。

　　從以上表列可清楚看出〈遂初賦〉、〈北征賦〉、〈東征賦〉之異同。以體製言，三篇均由「序」、「正文」、「亂」三者組成，但〈遂初賦〉的序是以散體寫成，明顯有別於正文，且篇幅較長，敘述流放史事緣由詳細，但此序並非出自劉歆之筆，而是《漢書》作者所作。〈北征賦〉及〈東征賦〉的序則以騷體寫成，並且是作者所作，與正文句式相同，只短短四到六句而已。以寫法言，三篇的共同點，或說紀行賦的共同點，就是將空間歷史化，因地及史，夾敘夾議，大量引用史事，「由地理景觀出發，進而引生歷史思維，乃至於呈現社會生活的處境。」[13]其敘事、寫景、抒懷有機地融為一體。以寫作背景言，劉歆因政治失意，徙五原太守而寫〈遂初賦〉，此乃衰世而嘆治亂之作；班彪因遭逢世亂，避禍於安定而寫〈北征賦〉，此乃亂世而嘆興亡之作；班昭因隨子曹成東往陳留赴任而寫〈東征賦〉，此乃治世以嘆存沒之作。

　　「劉歆〈遂初〉，歷敘於紀傳，漸漸綜採矣。」[14]紀行賦體式在劉歆〈遂初賦〉奠定，除了「因地及史」[15]大量徵引歷史故實之特色外，〈遂初賦〉以降的紀行賦，其實都在處理一相同的核心問題，即「如何面對被流放或遠離政治中心的疏離和孤獨」。因此，紀行賦之作者，在行旅中所見之客觀景物，書寫時就帶著濃厚的主觀色彩，眼見之都城、山川、景物均變成個人抒情的觸媒，筆下的景物也就都著上個人的色彩。從〈遂初賦〉中的寫景，可看出劉歆身為漢宗室對朝廷政權危墜的深刻憂心，一路由長安出發，至邊塞

---

[13] 見鄭毓瑜〈歸返的回音──地理論述與家園想像〉，收入《性別與家國》，（上海：上海三聯書店，2006・06），頁60。

[14] 《文心雕龍・事類》，劉勰著，周振甫注《文心雕龍注釋》，（台北：里仁書局，1998・09），頁705。

[15] 見王琳〈簡論漢魏六朝的紀行賦〉：「漢魏六朝的紀行賦的重要的特色是『因地及史』。」《文史哲》，（1990 第 5 期）。

之沿途所見的景色，是「蕭條」、「寂寥」、「悽愴」、「慘怛」、「蕭瑟」的，天高地闊，四野蒼茫，斯人為衰弱之邦國憔悴。地域的隔離，時世的疏遠，放逐者的行旅，對史地之書寫，其實是個人心理治療的綿密歷程。在紀行賦的「亂」中自慰自勵，最能看見作者在自我心理治療康復後的應世心態，不論是「寵幸浮寄，奇無常兮。寄之去留，亦何傷兮。」還是「君子履信，無不居兮。雖之蠻貊，何憂懼兮。」或是「敬慎無怠思嗛約兮，清靜少欲師公綽兮。」不都說明了紀行賦作者，帶著己身遭放逐或遠離政治中心的悲感而敘行、寫景、抒懷之後的平靜心理？

三、〈述行賦〉內容分析

〈述行賦〉前有序文，蔡邕以百餘字說明寫作背景及緣由：

> 延熹二年秋，霖雨逾月。是時梁冀新誅，而徐璜、左悺等五侯擅貴於其處。又起顯陽苑于城西。人徒凍餓，不得其命者甚眾。白馬令李雲以直言死，鴻臚陳君以救雲抵罪。璜以余能鼓琴，白朝廷，敕陳留太守發遣余。到偃師，病不前，得歸。心憤此事，遂託所過，述而成賦。

序文出現了兩組對照的人物，一為徐璜、左悺等專橫擅權的「五侯」，[16] 一為李雲、陳蕃忠言直諫的忠臣。要對蔡邕寫〈述行賦〉的悲憤有深刻的理解，恐怕必須先了解當時的政治局勢。

---

[16] 此五侯為：單超，封為新豐侯，食邑二萬戶；徐璜，封為武原侯，食邑一萬五千；具瑗，封為東武陽侯，食邑一萬五千；左悺，封為上蔡侯，食邑一萬三千；唐衡，封為汝陽侯，食邑一萬三千。五人同日而封，故世謂之五侯。《後漢書·宦者傳》：「自是權歸宦官，朝廷日亂矣。」

　　延熹二年，大將軍梁冀因跋扈專權被誅，中常侍單超等人，因誅除梁冀有功，並列封侯，專掌舉薦之權。當時立掖庭民女薄氏為皇后，數月之間，皇后家再封者四人，賞賜數萬。當時多次地震，造成嚴重災情。李雲平素剛直，「憂國將危，心不能忍」，於是公開上書。上書內容主要有三，一指「皇后為天下母，德配坤靈，得其人則五氏來備，不得其人則地動搖宮。」二，言皇上「猥封謀臣萬戶以上」，即指濫封單超等宦官為侯；三，指陳現今官位錯亂，小人諂媚晉升，賄賂公行，詔策任用皆不經皇上。桓帝看了奏書大怒，立刻將李雲下獄。當時弘農五官掾杜眾因悲李雲忠諫而獲罪，上書願與李雲同死，大鴻臚陳蕃亦上書救助李雲，最後，李雲及杜眾死在獄中，陳蕃則免官歸里。

　　奸佞當道，忠良受死，起造顯陽苑，使無數人凍餓而死，統治者昏昧，當權者驕奢，百姓無告，朝綱失序，社稷危傾。蔡邕思及政治及社會的現實狀況，彷彿與此行遭遇一般，淫雨經時，泥塗屯邅，行不得前的困窘。〈述行賦〉起首即如此言之：

> 余有行於京洛兮，遘淫雨之經時。塗屯邅其寋連兮，潦汙滯而為災。乘馬蹯而不進兮，心鬱伊而憤思。聊弘慮以存古兮，宣幽情而屬詞。

蔡邕從家鄉陳留出發，首先行經大梁，在此處，蔡邕思及信陵君竊符救趙，用朱亥計謀殺死晉鄙之事，他替晉鄙之無辜而哀嘆，譏諷信陵君盲目的被推崇。行經中牟，他思及春秋時趙國的中牟宰佛肸，佛肸為范氏的家臣，趙簡子伐范，佛肸據此地抵抗趙簡子。蔡邕同時也想起發憤苦讀後為周威王之師的甯越，他在中牟尋訪甯越的後代，但人們大都不知有甯越這位賢人。經過圃田，向北遠眺，此地是康叔在衛國的封地。到了管邑，此是周文王子叔鮮的封地，蔡邕想到管叔、蔡叔於周初為亂，引殷商遺民反周，不禁感嘆。到

了滎陽，這個漢高祖曾受圍困的地方，忠君的紀信即是在此為劉邦突圍而犧牲。行至軍事要地虎牢關，春秋時，轅濤塗唆使鄭申侯修築高牆，陷申侯於違制欲叛之名，而使其被殺。〈述行賦〉是如此說的：

> 夕宿余于大梁兮，誚無忌之稱神。哀晉鄙之無辜兮，忿朱亥之篡軍。歷中牟之舊城兮，憎佛肸之不臣。問甯越之裔胄兮，藐髣髴而無聞。經圃田而瞰北境兮，悟衛康之封疆。迄管邑而增感歎兮，慍叔氏之啟商。過漢祖之所隘兮，弔紀信于滎陽。勤諸侯之遠戍兮，侈申子之美城。稔濤塗之愎惡兮，陷夫人以大名。

可以留意的是，蔡邕所用「誚」、「哀」、「忿」、「憎」、「慍」、「弔」等動詞，說明了蔡邕一路憤恨鬱伊的情緒。

之後，蔡邕又經了洛水、壇坎、鞏都，他又「因地及史」的分別提及了以下史事。經過洛水時，「追劉定之攸儀兮，美伯偶之所營。悼太康之失位兮，愍五子之歌聲。」行經壇坎，蔡邕想到的是王子帶受寵爭位，最後被殺之事，「忿子帶之淫逆兮，唁襄王于壇坎。悲寵嬖之為梗兮，心側愴而懷慘。」到了鞏都，蔡邕想到的，又是宮廷內部鬥爭的史事：周景王死後，庶子朝與王子猛爭位，各有私黨。王子猛即位，伐子朝，王黨簡公敗績，幸賴晉國支援，始逐去子朝，「濟西谿而容與兮，息鞏都而後逝。愍簡公之失師，疾子朝之為害。」

行至偃師，蔡邕稍事休息，「率陵阿以登降兮，赴偃師而釋勤。壯田橫之奉首兮，義二士之俠墳。佇淹留以候霽兮，感憂心之殷殷。」蔡邕越是接近洛陽，心情越是沉重，一方面想到的都是朝廷中央的鬥爭亂事，再加上久雨不晴的陰霾，反反覆覆的思量，到底去不去京都見天子呢？這時，「見陽光之顯顯兮，懷少弭而有欣。」蔡邕

一直在思考，到底去不去京都，去了，肯定受辱；不去，又有救命在身……天氣終於放晴了，見陽光顥顥，文人性格的感性，使蔡邕受到和煦陽光的感動，愁思稍減而心情大好，於是「命僕夫其就駕兮，吾將往乎京邑。」那京邑正是「皇家赫而天居兮，萬方徂而並集」，但蔡邕終於還是有儒子士人的理智，他旋即又想到：

> 貴寵扇以彌熾兮，僉守利而不戰。前車覆而未遠兮，後乘驅而競及。窮變巧于臺榭兮，民露處而寢濕。消嘉穀于禽獸兮，下糠粃而無粒。弘寬裕于便辟兮，糾忠諫其侵急。懷伊呂而黜逐兮，道無因而獲入。唐虞眇其既遠兮，常俗生於積習。周道鞠為茂草兮，哀正路之日澀。觀風化之得失兮，猶紛挐其多違。無亮采以匡世兮，亦何為乎此畿。甘衡門以寧神兮，詠都人而思歸。爰結蹤而迴軌兮，復邦族以自綏。

這是蔡邕對當前局勢深刻觀察後的描述，此中對驕奢權貴尖銳的批判，對疾苦生民悲憫的同情，展現出蔡邕對時政治的不滿，悲天憫人的胸懷，以及不願同流合污、委屈受辱的態度。於是，一路始終悲憤鬱伊的蔡邕，終於決定回家了。

　　蔡邕對昏暗局勢的洞燭及批判，雖然在賦文的最後才出現，但其實這種對時局不滿的心理，一直在行旅中出現，不斷累積，最後勃然而發。在行旅中，蔡邕「登長阪以凌高兮，陟蔥山之嵬陘」，思及的是「建撫體而立洪高兮，經萬世而不傾。」蔡邕對盛世明君建立萬世功業，原也有所期待，但蔡邕面對所經之地，所見之景，仍一再地思及昏主、亂臣、城破、人亡的史事，即便歷史上有能主、忠臣的盛世，但於蔡邕言，那也只是歷史煙雲，或如短暫的「顥顥陽光」，旋即又被濃密烏雲遮蔽。蔡邕眼見的真實，還是「弘寬裕于便辟兮，糾忠諫其侵急」，五侯擅權、李雲受死。於是，蔡邕終

於超越了以往士人「受放逐」的心理，自甘遠離政治中心的京都，不去赫赫天居皇家的洛陽，他再也無反顧地歸返家鄉。蔡邕在〈述行賦〉中，理智清明的決定遠離京都的抉擇，鄭毓瑜謂之「打破了放逐文學的主題」。[17]

既然是「述行」，對於行旅風景必然有所描述摹寫。蔡邕〈述行賦〉中，對沿途景物的描寫，是一幅陰曀慘慄，荒敗衰頹，滄涼蕭寂的景象，正呼應著蔡邕一路矛盾、悲憤、鬱伊的心理：

> 迴嶠峻以降阻兮，小阜寥其異形。崗岑紆以連屬兮，谿壑窶其杳冥。迫嵯峨以乖邪兮，郭巖塞以崝嶸。攢栻樸而雜榛楛兮，被浣濯而羅生。布藜荻與臺菡兮，緣增崖而結莖。

蔓生叢結的荒榛野荻，在紆迴連屬的山路中，不斷不斷的出現，顯得行路艱困，也象徵蔡邕心緒「到底去不去京都」的矛盾難解。

> 山風泊以飆涌兮，氣憭慄而屬涼。雲鬱術而四塞兮，雨濛濛而漸唐。
> 玄雲黯以凝結兮，集零雨之溱溱。

山風、涼氣、陰雲鬱積、雨漫道路、玄雲黯結，零雨溱溱，完全是陰曀慘慄的景象。

景物的描寫雖不是紀行主體，但用以襯托及表達作者內在心理及情緒感受，卻是紀行賦一直有的基本要素。

---

[17] 鄭毓瑜〈歸返的回音——地理論述與家園想像〉，收入《性別與家國》，（上海：上海三聯書店，2006‧06），頁87。

四、〈述行賦〉藝術技巧分析

　　〈述行賦〉句式用〈離騷〉的「○○○○○兮，○○○○○
○」（六兮六）的騷體句式，與前述劉歆、班彪、班昭之作所用的
句式相同。全賦多所使用激烈的情感動詞，如「憎佛肸之不臣」之
「憎」、「慍叔氏之啟商」之「慍」、「愍五子之歌聲」之「愍」、「哀
哀周之多故兮」之「哀」、「忿子帶之淫逆兮」之「忿」、「喟襄王於
壇坎兮」之「喟」、「悲寵嬖之為梗兮」之「悲」、「疾子朝之為害」之
「疾」等等，展現憤鬱的基調。而〈述行賦〉所使用的藝術技巧，主
要是「因地及史」的隸事用典、對比及示現。現將此三者分述如下。

（一）因地及史的隸事用典[18]

　　自劉歆〈遂初賦〉大量引用史事，以後之紀行賦皆以為範式。
蔡邕〈述行賦〉之隸事用典可清楚說明此「因地及史」的特色。隸
事用典是詩賦文章中常見的修辭技巧。中國文學的用典起源甚早，
劉勰在《文心雕龍‧事類》說：

> 事類者，蓋文章之外，據事以類義，援古以證今者也。文王
> 繫易，剖判爻位，既濟九三，遠引高宗之伐；明夷六五，近
> 書箕子之貞；斯略舉人事，以徵義者也。至若胤征羲和，陳
> 政典之訓，盤庚誥民，敘遲任之言；此全　引成辭，以明理

---

[18] 此處「因地及史的隸事用典」，即只討論〈述行賦〉裡，蔡邕言及行經之地
而所引之事典。

者也。然則明理引乎成辭，微義舉乎人事，乃聖賢之鴻謨，
經籍之通矩也。[19]

周振甫注說：「事類就是修辭上的引用手法，『明理引乎成辭，徵
義舉乎人事』，引用成語或故事，目的在於明理徵義，在詩歌創
作上，要用形象來表達情思，不適宜抽象說理，這時就需要用
事。」又說：「修辭學裡稱引用有兩個方式：一是明引，說明成
語或故事的出處；二是暗用，把成語或故事編入自己的文章裡，
不加說明。」

　　在《文心雕龍・事類》中所謂的「舉人事以徵義」及「引成辭
以明理」，就是「隸事用典」中所謂的「事典」及「語典」兩種方
式。學者有的將《文心雕龍》中所提到的「事類」解作「引用」，
有的則另作「典故」或「用典」，而其實二者所指有許多重疊或相
同處。在此處，本文則以「用典」稱之，而將「用典」分為「語典」、
「事典」。作者用省淨的詞語，表達一個完整的意念或故事，不
必重述原始資料的一大段文句，此種以故事為基礎的用典方式，
稱為「事典」，所謂「語典」，是指直接引用古語古句，裡面不必
蘊藏故事。

　　以下用表列方式說明〈述行賦〉之隸事用典情形，以清眉目。

---

[19] 同《文心雕龍・事類》。劉勰著，周振甫注《文心雕龍注釋》（台北：里仁
　　書局，1998・09），頁705。

〈述行賦〉所用「事典」表

文句	地	人	事	典故出處
夕宿余于大梁兮，詔無忌之稱神。哀晉鄙之無辜兮，忽朱亥之篡軍。	大梁（今開封）	信陵君、晉鄙、朱亥	秦圍趙，信陵君竊符，矯君命而奪晉鄙兵權欲發兵救趙，晉鄙疑而不從，為信陵君之力士朱亥椎殺。	《史記·信陵君列傳》
歷中牟之舊城兮，憎佛肸之不臣。	中牟	佛肸、趙簡子	佛肸為范氏、中行氏家臣，趙簡子伐范、中行氏，佛肸為中牟宰，叛趙簡子	《史記·孔子世家》、《論語》疏。
問甯越之裔胄兮，藐髣髴而無聞。	中牟	甯越	甯越本鄙人，苦學後為周威王之師	《呂氏春秋·博志篇》
經圃田而瞰北境兮，悟衛康之封疆。	圃田	衛康	衛康封地於圃田北境	《左傳·定公四年》
迄管邑而增感歎兮，憖叔氏之啓商。	管邑	管叔、蔡叔	管蔡之亂	《史紀·周本紀》
過漢祖之所隘兮，弔紀信于滎陽。	滎陽	劉邦、紀信	劉邦被困滎陽，紀信詐為高祖出降。	《史記·高祖本紀》
勤諸侯之遠戍兮，侈申子之美城。穩濤塗之慝惡兮，陷夫人以大名。	虎牢	鄭申侯、（陳）轅濤塗	齊桓公伐楚旋師，經陳、鄭，陳大夫轅濤塗為冤供應之苦，與鄭申侯勸其循海而歸，但申侯卻向齊桓公密告濤塗不忠，並執濤塗，伐陳。事後濤塗唆使申侯於采邑築高牆，陷申侯於違制欲叛之名而被殺。	《左傳·僖公四、五、七年》

文句	地	人	事	典故出處
顧大河于北垠兮，瞰洛汭之始並。追劉定之攸儀兮，美伯禹之所營。	洛水	劉定公、大禹	劉定公于洛水贊美大禹：「美哉功，明德遠矣。微禹，吾其魚乎！」	《左傳·昭公元年》
悼太康之失位兮，愍五子之歌聲。	洛水	太康、太康其弟五人	太康無道，其弟五人於洛水作歌以勸。	《尚書·夏書·五子之歌》
忿子帶之淫逆兮，唁襄王于壇坎。悲寵嬖之為梗兮，心惻愴而懷慘。	壇坎	子帶、周襄王	周惠王寵愛王子帶，惠王死後子帶與太子鄭爭王位，太子即位為襄王，子帶出奔，後又回國，與襄王后隗氏私通，子帶舉兵逐襄王，晉文公助襄王，殺子帶。	《左傳·昭公二十二年》
濟西谿而容與兮，息鞏都而後逝。愍簡公之失師，疾子朝之為害。	鞏都	子朝、王子猛、簡公	周景王死後，庶子朝與王子猛爭位，各有私黨。王子猛即位，伐子朝，王黨簡公敗績，其賴晉支援，始逐去子朝。	《左傳·昭公二十三年》
率陵阿以登降兮，赴偃師而釋勤。壯田橫之奉首兮，義二士之俠墳。	偃師	田橫	漢高祖滅齊，齊王田橫逃入海島，高祖召之，田橫與二客赴洛陽，離洛陽三十里處自殺，令二客捧頭見高祖。高祖禮葬之。葬畢，二客掘墳旁穴自殺從死。	《史記·田儋列傳》

　　從此表可看出，蔡邕所引的古人史事大致可分為兩類，一是昏主、亂臣，昏主如太康、亂臣如管叔、蔡叔、佛肸等；一是能主、忠臣，能主如大禹，忠臣如紀信。

　　蔡邕在賦中引用事典之微言大意，某些有值得爭議之處，例如，將信陵君竊符救趙之事，認為是朱亥篡軍，故意忽略歷史上對信陵君救趙、朱亥酬知遇等正面的肯定；將申侯違制築高城之事，推因為濤塗的陷害，故意忽略申侯背信、貪而無厭的史實。為了強調令不出於主、懷怨報復之不足為法，蔡邕用片面、個人主觀式的史評，這自然是一種選擇式的書寫策略，蔡邕有意在此以古諷今的暗示當時宦官近臣之悖逆不忠。

　　從大梁到中牟，再到管邑、虎牢，作者聯想而徵引的，皆是歷史上君臣間對立交惡，經洛水、壇坎、到鞏都，蔡邕所引之史事，皆是在政治中心──朝廷所發生的政爭，太康失政、東周王朝兩次王位之爭的內訌，幾至喪亡天下之境。從大梁至虎牢一段，是蔡邕此次行程前半段，賦中的情感雖然鬱伊憤思，但相較於從洛水至鞏都的後半段行程所表現的情感，仍較平和，至洛水至鞏都，愈接近洛陽，心情越加複雜，蔡邕在引用史事中，明顯流露出對朝政昏暗的沉痛激憤。

<述行賦>所用「語典」表

<述行賦>文句	原典文句
攢「椒樸」而雜「榛楛」兮，被浣濯而羅生。	《詩經‧大雅‧椒樸》篇名。《詩經‧旱麓》：「榛楛濟濟」。
「我馬虺隤」以「玄黃」。	《詩經‧周南‧卷耳》：「我馬虺隤」、「我馬玄黃」。
悲寵嬖之「為梗」兮，心惻愴而懷慘。	《詩經‧大雅‧桑扈》：「誰生厲階，至今為梗。」

〈述行賦〉文句	原典文句
「周道鞠為茂草」兮，哀正路之日澀。	《詩經‧小雅‧小弁》：「踧踧周道，鞠為茂草。」
其「衡門」以寧神兮，詠「都人」而思歸。	《詩經‧陳風‧衡門》：「衡門之下，可以棲遲。」 《詩經‧小雅‧都人士》篇名。
終其永懷，窘陰雨兮。	《詩經‧小雅‧正月》：「「終其永懷，又窘陰雨。」
歷觀群都，尋「前緒」兮。	〈天問〉：「纂就前緒，遂成考功。」
「登高斯賦」，義有取兮。	《毛詩‧鄘風‧定之方中‧傳》：「登高能賦，可以為大夫。
言旋言復，我心「胥」兮。	《詩經‧小雅‧桑扈》：「君子樂胥，受天之祐。」

以上〈述行賦〉所用之語典，一則出自《楚辭‧天問》，而大多出自於《詩經》。

　　隸事用典，是文學作品極重要的表現技巧，辭賦是最適於逞才的文學形式，善於用典，更能增加的辭賦藝術性，但用典宜自然而不流於雕琢藻飾，否則只是製造閱讀困難，或流於炫學賣弄，許多漢大賦予人有不能卒讀之感，即是用了過多的典故，蔡邕在漢末辭賦風氣轉變之際，運用事典廣泛，使用語典自然，尤其是語典的使用，能將語句融裁貼合意境，並不流於雕琢、賣弄，故其用語典之技巧，可謂自然天成。

（二）對比

　　〈述行賦〉所用的對比手法，於選擇性的使用事典中可得見。蔡邕舉了諸多能主、忠臣對照昏主、亂臣的史事，說明歷史上的邦

國興亡其來有自。以能主、忠臣與昏主、亂臣作一強烈的對比，邦國之興盛有因，邦國之覆滅亦有其由。

此外，在〈述行賦〉正文的最後一段，也集中地使用對比法，如「窮變巧于臺榭兮，民露處而寢濕。消嘉穀于禽獸兮，下糠粃而無粒」四句，將當朝王公貴族的奢侈淫逸與生民百姓餐風露宿的苦況作強烈的對比。而「弘寬裕於便辟兮，糾忠諫其侵急」，將便辟小人反而得勢，耿介忠臣反而被逐的時政風氣，作明顯的對比。

（三）示現

所謂示現，即指「語文中利用人類的想像力，把實際上不聞不見的事物，說得如見如聞」。[20]〈述行賦〉中對行旅景物的描寫，屬於「追述的示現」，也就是把過去的事跡說得彷彿還在眼前一樣。[21]「迴崤峻以降阻兮，小阜寥其異形。崗岑紆以連屬兮，谿壑復其杳冥。迫嵯峨以乖邪兮，廓巖壑以崢嶸。攢楗樸而雜榛楛兮，被浣濯而羅生。布藜莢與臺茵兮，緣增崖而結莖」，以上大致寫山勢高峻，谿谷險惡，榛莽叢生之狀。而「山風泊以飆涌兮，氣慄慄而厲涼。雲鬱術而四塞兮。雨濛濛而漸唐」，追述征途之中，在山中所遭遇到的惡劣天氣。「僕夫疲而劬瘁兮，我馬虺隤以玄黃。格莽丘而稅駕兮，陰曀曀而不陽」寫趕車者疲累勞苦，馬匹疲乏而病，只好解下駕車的馬以休息，而此時天氣晦暗不見陽光。「玄雲黯以凝結兮，集零雨之溱溱」寫雨水之盛。「路阻敗而無軌兮，塗潭溺而難遵。率陵阿以登降兮，赴偃師而釋勤」，追述當時路途為洪水阻隔，故泥塗難行，而依循山勢登高降低，直至偃師方才休息。

---

[20] 見黃慶萱《修辭學》，（台北：三民書局，1992‧09），頁365。
[21] 同前註，頁370。

五、〈述行賦〉的開創

　　蔡邕〈述行賦〉行旅紀實的書寫，一方面包括客觀地理的親臨
覽觀，還有「因地及史」的歷史憑弔及興嘆，又者，表現出對當前
政治現實的洞燭與批判。但蔡邕此賦與劉歆、班彪、班昭三人的紀
行賦最大的不同，就在於其表現「反放逐」的思想。

　　〈述行賦〉前的紀行賦書寫，如〈遂初賦〉、〈北征賦〉，皆表
現遭放逐者遠離政治中心的疏離與孤獨的情感，一方面有深沉的士
不遇之嘆，一方面又極力擁護皇權政治，對大一統帝國的認同，卻
始終未因時局黑暗、政治混亂而失望、絕望，但〈述行賦〉寫來卻
迴異於此：蔡邕經過「我馬虺隤以玄黃」的難困行旅，登上長坂，
望著斷崖，心中原本想的也是「建撫體而立洪高兮，經萬世而不
傾」，蔡邕原也希望偉大的帝國皇權，就如崇峻高山能夠經萬世而
不傾，然而，行至偃師，即將到達京都洛陽時，蔡邕突然覺悟，放
眼當前時政「貴寵扇以彌熾兮，斂守利而不戢」，明擺在眼前可預
知的是「前車覆而未遠兮，後乘驅而競及」，再想到社會的真實情
況是「窮巧變于臺榭兮，民露處而寢濕。消嘉穀于禽獸兮，下糠粃
而無粒」，而正直如李雲、陳蕃等人遭受迫害，如徐璜、左悺等小
人受到恩寵而把持朝政，這樣「弘寬裕于便辟兮，糾忠諫其侵急」
的政局，還能夠對統治者抱有希望嗎？大一統帝國的認同，在蔡邕
心理瞬息破滅。所以蔡邕至偃師後，毫不猶豫就「爰結蹤而迴軌兮，
復邦族以自綏」，返回故鄉的蔡邕「閒居翫古，不交當世」，自絕於
政治中心，自甘與政治疏離，自願處於「放逐式」的生活。蔡邕這種
遠離政治、自願處於放逐式生活的心理，也在他企圖為「歷史——
地理」的論述建立客觀的鑒視中呈現，援引史料除了是一種地理知

識的展現，也是史學史識的的顯示，在「歷觀群都，尋前緒兮。考之舊聞，厥事舉兮」之後，蔡邕更期待能以此賦「則善戒惡」，這也是「亂」文中所強調的。

綜上所述，〈述行賦〉別開局面之處有三，一是對傾危皇權及大一統帝國的失望、質疑；二是打破放逐者寫紀行賦的心理模式，建立「反放逐」式的紀行賦書寫，保持與政治中心的距離，自處邊緣士人的身份；三是對無告百姓深刻的關懷，對貪殘朝貴尖銳的批判。

第二節　〈漢津賦〉

在〈漢津賦〉之前，寫「水」類的賦，有班彪、班固之〈覽海賦〉，班固〈覽海賦〉今只見兩句，無法見其全貌。在蔡邕之後，寫江海的辭賦，有王粲〈遊海賦〉、應瑒〈靈河賦〉，而最著名者，為《文選》所錄木華〈海賦〉、郭璞〈江賦〉。蔡邕〈漢津賦〉則是第一篇寫江河、寫漢水的賦作。[22]

一、地理賦探源

《易‧繫辭》：「仰以觀於天文，俯以察於地理，是故知幽明之故。」孔穎達疏：「地有山川、原隰，各有條理，故稱地理也。」[23]

---

[22] 龔克昌：「〈漢津賦〉是我們能見到最早完整地描繪祖國大江大河的賦篇，在此之前，只有描寫江河的片段。」「以江河名篇的賦作甚少，蔡邕開創了個先例。」見氏著《全漢賦評注》，石家莊：花山文藝出版社，2003‧12），頁832。

[23] 《十三經注疏‧周易》，（台北：藝文印書館，1985‧12），頁147。

「地理」與「賦」二者結合的書寫，彰顯了辭賦體式的特色。因為地理敘寫重真實、重次序，以及必須以全方位鋪陳的方式來書寫，而辭賦書寫的諸多特色中，在此便明顯與地理書寫的特色不謀而合，而有地理賦——結合「地理」與「賦」，這類具有豐富文化研究價值的辭賦了。

　　《昭明文選》分賦為十五類，其中京都、紀行、游覽、江海四類皆與地理有關。李昉等人編《文苑英華》將賦分為四十三目，有地類、水、京都、邑居、紀行、游覽等，與地理相關。姚鉉編《唐文粹》分賦十八目，有京都、海、名山等皆與地理相關。清・陳元龍所編《歷代賦匯》，將賦分為三十八類，其中地理類十七卷，另有地理學之「志乘」意義的「都邑類」十卷。[24]

　　枚乘〈七發〉、司馬相如〈天子游獵〉、揚雄〈河東〉、雖未明確被收入「地理類」賦，但其中均有對地理直接、具體之描寫，之後班固〈兩都賦〉、揚雄〈蜀都賦〉張衡〈兩京賦〉之京都大賦，寫京都的山川大地、政治禮俗、風物人情。賦家對自然山川與方鎮疆域的人文關懷，對區域人文禮俗的描寫與禮贊，對大一統帝國體制政教的嚮往與頌揚，均與歷代方志學家的撰述情懷相通。京都大賦描寫山水及名物時，往往用「山則某某」、「水則某某」、「木則某某」，其辭彙大量排比鋪陳的結果，使其有類書的功能。漢大賦作者均具博大才學，因唯具有廣博學識，方能排比羅列各名物以鋪陳描寫事物，尤其對廣大的京都、山川、江海之書寫，更適合以賦的形式承載表現。

---

[24] 關於地理賦源流，可參考許結〈論賦的地理情懷與方志價值〉，收入《賦體文學的文化闡釋》，（北京：中華書局，2005・09），頁139-150。

紀行及游覽賦用以記敘行旅或游歷，無論是客觀地理的書寫，或是個人眼光中的山水景物地理景觀，皆以地理為書寫對象，故紀行賦及游覽賦，當然可視為是地理賦下的類項。

江海、山川是地球上自然的存在物，是地理研究的對象，江海賦最早為班彪〈覽海賦〉，之後為蔡邕〈漢津賦〉，但若細分，海則為海，江則為江，故亦可言，班彪〈覽海賦〉為第一篇「海賦」，蔡邕〈漢津賦〉為第一篇「江賦」。寫山川的賦作，最早存目者為司馬相如〈梓桐山賦〉，之後為劉向〈請雨華山賦〉、杜篤〈首陽山賦〉、班固〈終南山賦〉。寫州郡、關隘之賦作，最早為班彪〈冀州賦〉及李尤〈函古關賦〉。

二、〈漢津賦〉內容分析

〈漢津賦〉篇幅不長，寫漢水水流水勢、所經之地、所產之物、波濤風浪，以及觀覽漢水濤浪時的心情、心願。主要敘寫部分為漢水流經之地。根據〈初學記〉云漢水：

> 漢，楚水也。《周禮》荊州其川江漢。按《水經注》及《山海經注》云：漢水出隴坻道縣嶓冢山，初名漾水，東流至武都沮縣，始為漢水東，南至葭萌，與羌水合，至江夏安陸縣，名沔水，故有漢沔之名。又東至音陵，合滄浪之水。又東過三澨，水觸大別山，南流而入江。《尚書》稱嶓冢導漾，東流為漢。又東為滄浪之水，過三澨至于大別，南入于江，東匯澤為彭蠡，東為北江，入于海是也。[25]

---

[25] 唐·徐堅等著《初學記·卷第七、漢水第二》，（北京：中華書局，2004·02），頁142。

對照〈漢津賦〉:「登源自乎嶓冢,引漾灃而東征。納陽谷之所吐兮。總畎澮之群液,演西土之陰精。遇萬山以左迴兮,旋襄陽而南縈。切大別之東山兮,與江湘乎通靈。」此段寫漢水所經之地的文句,明顯看出,此寫漢水,是地理紀實的客觀描寫,而不是虛想的浪漫文學作品,此段也是賦中最主要的部份。雖然,後來的地理知識證實《初學記》所引《周禮》、《水經注》、《山海經注》是有所失誤的,但以當時的科學條件,要能做精確的地理驗證,誠非容易。

　　〈漢津賦〉客觀的描寫方式,與其他地理賦展現的「重現實」之特色一致。〈漢津賦〉篇幅不長,故沒有木華〈江賦〉及郭璞〈海賦〉的氣勢、規模,以及羅列、排比的誇飾手法,反而展現真實的平易之美。為方便敘述及分析,將〈漢津賦〉全文、主旨大意之表格,引錄如下:

　　　　夫何大川之浩浩兮,洪流淼以玄清。配名位乎天漢,披厚土而載形!登源自乎嶓冢,引漾灃而東征。納陽谷之所吐兮,兼漢沔之殊名。總畎澮之群液,演西土之陰精。遇萬山以左迴兮,旋襄陽而南縈。切大別之東山兮,與江湘乎通靈。嘉清源之體勢,澹澶湲以安流。鱗甲育其萬類兮,蛟龍集以嬉游。明珠胎于靈蚌兮,夜光潛乎玄洲。雜神寶其充盈兮,豈魚龜之足收。於是遊目騁觀,南援三州,北集京都,上控隴坻,下接江湖。導財運貨,懋遷有無。既乃風焱蕭瑟,勃焉並興,陽侯沛以奔騖,洪濤涌而沸騰。願乘流以上下,窮滄浪乎三澨。覿朝宗之形兆,瞰洞庭之交會。

〈漢津賦〉段落主旨分析表

	文句	主旨大意
1	夫何大川之浩浩兮，洪流淼以玄清。配名位乎天漢，披厚土而載形！	總寫漢水之大之長
2	登源自乎嶓冢，引漾澧而東征。納陽谷之所吐兮，兼漢沔之殊名。總畎澮之群液，演西土之陰精。遇萬山以左迴兮，旋襄陽而南縈。切大別之東山兮，與江湘乎通靈。	分寫漢水流經之地
3	嘉清源之體勢，澹澶湲以安流。	總寫漢水之水流水勢
4	鱗甲育其萬類兮，蛟龍集以嬉游。明珠胎于靈蚌兮，夜光潛乎玄洲。雜神寶其充盈兮，豈魚龜之足收。	虛寫漢水之物產
5	於是遊目騁觀，南援三州，北集京都，上控隴坻，下接江湖。導財運貨，懋遷有無。	分寫漢水之四方交通及運輸
6	既乃風焱蕭瑟，勃焉並興，陽侯沛以奔騖，洪濤涌而沸騰。	總寫漢水之濤浪
8	願乘流以上下，窮滄浪乎三澨。覘朝宗之形兆，瞰洞庭之交會。	虛寫作者觀覽漢水時之心情、心願

　　〈漢津賦〉大致寫漢水流經之地、水流、水勢、物產，又寫漢水之交通及濤浪，最後寫作者觀覽漢水時的心情、心願。

　　「夫何大川之浩浩兮，洪流淼以玄清。配名位乎天漢，披厚土而載形！」〈漢津賦〉首先讚美漢水之長，漢水水流浩大，江面廣闊無邊而水色深青，地上的漢水與天上的銀河之地位能相對應，漢水背著大地而形成河流。

　　漢水源頭，「登源自乎嶓冢，引漾澧而東征」，蔡邕在〈漢津賦〉說漢水源自嶓冢。嶓冢在現今甘肅天水、禮縣之間，古人以為漢水發源於此山，後來發現嶓冢其實是嘉陵江支流西漢水之源。漢水發源於陝西南部寧強縣，上流稱北漢水。蔡邕與唐・徐堅所編之《初學記》，均誤以漾水為漢水之源，而漾水其實是西漢水之源。

　　蔡邕又說漢水乃「陽谷之所吐兮，兼漢沔之殊名」，漢水的源頭在西方，西方是人稱陽谷的日歸之處，漢水之北源即是沔水，所以漢水又兼有沔水之名。漢水匯集了眾多田間的溝渠，它源於西方融解的霜雪，即所謂「總畎澮之群液，演西土之陰精」。漢水經過萬山北再向東折，經過襄陽而南流，即是賦中所言「遇萬山以左迴兮，旋襄陽而南縈」，而「切大別之東山兮，與江湘乎通靈」，是說漢水由西向東，切開大別山之東山，流入長江，漢水匯集長江與湘江東流，一同流入大海，故謂「通靈」。一連串對漢水源頭、流域的書寫，皆可一一求證於當時的地理書志，充分展現地理賦「重現實」的特點。

　　「嘉清源之體勢，澹澶湲以安流」，蔡邕讚美漢水的水流，有著清澈的水源，流動時舒緩又寧靜。這樣清源安流的漢水，物產如何呢？蔡邕說：「鱗甲育其萬類兮，蛟龍集以嬉游。明珠胎于靈蚌兮，夜光潛乎玄洲。維神寶其充盈兮，豈魚龜之足收」，各式各樣的水族在此孕育生長，蛟龍在此嬉游，明珠生於靈蚌，夜明珠潛藏於幽深的崖岸，漢水珠寶之多，豈只有魚龜等水族豐收。蔡邕在此描繪了一幅物產豐美的圖畫，其中蛟龍、夜光（夜明珠）為傳聞之物，運用文學筆法，而一時顯得脫離了現實精神。

　　之後蔡邕又彰顯了地理賦「重現實」的特色，以寫實精神寫漢水的交通，其曰：「南援三州，北集京都，上控隴坻，[26]下接江湖」，漢水向南通往徐州、揚州、荊州，向北可通洛陽，往上溯可至隴坻，漢水下接江湖，江、湖分別指長江與彭蠡湖，以上總總之敘述，皆符合當時之地理知識。如此重要發達的南北交通要渠，於是能「導財運貨，懋遷有無」。

---

[26] 據《初學記》引《水經注》：「漢水，出隴坻道縣嶓冢山。」但據龔克昌《全漢賦評注》言，「隴坻即隴山，繫六盤山南段的別稱，又稱壠阪，隴坻之水南流入渭水，實與漢水無關。作者這裡是誇張寫法。」

漢水之濤浪，「風猋蕭瑟，勃焉並興，陽侯沛以奔鶩，洪濤涌而沸騰」，陽侯乃傳說中的波神，在此借代為江波之意。曹道衡《漢魏六朝辭賦》指出，蔡邕這樣對江濤描寫，實已開晉代木華、郭璞之先聲。但較之郭璞〈江賦〉更少艱澀之弊。最後，蔡邕以頌讚的方式，說出了觀覽漢水時的心情及心願，他希望能「乘流以上下」，並且「窮滄浪乎三澨」，「覷朝宗之形兆」覷視江水歸海，「瞰洞庭之交會」觀看漢水與洞庭交會。

三、〈漢津賦〉藝術技巧分析

〈漢津賦〉基本句型為「○○○○○○兮，○○○○○」的騷體，以及四言句，全賦共 37 句，非長篇大賦之體製，無兩晉時木華〈海賦〉、郭璞〈江賦〉之羅列名物的繁複鋪寫，故不見恢弘壯闊的磅礴氣勢，乃展現平易樸實之美。分析其所使用的藝術技巧，歸納為感嘆、摹寫、誇飾、示現、借代五者。

（一）感嘆

「當一個人遇到可喜、可怒、可哀、可樂之事物，常會以表露情感之呼聲，來強調內心的驚訝或贊歎、傷感或痛惜、歡笑或譏嘲、憤怒或鄙斥、希冀或需要。這種以呼聲表露情感的修辭法，就叫感歎。」[27]「夫何大川之浩浩兮，洪流淼以玄清。配名位乎天漢，披厚土而載形！」此處讚歎漢水之浩大與流長，讚美地上之漢水能天上之銀河相對應，所使用乃感嘆修辭。

---

[27] 見黃慶萱《修辭學》，（台北：三民書局，1992·09），頁 25。

（二）摹寫

對事物的各種感受，加以形容描述，叫作「摹寫」。[28]〈漢津賦〉寫漢水水上之風波與水中之濤浪，訴諸視覺之描摹：「既乃風猋蕭瑟，勃焉並興，陽侯沛以奔鷔，洪濤涌而沸騰」。

（三）誇飾

所謂誇飾，乃指誇張舖飾，超過了客觀的事實。〈漢津賦〉用誇飾筆法只見一二，與漢大賦相較，顯得客觀現實得多。其寫漢水水族及寶物，如蛟龍、夜光，均屬傳說中之物。其曰：「鱗甲育其萬類兮，蛟龍集以嬉游。明珠胎于靈蚌兮，夜光潛乎玄洲。雜神寶其充盈兮，豈魚龜之足收」，乃物象之誇飾。

（四）示現

「於是遊目騁觀，南援三州，北集京都，上控隴坻，下接江湖。道財運貨，懋遷有無」，蔡邕將實際上不聞不見的漢水交通與運輸的情況，說得如見如聞，此乃「示現」之藝術技巧。

（五）借代

行文中，放棄通常使用的本名或語句不用，而另找其他名稱或語句來代替，即所謂的「借代」[29]。「陽侯沛以奔鷔」中之陽侯，

---

[28] 同前註，頁51。

乃傳說中的水波濤之神，《淮南子‧覽冥訓》：「陽侯之波」，高誘注：「陽侯，陵陽國侯也。其國近水，溺死於水。其神能為大波，有所傷害，因謂之陽侯之波。」[30]在此處，蔡邕不直接說漢水之波濤，而以「陽侯」借指波濤，即使用了所謂的借代法。

　　龔克昌云：「〈漢津賦〉是我們現在能見到的最早完整地描繪祖國大江大河的賦篇。在此之前，只出現過一些描寫江河的片斷。」「以江河名篇的賦作甚少，蔡邕開創了個先例，值得彌足珍貴！」[31]蔡邕〈漢津賦〉寫對漢水的頌贊，卻沒有太多誇張的描寫，鋪排的句子是辭賦體式的特色，但在〈漢津賦〉中使用得恰如其分，並未一味誇張鋪排，[32]但更有價值之處，恐怕是以其文學作品之體卻深具客觀地理知識。許結〈論賦的地理情懷與方志價值〉一文說，地理賦有三項特點，一是重現實，二是明致用，三是觀風俗。[33]從以上對〈漢津賦〉內容的分析，可看出〈漢津賦〉以客觀如地理志的書寫方式，印證了地理賦「重現實」的精神。

小結

　　從蔡邕辭賦的史地書寫，可看出蔡邕辭賦的承繼與開創。

---

[29] 見黃慶萱《修辭學》，（台北：三民書局，1992‧09），頁251。

[30] 劉安等撰、高誘注《淮南鴻烈解》，（台北：世界書局，1987），頁277-66。

[31] 龔克昌《全漢賦評注》，（石家莊：花山文藝出版社，2003‧12），頁832。

[32] 吳明賢〈蔡邕賦論〉言〈漢津賦〉：「文章不矯揉造作，亦不堆砌辭藻，文字明白曉暢，並無奇崛冷僻之字，但卻極為自然，頗有不凡的氣勢。」《辭賦研究》，（北京：商務印書館，2006‧11），頁298。

[33] 許結〈論賦的地理情懷與方志價值〉，收入《賦體文學的文化闡釋》，（北京：中華書局，2005‧09），頁151-155。

　　以〈述行賦〉言，它承繼了紀行賦的特色及基本書寫程式。〈述行賦〉循〈遂初〉、〈北征〉、〈東征〉寫法，將空間歷史化，因地及史，夾敘夾議，大量引用史事，以抒己悲己懷。但劉歆等人在賦中所處理的核心問題，是「如何面對放逐或遠離政治中心的疏離和孤獨」，而蔡邕此行，卻是應命由家鄉而赴皇家所居之洛陽。從啟程初始，就不是一放逐的旅程。但蔡邕卻仍是一路矛盾、悲憤、鬱伊，其矛盾、悲憤、鬱伊皆因「弘寬裕于便辟兮，糾忠諫其侵急」的衰亂政治而起。最後，蔡邕並未抵赴洛陽，反而是在偃師時，因為認清了清明盛世不可期待，對傾危皇權及大一統帝國的失望、質疑，遂而義無反顧地返鄉，自甘於遠離政治中心。「懷伊呂而黜逐兮，道無因而獲入」，蔡邕這種「反放逐」的紀行書寫，是最迥異於以往紀行賦的地方。

　　再者，〈述行賦〉的開創之處，尚在它具有深刻的批判精神，在賦中表達了對無告百姓深刻的關懷，對貪殘朝貴尖銳的批判。「歷觀群都，尋前緒兮，考之舊聞，厥事舉兮，登高斯賦，義有取兮。則善戒惡，豈云苟兮。」〈述行賦〉篇末的亂辭，說明其歷經諸多故城史蹟而援引史事，無非冀望能則善戒惡。

　　蔡邕作為漢代到建安文學的樞紐，在諸多方面皆有承先啟後之功。〈述行賦〉的開創，對建安時期的紀行賦有極大的影響，建安時注重反映現實的作品逐漸增多，文人無論無意或自覺地模仿，在內容題材的取向與寫法上，皆與蔡邕有似之處。例如王粲〈初征〉、〈述征〉，應瑒〈撰征〉、〈西征〉，徐幹〈序征〉、〈西征〉，阮瑀〈紀征〉，繁欽〈述行〉、〈述征〉，楊修〈出征〉，以及曹丕〈述征〉，曹植〈述行〉、〈述征〉。

　　〈漢津賦〉是第一篇以江河為題的賦篇。在此之前的賦，只出現過一些描寫江河的片斷，蔡邕〈漢津賦〉的開創意義，即在題材的創新，但若要探究其承繼，兩漢京都、游獵大賦，均有對山水的

描寫，在源遠流長的山水書寫傳統下，蔡邕也承繼了漢大賦「史乘」意義的筆意，客觀真實的寫出符合地理知識的辭賦。

賦家之心，苞括宇宙，蔡邕辭賦的史地書寫，最能看出其面對人文與自然時空的態度，辭賦的史地書寫，亦最能展現其胸懷襟抱。在〈述行賦〉中，我們看見了蔡邕的熱血真情，在〈漢津賦〉裡，我們看見了蔡邕的樸實平易。

第四章　情志書寫

　　蔡邕辭賦中的情志書寫可分為三類，一是〈協和婚賦〉、〈青衣賦〉、〈靜情賦〉的婚戀類賦，二是設論序志的〈釋誨〉，三是抒發哀情的〈九惟文〉、〈弔屈原文〉。蔡邕辭賦的情志書寫，尚有〈玄表賦〉，從〈玄表賦〉今所存的一句「庶小善之有益」觀之，其自當屬於情志書寫，但因〈玄表賦〉今只存一句，故本章就不專列一節予以討論。

　　題材的創新，是蔡邕辭賦的特色。〈協和婚賦〉、〈青衣賦〉，皆是無前例而具創新意義的作品。

第一節　〈協和婚賦〉

　　〈協和婚賦〉是第一篇以婚姻為主題的辭賦作品。[1]在此之前，《詩經》中有許多與婚姻有關的篇章，但尚未有全篇寫婚姻者。而

---

[1] 池萬興〈論魏晉南北朝的婚姻賦〉:「蔡邕的〈協和婚賦〉，由於今已不全，我們難以對其做全面的把握與評價……（其）對洞房花燭夜女性體態、肌膚、床被等描寫，只是從玩賞的角度鋪陳……這實際上近乎一種庸俗的色情描寫，因此，嚴格說而言，此賦並不能算做描寫婚姻的賦作。真正的婚姻賦的出現，是在建安時代的曹丕、曹植、王粲等人的賦作中。」「魏晉南北朝反映婚姻主題的賦，大致可分為棄婦賦、寡婦賦、思婦賦三類來敘述。」《西藏民族學院學報（社會科學版）》，（1997 第 4 期）。但筆者並不同意此說，一者，〈協和婚賦〉是否色情、庸俗，見仁見智，學者確有人認為此賦為「淫媟」文學之始，但本章會對此問題提出另一思考面向，以澄清歷來對「粉

以婚姻為題的詩作，與蔡邕同時之秦嘉[2]則有〈述婚詩〉二首，之後之各體類的文學作品，有曹植〈感婚賦〉、張華〈感婚賦〉及〈感婚詩〉、潘岳〈答摯虞新婚箋〉、嵇含〈伉儷詩〉、何遜〈看新婚詩〉等。

　　龔克昌在《全漢賦評注》中指出，〈協和婚賦〉與〈協初賦〉當為一篇。[3]筆者亦同意此說，若將〈協和婚賦〉與〈協初賦〉分篇而觀，兩篇賦作皆殘而不全，亦顯得缺少發展；將其合為一篇，雖亦不是完篇，但合篇閱讀時，即不致有「有首無尾」之嘆。細言之，〈協和婚賦〉寫婚姻由來、功能、意義、婚俗、新娘出嫁盛況，而題為〈協初賦〉之文辭，則鋪寫新娘美貌，新房陳設及新婚之夜。若將其合為一篇觀之，方構成一篇首尾具足、內容豐富、前所未有的創新之作：篇首概論婚姻，之後細寫婚姻、婚禮、婚夜之總總，最後特寫鏡頭至「粉黛施落，髮亂釵脫」結束。

一、內容分析

　　作為第一篇婚姻書寫的辭賦作品，〈協和婚賦〉不僅內容豐富，更具創新意義。其創新之處，不僅在於題材的選擇，更是對婚姻關係中夫婦情愛的關注。〈協和婚賦〉雖屬殘篇，但仍能依其篇章分

黛施落，髮亂釵脫」二句之偏見；二者，池氏說建安時代反映婦女問題的賦作如棄婦、寡婦、思婦賦方為「婚姻賦」，是「捨近求遠」之舉。蓋〈協和婚賦〉之內容乃完全書寫婚姻，而棄婦、寡婦、思婦三類婦女，是女子在婚後而婚姻狀況發生了問題才產生的身分，並不是婚姻常態下的情況，怎可將「反映婦女婚姻問題」的賦作才認為是「真正描寫婚姻的賦作」呢？此舉豈非捨近求遠？故〈協和婚賦〉當然是第一篇以婚姻為主題的賦作。

2　秦嘉，字士會，生卒年不詳，桓帝時為郡吏。

3　見氏著《全漢賦評注》，（石家莊：花山文藝出版社，2003‧12），頁 869。另，《嚴可均《全後漢文》無〈協初賦〉一題，其文辭合於〈協和婚賦〉而為一篇。《蔡中郎集》則為〈協和婚賦〉、〈協初賦〉二篇。

其段落，賦作可分為六個段落。首段寫婚姻由來、功能、意義，第二段寫盛世男女婚嫁及時，第三段寫婚禮男方親迎、女方出嫁時隊伍之盛況，第四段寫新娘之美貌，第五段寫新房之陳設，第六段寫新婚之夜。為方便討論，將其製表如下。

〈協和婚賦〉段落主旨

	文句	段落主旨	作法
1	惟情性之至好，歡莫偉乎夫婦。受精靈之造化，固神明之所使。事深微以玄妙，實人倫之肇始。考逐初之原本，覽陰陽之綱紀，乾坤和其剛柔，艮兌感其胸肺。	寫婚姻之由來、功能、意義。	賦（直敘法）
2	〈葛覃〉恐其失時，〈摽梅〉求其庶士。唯休和之盛代，男女得乎年齒。婚姻協而莫違，播欣欣之繁祉。	寫盛世男女婚嫁及時。	賦
3	良辰既至，婚禮已舉，二族崇飾，威儀有序；嘉賓僚黨，祁祁雲聚。車服照路，駢騑如舉。既臻門屏，結軌下車。阿傅御堅，雁行蹉跎。麗女盛飾，曄如春華。	寫婚禮男方親迎及女方出嫁隊伍之盛況。	賦
4	其在近也，若神龍采鱗翼將舉；其既遠也，若披雲緣漢見織女。立若碧山亭亭豎，動若翡翠奮其羽。眾色燎照，視之無主。面若明月，輝似朝日。色若蓮葩，肌若凝蜜。	寫新娘之美貌。	賦、比（譬喻法）
5	長枕橫施，大被竟床。莞蒻和軟，菌褥調良。	寫新房陳設。	興[4]（聯想法）
6	粉黛施落，髮亂釵脫。	寫新婚之夜。	興[5]

---

[4] 劉大愚《中國文學理論》：「『興』可以解釋為『聯想的方式』（associational mode），以這種方式，詩人開始（興）呈現一種自然現象，然後表現出由這種現象所激發（興）或聯想的人類感情。」（台北：聯經出版社，2001·05），頁235。「興」之寫作法，簡言之即為「聯想法」。「長枕橫施，大被竟床。莞蒻和軟，菌褥調良」寫新房陳設，但令人自然聯想至新婚夫婦於新婚之夜的歡愛。

以上表列依〈協和婚賦〉段落主旨分為六段，下文則以四部分探討其內容。

（一）婚姻由來與婚姻功能

婚姻制度，究竟始於何時已無法考，傳說是伏羲和女媧制定嫁娶，[6]但此畢竟是神話傳說，只供談助，並不具有史實意義。天有陰陽，人有男女，陰陽交合則化生萬物，而飲食男女，人之大欲存焉，婚姻究竟源於何？實無可稽。所以蔡邕說：「受精靈之造化，固神明之所使」。然而，社會及歷史學家們都認為，婚姻制度之設立，其實是為了保障明確的血親關係，進一步的說，是為了保障合於禮法的性與生育。《中國婚姻史》：「婚娶婚姻的特定方式至遲在殷商前期出現。」「武丁娶於周、秦、楚、杞、姜、來、龐、鄭。嫁娶制在殷商通行已不成問題。」[7]周朝繼商朝之後，禮樂制度完備，「婚姻」見載於經籍則顯得多而具體。[8]《白虎通》：「人道所以有嫁娶何？以為情性之大，莫若男女，男女之交，人倫之始，莫若夫婦。人承天地施陰陽，故設嫁娶之禮者。」[9]傳統儒家將婚姻制度的產生，相應於自然之道。夫婦結縭成婚，乃「受精靈之造化，固神明之所使。」

5　表面數寫新娘「粉黛施落，髮亂釵脫」，呈現新娘髮亂妝殘之影象，而這種影像卻能令人激發或聯想至新婚夫婦歡愛之後的情況，故在此為興法。

6　《繹史》卷三引《古史考》：「伏羲制嫁娶以儷皮為禮。」又引《風俗通義》：「女媧禱祠神祈而為女媒，因置婚姻。」

7　蘇冰、魏林《中國婚姻史》，（台北：文津出版社，1994‧04），頁 13、27。

8　如《禮記‧昏義》：「昏禮者，將合兩姓之好，上以祀宗廟，下以繼後世也。」《周易‧序卦傳》：「有男女然後有夫婦，有夫婦然後有父子。」《周禮‧天官‧媒氏》：「令男三十而娶，女二十而嫁。」

9　班固著、陳立撰、吳則虞點校《白虎通疏證》，（北京：中華書局，1994‧08），頁 451。

「人倫之始，莫若夫婦。」「夫婚禮者，萬世之始也。取於異姓，所以附遠厚別也。」[10]「昏禮者，將合兩姓之好，上以祀宗廟，下以繼後世也，故君子重之。」[11]儒家禮制中的婚姻，強調的是婚姻的社會性功能，這社會性功能彰顯的，是兩姓聯姻的宗族利益，以及傳衍後代以祭祀祖先的家族意識，婚姻的功能、目的及價值，就是以能「祀宗廟、繼後世」。兩漢獨尊儒術，強調禮教，婚姻的功能、目的及價值，就是「祀宗廟、繼後世」的社會意義，婚姻中的性，幾乎只具生育意義，乃為了「繼後世」，少有學者或文人敢正視婚姻中的性愛，而敢言閨房中有甚於畫眉之樂者，畢竟少數。於是，在古代社會的兩性關係中，男人往往是在婚姻之外，才能擁有真正的愛情，而婚後婦人成為棄婦的情況，也時有所聞。

（二）婚姻意義

〈協和婚賦〉篇首即言：「惟情性之至好，歡莫偉乎夫婦。」人之情性，稟乎天地萬物之自然，而人類情性當中，至好至歡者，莫過於夫婦之情。〈協和婚賦〉篇首「至好」及「歡」這兩個詞彙，是此賦的「賦眼」。掌握了賦眼，再看第四段對新娘美貌的描繪、第五段新房的陳設、第六段新婚之夜的描寫，方能發現〈協和婚賦〉超越禮教、正視人類情性的不凡價值及創新意義。也就是說，過去對婚姻，人們往往聚焦於它的社會功能及文化意義，而個人的情性甚至夫婦的性愛，從未受過正視，然而蔡邕寫〈協和婚賦〉，不僅寫婚姻的由來、功能、意義，也寫婚俗，更寫出了婚姻中新婚夫婦之歡。這新婚夫婦之歡，蔡邕用「粉黛施落，髮亂釵脫」，兩句彷

---

[10] 《十三經注疏·禮記·郊特牲》，（台北：藝文印書館，1985·12），頁505。
[11] 《十三經注疏·禮記·昏義》，（台北：藝文印書館，1985·12），頁999。

彿特寫的鏡頭，欲言又止，令閱讀者充滿想像，點染出新婚花燭夜
的歡情，也呼應了篇首「惟情性之至好，歡莫偉乎夫婦」的題旨。
人類情性中，還有什麼比夫婦歡愛，琴瑟和諧，更令人快樂呢？但
長久以來，學者並不如此解釋〈協和婚賦〉。精通中外古今文學的
民國第一才子錢鍾書，以「粉黛施落，髮亂釵脫」八字，認為：「望
而知為語意狎褻……謂蔡氏為淫媟文字始作俑者，無不可也。」[12]

　　新婚之夜的情景，在道學者的眼中固然可不必寫於賦中，但此
八字，卻是呼應篇首「惟情性之至好，歡莫偉乎夫婦」之意，真正
的彰顯了〈協和婚賦〉的篇旨──和諧美滿的夫婦歡愛，才是婚姻
在祀宗廟、繼後世的功能之上最該被標舉的。過去對於性愛的只可
意會，不可言傳的禮教要求，連婚姻中正常的性愛關係也變得隱
晦，若有涉及或令人連想至性愛之文辭，此作品幾乎就被視為「淫
媟」甚至庸俗，但這應該是「怎麼寫」的藝術技巧問題，而不是「寫
什麼」的題材問題。研究文學者，對於文學作品不應有題材的偏見，
認為涉及性愛之作品即卑下庸俗，而應該觀察寫作動機、推究思想
主旨及評析藝術技巧。於此試將「粉黛施落，髮亂釵脫」與司馬相
如〈美人賦〉做一比較。〈美人賦〉：「衵褥重陳，角枕橫施。女乃
弛其上服，表其褻衣，皓體呈露，弱骨豐肌，時來親臣。」美人寬
解了上衣，露出了褻衣，皓潔的軀體呈露，纖弱的骨骼豐潤的肌膚，
此時正親近著臣子我。〈美人賦〉此段，大膽直露的白描美人如何
展露軀體誘惑男子，淫媟一詞，豈不更應是〈美人賦〉當之。甚且，
過去以「淫女而顯節臣」的男子沙文式之書寫傳統，豈不更加庸俗？
〈協和婚賦〉其中寫婚夜夫婦交好，本是為彰顯「婚姻」「協和」
之深旨，且文辭含蓄委婉，點明「婚姻生活的美滿和諧，應是從婚

---

[12] 錢鍾書《管錐編》，（北京：中華書局，1994・06），頁1018。

禮已舉的新婚之夜就開始的」，[13]於此思之，狎褻、淫媒、庸俗之評，實枉屈作者創作初衷，若以視〈國風〉之「色而不淫」言之，庶幾近乎！

（三）婚齡與婚禮

《周禮・地官・媒氏》言「男三十而娶，女二十而嫁」，《禮記・內則》：「三十而有室」、「二十而嫁」。周朝媒氏官之職責，是要使野無曠男怨女，令男女嫁娶能得乎年齒。男女嫁娶及時，當然是著眼於生育的因素，而「男子三十」、「女子二十」之年，究竟何義？鄭玄注《周禮》指為：「二三者，天地相承覆之數也。」賈公彥疏則曾提到，《孔子家說》記載，魯哀公問孔子說，男子十六精通，女子十四而化，這不是可以生育的年齡了嗎？但《禮》上說，男子三十而有室，女子二十而有夫，這婚嫁豈不是太晚了？孔子回答說，《禮》上說的年齡，只是個極限，是說結婚的年齡，男、女各不要超過三十、二十歲。而《墨子・節用》：「丈夫年二十，毋敢不處家，女子年十五，毋敢不事人，此聖王之法也。」如上述，先秦時之婚齡說法大致有二，一為男子三十，女子二十；二是男子二十，女子十五。

漢代實際婚齡如何？有學者研究統計：男子約為十四至十八歲，各種身分的人無明顯差別，女子平均初婚年齡為 15.1 歲；地主和官吏階層的女子在 14.7 歲；皇族女子及后妃平均初婚年齡在

---

[13] 龔克昌〈蔡邕評傳〉：「作者（蔡邕）對男女愛情和夫妻生活為什麼敢於如此大膽地細致地描繪呢？原因很簡單，在作者的心目中，男女愛情夫妻生活乃人類之天性，是自然的，正當的，合情合理的，無可迴避的，因而也是無可指責的……這是一種敢於正視生活的行為，勇敢的行為，是值得大加肯定的。」收入《中國辭賦研究》，（濟南：山東大學出版社，2003・11），頁 257、258。

13 至 17 歲之間，但集中在 13 歲。[14]由此可看出，漢代女子結婚年齡與其社會階級有關，社會地位越高，結婚越早。而文學作品中關於漢代婚齡，又有哪些資料可供考查呢？描寫建安時代婚姻悲劇的〈孔雀東南飛〉寫道：「十七為君婦」，可知詩中主角劉蘭芝在十七歲出嫁。樂府詩〈陌上桑〉的女主角，在嫁給貴為公卿的夫君而仍受使君的調戲之時，年紀是「二十尚未滿，十五頗有餘」。〈協和婚賦〉：「〈葛覃〉恐其失時，〈摽梅〉求其庶士。唯休和之盛代，男女得乎年齒，婚姻協而莫違，播欣欣之繁祉。」言只有在休和盛世，男女方能於盛年及時嫁娶，並使各種巨大的幸福傳佈久遠。

在〈協和婚賦〉中，從「良辰既至，婚禮已舉」可看出婚禮中的「請期」及「親迎」禮。根據三《禮》可歸出成婚的六個步驟，即「六禮」，此六禮為納采、問名、納吉、納徵、請期、親迎。親迎是婚禮中最受重視的儀式，《禮記·郊特牲》：「男子親迎，男先於女，剛柔之義也；天先乎地，君先乎臣，其義一也。」[15]，後世婚禮無論如何簡化，直至今日，親迎始終未被省略。《詩經》是研究先秦社會民俗最好的教科書，其中提及婚禮親迎的篇章、章句有許多，現引述其下，[16]茲與〈協和婚賦〉寫男方親迎及女方出嫁場面作一比較：

> 〈周南·漢廣〉：「之子于歸，言秣其馬。」「之子于歸，言秣其駒。」（頁 42、43）
> 〈召南·鵲巢〉：「之子于歸，百兩將之。」「之子于歸，百兩成之。」（頁 46）

---

14 見彭衛著《漢代婚姻形態》，（西安：三秦出版社，1998）。
15 《十三經注疏·禮記·郊特牲》，（台北：藝文印書館，1985·12），頁 506。
16 此所引《詩經》之經文，以《十三經注疏·詩經》，（台北：藝文印書館，1985·12）為據，於各條引錄末尾注明頁數。

〈召南‧何彼襛矣〉:「曷不肅雝,王姬之車。」(頁 67)

〈衛風‧氓〉:「以爾車來,以我賄遷。」(頁 135)

〈鄭風‧有女同車〉:「有女同車,顏如舜華。」「有女同行,顏如舜英。」 (頁 171)

〈鄭風‧丰〉:「叔兮伯兮,駕予與行。」「叔兮伯兮,駕予同歸。」(頁 177、178)

〈豳風‧東山〉:「之子于歸,皇駁其馬。」(頁 296)

〈小雅‧車舝〉:「間關車之舝兮,思孌季女逝兮。」「四牡騑騑,六轡如琴。覯爾新婚,以慰我心。」(頁 484、485)

〈大雅‧大明〉:「文定厥祥,親迎于渭。造舟為梁,不顯其光。」(頁 541)

〈大雅‧韓奕〉:「韓侯迎止,于蹶之里。百兩彭彭,八鸞鏘鏘,不顯其光。諸娣從之,祁祁如雲。韓侯顧之,爛其盈門。」(頁 682)[17]

明顯看出,《詩經》寫親迎場面,都是片段章句,沒有太多的鋪敘。

〈協和婚賦〉:「良辰既至,婚禮已舉,二族崇飾,威儀有序」,敘述良辰已至,即將舉行婚禮,男女雙方家族對婚禮的準備盛大,禮儀細節均依禮制。「嘉賓僚黨,祁祁雲聚。車服照路,驂騑如舉」,描寫賓客友人聚集之盛,如雲之眾多,婚禮所用的車馬、禮服均按禮制,以顯明身分階級,親迎隊伍盛大彷彿能照耀道路,親迎車馬的步伐輕快整齊而有節奏。「既臻門屏,結軌下車。阿傅御堅,雁行蹉跎」,描寫親迎隊伍至目的地,車馬絡繹於此停車,新郎下馬至新娘家之門屏等待,保姆偕新娘而出,之後新郎新娘登上堅固的禮車,親迎及出嫁隊伍的車駕行進有序,遠看如群雁翔飛之有序,

---

[17] 參考金恕賢《詩經兩性關係與婚姻之研究》,(輔仁大學中文研究所 1997 年碩士論文),頁 132-133。

近看則人群擁擠參差不齊。「麗女盛飾，曄如春華」，言新娘裝飾美麗，有如春花之光采耀人。由「良辰既至，婚禮已舉」至「麗女盛飾，曄如春華」的描寫，可看出〈協和婚賦〉所寫之親迎場面，顯然較前文所引之《詩經》章句，更具程序性與發展性，也較《詩經》的片段章句多了動態感與戲劇性，漢賦利於鋪陳的特性，也在此充分展現。

（四）新娘美貌及洞房花燭夜

　　「婚姻」二字原作「昏因」，《說文》：「婚，婦家也，禮，娶婦以昏時；婦人陰也，故曰婚。」「姻，壻家也，女之所因，故曰姻。」婚姻雖然是人類進入父系社會才確立的制度，但婚禮進行時的整個焦點，常常是聚集在女子也就是新娘身上，文學作品中有諸多寫新娘如何貌美、如何盛妝者，但極少有言及新郎。在《詩經·衛風·碩人》寫新娘之美貌，〈鄘風·君子偕老〉寫新娘之盛妝。[18]〈碩人〉：「手如柔荑，膚如凝脂，領如蝤蠐。巧笑倩兮，美目盼兮。」如此對新娘美貌的描寫，也成了日後文人對美女描寫的典式。

　　〈協和婚賦〉自然也將書寫重點放在新娘而非新郎，對於新娘美貌的描寫，此賦當然也自有傳承。宋玉〈神女賦〉寫巫山神女「其始來也，耀乎若白日初出照屋梁；其少進也，皎若明月舒其光。」「曄兮如華，溫乎如瑩。五色並馳，不可殫形。詳而視之，奪人目精。」又有「忽改容與，婉若遊龍乘雲翔」、「被華藻之可好兮，若翡翠之奮翼」，這些句子經過蔡邕的仿擬、融合及再創，成了「其

---

[18] 〈鄘風·君子偕老〉：「君子偕老，副笄六珈。委委佗佗，如山如河。象服是宜。」「玼兮玼兮，其之翟也。鬒髮如雲，不屑髢也。玉之瑱也。象之揥也。」「瑳兮瑳兮，其之展也。蒙彼縐絺，是紲袢也。」《十三經注疏·詩經》，（台北：藝文印書館，1985·12），頁111、112。

在近也，若神龍采鱗翼將舉；其既遠也，若披雲緣漢見織女。立若碧山亭亭豎，動若翡翠奮其羽。眾色燎照，視之無主。面若明月，輝似朝日。色若蓮葩，肌若凝蜜。」新娘美貌經賦家描摹，教人不驚豔也難。

　　新婚夫婦行禮已畢，洞房花燭，室內陳設，在作者的書寫下，成了閱讀者關心的焦點，書寫室內陳設，原只是氣氛的烘托，如「桃之夭夭」的比興，讀者見「長枕橫施，大被竟床。莞蒻和軟，茵褥調良」以及「粉黛施落，髮亂釵脫」，自然聯想及床笫之事，[19]由此可見，蔡邕是深諳文藝心理的，他並未用具體、細節的方式描述夫婦交歡之事，只是用「比興」而令人自行聯想耳，但要如何聯想，聯想到什麼樣的程度，自是每個閱讀者的審美心理活動，作者並不能掌握。[20]孔子評《詩》一言以蔽之，曰思無邪，〈協和婚賦〉是否色情、庸俗，似乎也關乎讀者如何聯想了。

　　從以上對〈協和婚賦〉之分析，可看出其內容之豐富，相較於秦嘉二首〈述婚詩〉，更可證明：

> 群祥既集，二族交歡。敬茲新姻，六禮不愆。羊雁總備，玉帛笺笺。君子將事，咸儀孔閑。
> 紛紛婚姻，禍福之由。衛女興齊，褒姒滅周。戰戰兢兢，懼其不仇。神啟其吉，果獲令悠。我之愛矣，荷天之休。[21]

---

[19] 郭建勛〈兩漢魏晉賦中的現實女性題材與性別表達〉云：「蔡邕在描寫婚姻時表露的情欲，在當時是一種大膽違俗的舉動。」《中國文學研究》，（2003第 4 期）。

[20] 〈協和婚賦〉全文已殘，不能見其原貌，此處的論析，乃據今存之篇章而言。

[21] 唐・徐堅等著《初學記・卷第十四、婚姻第七》，（北京：中華書局，2004・02），頁 356。

不同體裁之文學作品各自有其體裁特點：賦利於鋪陳敘事，詩長於抒情言志，〈述婚詩〉概略性地只言及婚禮之盛及婚姻關乎家國興衰，篇幅不長，內容不如〈協和婚賦〉之豐富。

二、藝術技巧分析

　　無論題材、內容或技巧，漢賦模擬前人幾已成習，從蔡邕的賦作中，我們看出其承續漢賦的傳統，但更見其創新的面貌。「蔡邕不僅是轉變漢賦思想內容的第一人，他同時也是轉變漢賦藝術形式的第一人。」[22]〈協和婚賦〉今存 48 句，237 字。在 237 字中，我們仍可見蔡邕將婚姻神聖、婚禮盛況及婚夜歡好，有條有序地融為一賦，在所存的 48 句中，我們仍可看出蔡邕用典自然，善用描摹、比興的藝術手法，可謂於豐富的內容中又見其純熟的藝術技巧。

（一）用典自然

　　漢賦往往鋪陳、排比、大量用典，體國經野，序志述行的大賦因此常令今人不能卒讀。漢末小賦漸多，雖賦家不再一意逞辭競爽，但漢賦創作仍不可能如民歌樂府般淺白而不用典。即使如此，觀察賦家如何用典，仍能看出其藝術技巧。蔡邕辭除了〈述行賦〉、〈釋誨〉大量用典，其他賦作所使用的典故（事典及語典），都顯得精雅而自然，沒有堆垛之感。現將〈協和婚賦〉所用之語典，以表統計如下：

---

[22] 見龔克昌〈蔡邕評傳〉收入《中國辭賦研究》，（濟南：山東大學出版社，2003・11），頁 591。

〈協和婚賦〉語典及其出處表

文句	原典出處
乾坤和其剛柔	《周易・繫辭》：「天尊地卑，乾坤定矣。」「動靜有常，剛柔斷矣。」
艮兌感其胸腓	《周易・咸》：「艮下兌上。咸亨，利貞。取女，吉。彖曰：咸，感也。柔上而剛下，二氣感應以相與。」「六二：咸其腓，凶居吉。」「九五：咸其脢，無悔。」
〈葛覃〉恐其失時	《詩經・周南・葛覃》
〈摽梅〉求其庶士	《詩經・召南・摽有梅》：「摽有梅，其實七兮，求我庶士，迨其吉兮。」

　　《周易》中乾坤、陰陽、剛柔皆相應於人事，乾、陽、剛相應於男；坤、陰、柔相應於女，乾坤、陰陽相應天地才能生物萬，人間男女、剛柔相合才能化育後代。〈咸〉卦乃《周易》下經之首，《周易》上經言「天」之道，下經則言「人」之道，人之道，首重夫婦之道，〈咸〉卦即言夫婦之道。「艮下兌上。咸亨，利貞。取女，吉。彖曰：咸，感也。柔上而剛下，二氣感應以相與。止而說，男下女。」孔穎達疏曰：

> 此因二卦之象釋娶女吉之義。艮為少男而居於下，兌為少女而處於上，是男下於女也。婚姻之義，男先求女。親迎之禮，御輪三周，皆是男先下於女，然後女應於男，所以娶女得吉者也。[23]

〈咸〉卦卦體為艮下兌上，艮體的六二與兌體的九五剛柔相應又居中，這象徵少男少女兩相鍾情，在此情況下抬腿邁步則凶，深居靜守稍事才吉。蔡邕以「乾坤和其剛柔，艮兌感其胸腓」，以《周易・咸》卦說明婚姻之深微玄妙，用典貼切且自然。

---

[23] 《十三經注疏・周易》，（台北：藝文印書館，1985・12），頁82。

接著，〈協和婚賦〉用《詩經》之〈葛覃〉、〈摽有梅〉兩篇說明休和盛代之婚娶應及時。〈周南·葛覃〉毛傳曰：

> 后妃在父母家，則志在于女功之事，躬儉節用，服澣濯之衣，尊敬師傅，則可以歸安父母，化天下以婦道也。[24]

〈葛覃〉不必一定寫后妃，但細究其內容，確實寫女子在父母家能做多種女功，以準備出嫁，而其出嫁後又能將返家向父母問安。現今普遍將〈葛覃〉解釋成婦人歸寧前後之生活狀況。婦人歸寧，當然是出嫁之後的事，若女子出嫁失時，歸寧則更不待言。

〈召南·摽有梅〉：「摽有梅，其實七兮，求我庶士，迨其吉兮。」毛傳曰：「摽有梅，男女及時也。」〈摽有梅〉乃詠男女婚嫁及時。

〈協和婚賦〉所用的語典，無一艱澀冷僻少見之典，蔡邕將經典中的文字自然化用，文簡而意約，意義卻更加顯豁，此乃用典自然所致。

（二）善用賦比興

「賦」作為藝術技巧而言，是鋪陳直敘之意，「賦」作為一文學體裁，其體裁之特長就是鋪陳直敘，更是鋪張排比，故辭賦在西漢至東漢中期，賦家皆少用「比興」而多用「賦」。劉熙載《藝概·賦概》：「賦兼比興，則以言內之實事，寫言外之重旨。」[25]劉熙載所言，指出作賦首應重視描述事物之象，辭賦若兼用比興技巧，目的則不是在用以表達所寫的事物，而是表達「所寫事物之外」的意義，其實也就是意在言外。可見辭賦的寫作技巧，不重視比興，若用比興，一定是意在言外。

24　《十三經注疏·詩經》，（台北：藝文印書館，1985·12），頁 30。
25　劉熙載《藝概》，（台北：金楓出版社，1998·07），頁 134。

〈協和婚賦〉第一、二段寫婚姻神聖，有頌揚之意，第三段描述婚禮迎親情況，皆用賦法，第四段描摹新娘美貌，其中文句多用譬喻，是賦、比兼用，第四、五段寫洞房婚夜，則用興法。其中第四、五段的興法，乃「以言內之實事，寫言外之重旨」。此重旨，則是「惟情性之至好，歡莫偉乎夫婦」。蔡邕善用賦比興之藝術技巧，也使得其小賦之風格更具「詩意」，意即將賦詩化。

第二節　〈青衣賦〉與〈靜情賦〉

愛情是文學作品中重要的題材。中原文化重視政教、倫理，文學作品言及愛情者，大抵是〈國風〉中的溱洧、桑間等民歌，而南方文學代表的《楚辭》，其中寫巫覡與神祇之戀愛，則顯得分外纏綿悱惻。《楚辭》之後的〈高唐〉與〈神女〉二賦，寫巫山女神與楚王之戀。此後，賦中提及愛情遂不乏多見，如：司馬相如〈長門賦〉、漢武帝劉徹〈悼李夫人賦〉、班婕妤〈自悼賦〉、張衡〈定情賦〉，但真正具愛情意義的辭賦，則恐怕是蔡邕的〈青衣賦〉了。[26]李善注《文選》言〈高唐〉之寫作目的為「假設其事，風諫淫惑也。」〈神女〉、〈美人〉二賦與其相同，皆非真正描寫愛情；〈長門〉、〈自悼〉二賦，寫深宮后妃失寵幽怨之悲情，〈悼李夫人賦〉乃武帝對寵妃真摯之思念；〈定情賦〉啟「閒情」辭賦之始，雖寫「情」思，但其用意又是「將以抑流蕩之邪心」的端正情思。故此觀之，〈青衣賦〉應是真正體現出兩情悅愛之意的愛情賦。

---

[26] 俞紀東〈蔡邕青衣賦研究〉：「〈青衣賦〉取材於現實生活，正面刻畫了『我』與婢女之間的戀情，是賦史上第一篇直接描寫男女愛情的賦作。」《上海財經大學學報》，（第 3 卷第 1 期，2001．01）。

一、〈青衣賦〉內容及藝術技巧分析

乍見〈青衣賦〉的題名，往往以為此乃詠人的賦作，但〈青衣賦〉除了寫青衣婢女的內慧外美之外，也寫出了敘述者「我」與青衣的戀愛，以及兩人別後的相思之苦。[27]

（一）內容分析

〈青衣賦〉可分為三段，首段描寫青衣之美，次段敘寫戀情，末段抒寫相思。以下以表列明其段落。

〈青衣賦〉段落

1	金生砂礫，珠出蚌泥。歎茲窈窕，產於卑微。盼倩淑麗，皓齒蛾眉。玄髮光潤，領如蠐螬。縱橫接髮，葉如低葵。修長冉冉，碩人其頎。綺袖丹裳，躡蹈絲扉。盤跚蹀躞，坐起低昂。和暢善笑，動揚朱脣。都冶嫵媚，卓躒多姿。精慧小心，趨事如飛。中饋裁割，莫能雙追。〈關雎〉之潔，不蹈邪非。察其所履，世之鮮希。宜作夫人，為衆女師。伊爾何命，在此賤微。代無樊姬，楚莊晉妃。	描寫青衣之美
2	感昔鄭季，平陽是私。故因錫國，歷爾邦畿。雖得嬿婉，舒寫情懷。寒雪繽紛，充庭盈皆。兼裳累鎮，展轉倒頹。昒昕將曙，雞鳴相催。飭駕趣嚴，將舍爾乖。矇冒矇冒，思不可排。	敘寫戀情
3	停停溝側，噭噭青衣。我思遠逝，爾思來追。明月昭昭，當我戶扉。條風狎躐，吹子牀帷。〈河上〉逍搖，徙倚庭階。南瞻井柳，仰察斗機。非彼牛女，隔於河維。思爾念爾，惄焉且饑！	抒寫相思

27 郭維森、許結《中國辭賦發展史》:「蔡邕的〈青衣賦〉寫一侍女。這篇情賦有若干情節……蔡邕此篇大背禮教，不顧尊卑貴賤，鋪寫男女之情，這是儒學之士不能容忍的。」(南京：江蘇教育出版社，1996．08)，頁199。

　　〈青衣賦〉短短的三段 64 句裡，充溢著真摯深切的惋惜、讚美及相思之情。

　　首段開頭先說：美好珍貴之物，其實出自卑微，如金出自砂礫、珠生於蚌泥，而此窈窕淑女，乃是一青衣婢女；之後即集中寫此青衣之各種的美：容貌美、身材美、衣履美、儀態美、表情美、氣質美、才能美、德行美；再讚美其才德實在應為夫人或作女師，但可惜其地位低微，使得此窈窕青衣，無法也如楚莊王之妃樊姬及晉文公夫人齊姜般輔弼國君。次段起首「感昔鄭季，平陽是私」是連繫一、二段的關鍵句子。漢武帝皇后衛子夫其父鄭季，於平陽公主府任事時，與府中婢女衛媼私通而生衛子夫與衛青，貴為皇后的衛子夫，其母也是婢女。蔡邕於此，也委婉地將「我」與青衣的戀情，作一歷史性的類比。末段寫「我」與青衣分離，兩人分隔兩地，無盡的相思之情狀。

　　東漢光武帝之得天下，豪族之助功不可沒，此後門第階級觀念日深，漢末到達至高峰。「金生砂礫，珠出蚌泥。歎茲窈窕，產於卑微。」「宜作夫人，為眾女師。伊爾何命，在此賤微。」蔡邕對美好青衣出身低微，發出幽幽惋惜。[28]姑不論賦中之「我」是否為蔡邕，大凡出自名門之仕宦，若有戀慕青衣者，其間二人門第階級的懸殊差異，自是當時封建社會無法接受，也因此，亦是名門之後的張超，[29]在蔡邕〈青衣賦〉之後，寫〈誚青衣賦〉以譏誚蔡邕。〈誚青衣賦〉所代表的是當時保守士人的觀念，辭賦先揚後抑曰：「彼何人斯，悅此豔姿。麗辭美譽，雅句斐斐。文則可嘉，志鄙意微。鳳兮鳳兮，何德之衰。」之後再言「歷觀今古，禍福之階，多

---

[28] 吳明賢〈蔡邕賦論〉：「這種對於奴婢的稱美讚頌也是與當時森嚴門第等級觀念相違背的。」收入《辭賦研究》，（北京：商務印書館，2006・11），頁295。

[29] 據《後漢書》載，張超字子并，河間鄭人，留侯張良之後。

猶孽妾淫妻。《書》戒牝雞，《詩》載哲婦，三代之季，皆由斯起。」指出歷史婢妾禍國之例，以做為警戒。最後以「勤節君子，無當自逸，宜如防水，守之以一，秦繆思褒，故終獲吉」[30]的勸戒做結。張超譏誚蔡邕作〈青衣賦〉，將傳統社會根柢固的階級觀念表露無遺，與蔡邕不論其階級而純粹以審美的立場讚美青衣內慧外美，二者之態度立場大相逕庭，也映照出漢末之際同時存在的保守與進步的觀念。只是蔡邕在欣賞讚美青衣前後，還是免不了流露出幽幽的惋惜之情，這亦說明，要能完全無視於時俗的觀念，其實亦非易事！

「盼倩淑麗」之後的二十四個句子，以《詩經》〈碩人〉、〈關雎〉等篇，寫其外貌之美與內心之慧，表達了對青衣的深深讚美與戀慕，此種寫法與過去相關題材辭賦之寫法大不相同。〈青衣賦〉之前，無論是神女或美女系列的辭賦，如〈高唐賦〉、〈神女賦〉、〈登徒子好色賦〉、〈美人賦〉等等，其書寫美麗女子皆只重視其外貌的描摹，至於內在之才能與德行，皆未言之，由此則可看出〈青衣賦〉的開創之處。

以下表列分析〈青衣賦〉描寫青衣之美：

文句	審美類型	
盼倩淑麗，皓齒蛾眉。玄髮光潤，領如蟒蠐。縱橫接髮，葉如低葵。	容貌美	外在美
修長冉冉，碩人其頎。	身材美	
綺繡丹裳，躡蹀絲屝。	衣履美	
盤跚蹀躞，坐起低昂。	儀態美	
和暢善笑，動揚朱脣。	表情美	
都冶斌媚，卓躒多姿。	氣質美	內在美
精慧小心，趨事如飛。中饋裁割，莫能雙追。	才能美	
關雎之潔，不蹈邪非。察其所履，世之鮮希	德行美	

30　《全漢賦校注》，（廣州：廣東教育出版社，2005‧09），頁959、960。

　　作者對青衣的讚美及戀慕，其實是源自於人類愛美的自然天性，真能賞會大美者，方能有勇氣衝破禮教階級的束縛與阻隔。

　　末段「停停溝側，嗷嗷青衣」至「思爾念爾，愁焉且饑。」寫青衣與「我」分別後的切切相思。其中以「明月昭昭，當我戶扉。倏風狙躩，吹子牀帷。〈河上〉逍遙，徙倚庭階」最是動人。明月照「我」之戶扉，是實景；倏風吹「子」（青衣）之牀帷，是虛想。以「我」思念「子」之心，設想「子」亦應如此思「我」，如此這般，正如古謠〈河上歌〉云：「同病相憐，同憂相救。」雖言同病相憐，但「我」於相思，畢竟無計可施，只能流連徘徊於庭階，仰望隔於河漢兩端的牛、女二星。杜子美〈鄜州望月〉：「今夜鄜州月，閨中只獨看」，「香霧雲鬟濕，清輝玉臂寒。」子美多情設想「遠方妻子於閨中望月而思己」之詩句，或許由「明月昭昭，當我戶扉。倏風狙躩，吹子牀帷」化而出之，亦未可知。

　　蔡邕在〈青衣賦〉中，勾勒出一位容貌、才能、德行俱全之「世之鮮希」的美女形象。如果以《詩經》中之德行端方之淑女，代表中原北方的審美標準；以《楚辭》中之明豔善飾之麗女，代表南方江漢的審美標準，蔡邕筆下之青衣兼有中原、江漢二地美女之美善，如此淑善美女，教人怎能不愛戀呢？

　　傳統社會及觀念輕視女性，自不必言，連讚頌女子或言及愛情的辭賦，對女子都有偏見，或是只重女子外貌，或戀慕女色之好又勸戒遠離淫惑。蔡邕與張超是同時代之人，細究蔡邕「宜作夫人，為眾女師」，與張超「生女為妾，生男為虜」之語，兩相對照，即可明顯看出二人觀念之差別：一大膽先進，一保守傳統。而蔡邕乃是一能真正平等對待、尊重出身卑微的青衣之文人。然而蔡邕〈青衣賦〉的不凡之處，更是以下三點：一是對美好女子全面的描寫與讚頌，二是能用平等的立場對待且尊重女性，即使是出身卑微的女子亦然，三是對兩情悅愛真摯的書寫態度。

　　蔡邕寫〈青衣賦〉，是否為自傳性質的夫子自道，無實據以茲
證明，但俞紀東〈蔡邕青衣賦研究〉一文，以「故因錫國，歷爾邦
畿」及「昒昕將曙，雞鳴相催，飭駕趣嚴，將舍爾乖」推想，應是
蔡邕在應橋玄之辟，而出補河平長之前，與婢女相戀的故事。[31]當
時蔡邕三十八歲，正值壯年，與內慧外美之青衣相戀，頗有可能，
但除此推想外，尚未找到更有力的證據證明，讀者如此推想，其實
是「讀者何必不然」的閱讀心理反應。

（二）藝術技巧分析

　　從體裁觀之，〈青衣賦〉乃四言體賦，以句短意促的四言，表
現「我」與「子」的相思煎熬之情，全篇 64 句 256 字，無一「兮」
字，「詩化」的情形更加明顯。現分別以句式、遣辭用字、隸事用
典、修辭四者，分析〈青衣賦〉之藝術技巧。

　　1.句式：

　　〈青衣賦〉文辭清麗，時有整飭對偶的句子，如單句對「金生
砂礫，珠出蚌泥」；雙句對「玄髮光潤，領如螬蠐；縱橫接髮，葉
如低葵」、「明月昭昭，當我戶扉；條風狒蹶，吹子牀帷。」

　　2.用字遣辭：

　　用疊字：頎長「冉冉」、「停停」溝側、「嗷嗷」青衣、「昭昭」
明月。用雙聲詞：領如「螬蠐」、「矇冒」。用疊韻詞：「縱橫」接髮、
「盤跚」「蹀躞」、雖得「嬿婉」、寒雪「繽紛」、「展轉」倒頹。

---

[31] 見俞紀東〈蔡邕青衣賦研究〉，《上海財經大學學報》，（第 3 卷第 1 期，
　　2001・01）。

3.隸事用典：

此處分用事典及語典分別敘述。〈青衣賦〉所用之事典有三，為「樊姬勸楚莊王」、「齊姜使晉文公回國」、「衛子夫出身」三事。樊姬勸楚莊王之事，載於《史記‧楚世家》及劉向《列女傳‧楚王樊姬》。春秋時楚莊王之妾樊姬，曾諫止莊王狩獵，使莊王勤於朝政，又激楚相虞丘子進用孫叔敖為令尹，三年後，楚莊王代晉而稱霸。齊姜使晉文公回國之事，載於《左傳‧僖公二十三年》、《國語‧晉語》及《列女傳‧晉文齊姜》三處。晉文公重耳流亡出奔於齊，齊桓公以女齊姜妻之，此後重耳安於現狀，無心回國定位，齊姜則與舅犯共謀，待晉文公重耳酒醉後遣其回國，以取得國君之位，晉文公而後成為春秋五霸之一。「感昔鄭季，平陽是私」，典出《漢書‧衛青傳》。衛青，其父為鄭季，於平陽侯府中任事，與主家之婢僕衛媼私通而生衛子夫及衛青。衛子夫因善舞而受武帝寵愛入宮，後成為皇后。至於〈青衣賦〉所使用的語典，則大致化用了《詩經》及古謠之題名為其語典。「嘆茲窈窕」、「關雎之潔」二句，語出《詩經‧周南‧關雎》：「關關雎鳩，在河之洲。窈窕淑女，君子好逑。」而「盼倩淑麗，皓齒蛾眉。玄髮光潤，領如蝤蠐」、「修長冉冉，碩人其頎」等喻青衣之美貌，語皆出於〈衛風‧碩人〉：「巧笑倩兮，美目盼兮」、「領如蝤蠐，齒如瓠犀，螓首蛾眉」、「碩人其頎」。「思爾念爾，惄焉且飢」，語出〈周南‧汝墳〉：「未見君子，惄如調飢」。「河上逍搖」句，則引〈河上歌〉之題，而用其「同病相憐，同憂相救」之意。

4.修辭法：

起首「金生砂礫，珠出蚌泥。嘆茲窈窕，產於卑微」四句，乃聯想法（興）。此後寫青衣外貌之美，多用明喻；寫青衣內在之慧，

多以直述（如「中饋裁割，莫能雙追」）及引用法（如「代無樊姬，楚莊晉妃。感昔鄭季，平陽是私」）。「思爾念爾，怒焉且飢」，乃用呼告法。

〈青衣賦〉以意促之四言，簡短之篇幅，寫「我」與「子」二人別後相思，煎熬人心，使人坐立難安直如腹飢，情真意切，文字質樸，而動人心扉。〈長門賦〉：「懸明月以自照兮，徂清夜於洞房……舒息悒以增欷，跳履起而彷徨。」用極長篇幅寫陳皇后失寵後之幽怨，思念君王無可解懷之情。將〈青衣賦〉與〈長門賦〉之愁悶悲思相較，一者句短意促，一者句長情長，但前者更接近詩。〈青衣賦〉寫相戀與相思，主角是「子」與「我」二人，是兩情相悅的感情，而不是從失寵后妃或單戀男子的立場獨白，言〈青衣賦〉是真正具愛情意義的辭賦，亦是據於此。

二、〈靜情賦〉的承啟及其賦史地位

陶淵明〈閑情賦〉序曰：「初，張衡作〈定情賦〉，蔡邕作〈靜情賦〉。檢逸辭而宗澹泊，始則蕩以思慮，而終歸閑正。將以抑流宕之邪心，諒有助於諷諫。」[32]袁行霈：「從張衡以後，愛情和閑情兩種主題的賦交相出現，前者以〈洛神賦〉為頂點，後者則以〈閑情賦〉為頂點。」[33]由此觀〈靜情賦〉之承啟，即可得一梗概。〈定情賦〉與〈靜情賦〉皆為殘篇，無法見其全貌。〈定情賦〉，今只存十句：

---

[32] 逯欽立校注《陶淵明集》，（台北：里仁書局，1985・04），頁 153。

[33] 袁行霈〈陶淵明《閑情賦》與辭賦中的愛情閑情主題〉，《北京大學學報》，（1992 第 5 期）。

夫何妖女之淑麗，光華豔而秀容。斷當時而呈美，冠朋匹而無雙。歎曰：大火流兮草蟲鳴，繁霜降兮草木零。秋為期兮時已征，思美人兮愁屏營。

思在面為鉛華兮，患離塵而無光。

〈靜情賦〉則存十二句：

夫何姝妖之媛女，顏煒燁而含榮。普天壤其無儷，曠千載而特生。余心悅此淑麗，愛獨結而未並。情罔寫而無主，意徒倚而左傾。書聘情以舒愛，夜託夢以交靈。

思在口而為簧鳴，哀聲獨而不敢聆。

從句式、用辭、情感等，明顯看出蔡邕模擬承襲〈定情賦〉，並無太多創新之意，但賦中明白寫出對妖姝媛女熱烈的追求，與蔡邕其他戀情賦對愛情的態度一致，皆是熱烈而真情的。

〈定情〉與〈靜情〉起首句，皆從宋玉〈神女賦〉「夫何神女之姣麗兮」而來。張衡寫一絕世美女，如何令人思慕而欲與其同在同存，「思在面為鉛華兮，患離塵而無光。」蔡邕則言：「思在口而為簧鳴，哀聲獨而不敢聆。」此欲與姝麗女子同在同存而不能之嗟，成了「閑情」主題辭賦的書寫程式，如阮瑀〈止欲賦〉：「思在體為素粉，悲隨之以消除。」王粲〈閑邪賦〉：「願為環以約腕」。應瑒〈正情賦〉：「思在前為明鏡，哀既餙於替□。」迄陶淵明〈閑情賦〉而為書寫高峰，其寫十願十悲，哀怨纏綿，痴情動人。而此體式之機杼，本之於張衡〈同聲歌〉：「思在菀蒻床，在下蔽匡床；願為羅衾幬，在上衛風霜。」[34]

---

[34] 錢鍾書：「〈閑情賦〉：『願在衣而為領……悲羅襟之宵離』云云。按姚寬《西溪叢話》、鍾惺、譚元春《古詩歸》皆謂機杼本之張衡〈同聲歌〉。」見氏著

　　辭賦重模擬承襲，東漢之賦大致展現如此面貌，但文學作品又
不可能一味模擬承襲，在漢末社會動盪、文風改易之際，每一辭賦
大家除了模擬之外，或多或少又有題材、寫法、精神之創新。〈靜
情〉雖襲自〈定情〉，但後人討論「閑情」系列辭賦時，卻必不會
忽視，一者，當然是因陶淵明〈閑情賦・序〉之所言，二者，〈靜
情賦〉乃僅次張衡之作，屬於「閑情」系列之先聲，以賦史的觀點
視之，自有其參考價值。

　　綜合〈協和婚賦〉、〈青衣賦〉與〈靜情賦〉觀之，蔡邕戀情賦
之共同特色，在於對「情慾」、「情愛」的正視，亦在於對美好生活、
美好女子、美好愛情勇敢的追求，真誠而不造作的態度，無視封建
禮法的束縛，在漢末之世，可說已啟魏晉士人之風了。

第三節　〈釋誨〉

　　《漢書・蔡邕列傳》：「桓帝時，中常侍徐璜、左悺等五侯擅恣，
聞邕善鼓琴，遂白天子，敕陳留太守督促發遣。邕不得已，行到偃
師，稱疾而歸。閑居玩古，不交當世。感東方朔〈客難〉及揚雄、
班固設辭以自通，乃勸酌群言，韙其是而矯其非，作〈釋誨〉以戒
厲云爾。」[35]此說明了〈釋誨〉的寫作背景及緣由。〈釋誨〉一篇
在蔡邕辭賦作品中，與〈述行賦〉同為篇幅較長者，雖未超過一千
五百字，但其大量徵引史事，藉文中虛構的華顛胡老言論以明己
志，具有序志大賦之風格。

　　《管錐編》，（北京：中華書局，1994・06），頁 1222。

[35]　《新校後漢書注》，（台北：世界書局，1972・09），頁 1980。

從形式言，〈釋誨〉屬「設論」體賦，以內容言，屬「序志」類賦。〈釋誨〉以虛設「務世公子」與「華顛胡老」二人問難的形式，表達作者內心二股思想：求仕見用與避禍全身。二種思想交互詰問、激盪，以達自釋自通之效。

一、〈釋誨〉之體例探析

關於〈釋誨〉形式及內容的分類，是文體分類上一值得探討的問題。[36]歷來有以「對問體」、「設論體」、「設難體」等視之。

（一）「對問」與「設論」之分別

〈釋誨〉序言中明白指出，蔡邕乃有感東方朔寫〈答客難〉及揚雄、班固等人寫「設辭以自通」的辭賦，遂亦作〈釋誨〉以自戒厲。東方朔、揚雄、班固等人寫此類的辭賦，其共同處在於「設辭自通」，而在文體分類上，這類辭賦，後人常有不同的分類歸屬。《文心雕龍》將東方朔等人此類辭賦，列入〈雜文〉篇，以「對問」名之，而與七體、連珠三者，析而論之。

> 宋玉含才，頗亦負俗，始造對問，以申其志，放懷寥廓，氣實使文。
>
> 自對問以後，東方朔效而廣之，名為〈客難〉，託古慰志，疏而有辨，揚雄〈解嘲〉，雜以諧讔，迴環自釋，頗亦為工。

---

[36] 關於此問題，可參見簡宗梧〈賦與設辭問對關係之考察〉（《逢甲文文社會學報》第 11 期，2005．12）。侯立兵〈論設難體〉，《陝西師範大學學報（社會科學版）》，（2006．03）。王利瑣〈漢代設論文簡議〉，《河南大學學報（社會科學版）》，（2003．03）。

> 班固〈賓戲〉，含懿采之華；崔駰〈達旨〉，吐典言之裁；張
> 衡〈應間〉，密而兼雅；崔寔〈答譏〉，整而微質；蔡邕〈釋
> 誨〉，體奧而文炳。
>
> 原夫茲文之設，乃發憤以表志。身挫憑乎道勝，時屯寄於情
> 泰；莫不淵岳其心，麟鳳其采，此立體之大要也。[37]

劉勰指出，「對問」一體由宋玉〈對楚王問〉開始，此後，東方朔
〈客難〉以降的這類「對問」體文章，寫作動機是「發憤表志」，
其形式是以「對問」進行；其內容是寫「身挫憑乎道勝」，意即雖
身遭時世艱難，但仍以修道而自慰；風格特色為「淵岳其心，麟鳳
其采」，意即心情淵靜，辭采華美。

　　劉勰看出從東方朔〈客難〉、揚雄〈解嘲〉至蔡邕〈釋誨〉這
些作品，具因襲相類的諸多特點，但仍以「對問」視之，未再分別
命名。其實辭賦多有對問的寫法，如《楚辭》中的〈卜居〉、〈漁父〉，
漢賦中賈誼〈鵩鳥賦〉等均用對問，故用「對問」為名而做為文體
區分之標準，將東方朔〈客難〉等作品視為同類，是否精確恰當，
頗值得探究。[38]

　　《昭明文選》則將設論體從「對問」中析出，除了宋玉〈對楚
王問〉一篇為「對問」類，又單列「設論」一類，設論類則選錄東
方朔〈答客難〉、揚雄〈解嘲〉、班固〈賓戲〉三篇。由此可見編輯

---

[37] 《文心雕龍注釋》，（台北：里仁書局，1998・09），頁255。

[38] 馬積高〈編輯《歷代辭賦總匯》芻議〉認為：「對問又可分為兩種，一種是
設客主就某一問題而辯駁論難，以申述作者對某一問題或某種現象的見解，
其行文純是無韻的散文，如劉基〈賣柑者言〉等，此類文章如劉勰所言，
當然只能入論說或雜文。而第二種則是設客難以剖白作者內心矛盾與不滿
情緒，如東方朔〈答客難〉、韓愈〈進學解〉之類，實則是抒發作者不得志
的牢騷與進行自我寬慰而已，行文雖與散文或駢文相似，但大體有韻，與
前重問答體有明顯的區別，應屬於有韻之文，歸入辭賦一類。」《中國文學
研究》，（2002第1期）。

《文選》者，已注意到宋玉〈對楚王問〉及東方朔〈客難〉等是兩類作品，其特質不同，故將「對問」、「設論」作一分別。

隋唐之際的類書及文學總集，均將設論體列為「問對」或「雜文」等門類中。歐陽詢等所編之《藝文類聚》有雜文部，所分文體共十五大類，未有「設論」也無「對問」，但有「嘲戲」類。宋代《太平御覽》列文體三十一種，也未單列「設論」。

明代張溥將東方朔〈客難〉列為「設難」類。吳訥《文章辨體》列文體五十九類，有「對問」而無「設論」。徐師曾《文體明辨》分文體為一百二十七類，其中與「對問」並立的有「解」、「釋」二體，分別以揚雄〈解嘲〉、蔡邕〈釋誨〉為始。徐師曾的分類過於細瑣，其雖然看出〈解嘲〉、〈釋誨〉這類對問作品與一般「對問」的不同，但將「解」、「釋」二分，又自言「釋者，解之別名也」，既然釋為解之別名，可見二者「名異而實同」，那麼又為何要區分為二，多此一舉呢？

（二）設論體賦的特點

將東方朔〈客難〉以至蔡邕〈釋誨〉聚而言之，可發現這類作品的共同特質，一是「設疑」，二是「自通」。結構上安排主客二人，主人回答問客之疑難，此指「設疑」；內容上，文中主人似乎是為答客之疑難，其實是作者的解嘲或自寬，此指「自通」。前者指出設論體之形式特色，後者指出設論體之內容特色。[39]以下將〈釋誨〉前之設論體賦，以表列之，以清眉目。

---

[39] 見侯立兵《漢魏六朝賦多維研究》，（北京：人民出版社，2007‧09），頁213。

作家	作品	史傳中序言及文前序言	自通的方法
東方朔	〈答客難〉	《漢書・東方朔傳》：「朔上書陳農戰強國之計，因自訟獨不得大官，欲求試用……終不見用，朔因著論，設客難己，用位卑以自喻。」	修身以持
揚雄	〈解嘲〉	《漢書・揚雄傳》：「哀帝時丁、傅、董賢用事，諸附離之者或起家至二千石。時雄方草《太玄》，有以自守，泊如也。或嘲雄以玄尚白，而雄解之，號曰〈解嘲〉。」	默然守玄
揚雄	〈解難〉	《漢書・揚雄傳》：「客有難《玄》大深，眾人之不好也，雄解之，號曰〈解難〉。」	非好艱難，勢不得已
班固	〈答賓戲〉	《漢書・敘傳》：「永平中為郎，典校祕書，專篤志於博學，以著述為業。或譏以無功，又感東方朔、揚雄自以遭蘇、張、范、蔡之時，曾不折之以正道，明君子之所守。故聊復應焉。」	著書立說
崔駰	〈達旨〉	《後漢書・崔駰傳》：「（駰）常以典籍為業，未遑仕進之事。時人或譏其太玄靜，將以後名夫實。駰擬揚雄〈解嘲〉，作〈達旨〉以答焉。」	復靜以理
張衡	〈應閒〉[40]	《後漢書・張衡傳》：「衡不慕當世，所居之官，輒積年不徙。自去史職，五載復還，乃設客問，作〈應閒〉以見其志。」〈應閒〉文序：「觀者，觀余去史官五載而復還，非進取之勢也。唯衡內識利鈍，操心不改。或不我知者，以為失志。用為閒余。余應之以時有遇否，性命難求，因茲以露余誠焉，名之〈應閒〉云。」	治學道藝
崔寔	〈答譏〉	無	守恬履靜
蔡邕	〈釋誨〉	《後漢書・蔡邕傳》：「桓帝時，中常侍徐璜、左悺等五侯擅恣，聞邕善鼓琴，遂白天子，敕陳留太守督促發遣。邕不得已，行到偃師，稱疾而歸。閑居玩古，不交當世。感東方朔〈客難〉及揚雄、班固設辭以自通，乃斟酌群言，韙其是而矯其非，作〈釋誨〉以戒厲云爾。」	抱璞優游

---

[40] 《文心雕龍・雜文》作「應間」，《後漢書》、費編《全漢賦》作「應閒」。

　　從上表可看出，作者寫作的背景各有不同，個人的際遇、「設疑自通」的方式也不相同，但懷才不遇而不見容於世的牢騷抑鬱，卻是一致。

（三）對問體源流

　　劉勰在《文心雕龍》中指出，宋玉始造對問之體，但若細推源流，以問答對話之形式書寫，則能追溯至更早。殷商卜筮占辭即是以問答對話形式進行，《左傳》中所記載之卜筮爻辭，除了是問答，更時見用韻。而在文學經典《詩經》、《楚辭》當中，即有問答對話的形式，如《詩經・齊風・南山》：「蓺麻如之何？衡從其畝。娶妻如之何？必告父母。」《秦風・終南》：「終南何有？有條有梅。」《秦風・無衣》：「豈曰無衣？與子同袍。」《秦風・渭陽》：「何以贈之？瓊瑰玉佩。」而〈離騷〉中的靈氛占卜、巫咸降神，與詩中主角形成一個問疑解惑的對問結構。〈卜居〉、〈漁父〉中的對問更是明顯。戰國時人著書，慣用對話，馬王堆出土之佚書，如《伊尹》、《九主》、《十大經》，皆以對話形式進行，饒宗頤因此謂：「主客，本為兵家之言。」[41]宋玉承襲對問形式，而將內容以設疑為主，轉變成以釋疑為主。此後賈誼〈鵩鳥賦〉、枚乘〈七發〉都是這樣的對問體。直到東方朔〈客難〉，將設辭對問的釋他人之疑惑，轉變成「表面答他人之問難，實際抒己之牢騷」的自通、自慰、自釋。故「對問」與「設論」體，實有必要作一區分。

---

[41]　參見饒宗頤〈釋主客——論文學與兵家言〉、〈論戰國文學〉，收入《文轍——文學史論文集》，（台北：台灣學生書局，1990・11），頁 193-195、220。

二、〈釋誨〉思想內容分析

蔡邕在〈釋誨〉中，藉著務世公子對華顛胡老的問難，表達其避禍全身之志。務世公子所代表的，是儒家用世濟民、建業立功的思想，華顛胡老所代表的，是道家隨世處順，推微知著，避禍全身的思想。務世公子與華顛胡老二人，其實是蔡邕內心的矛盾，而二者詰難、回答的過程，彷彿是一種心理治療，在此自釋自通的歷程，可看出蔡邕有著傳統士人對自我實現的期許、淑世利民的士人使命感，亦有著對政治現實的深刻觀察、對過往史實史事的清明反省，以及對社會現實的紆曲批判。可以說，蔡邕立身處世及其思想，是儒道互補的型態。

（一）務世公子之思想

在〈釋誨〉中，蔡邕虛構了務世公子與華顛胡老二人，其二人的思想，今分析如下。

務世公子問難華顛胡老之詞，所蘊藏的儒家思想，可析為三者，一是名位思想，二是士人對社會的責任，三是對自我實現的期許，而此自我實現，又可歸於是傳統儒家思想，對士人揚名顯祖的要求。

1.名位思想

務世公子誨於華顛胡老曰：「蓋聞聖人之大寶曰位，故以仁守位，以財聚人。」此所代表的，就是儒家對名位、功名的要求。儒家重視名位，「位」是爵位、官位、祿位，有所名位，就盡其分。

所謂：「君君，臣臣，父父，子子。」有君之名，必須完成君之任務，亦只能享有君之權利，臣、父與子亦然，然而，儒家更強調在高位者必須有仁，如此，方能守其位。而士人所追求之最高境界，是行義達道，但若要能使義行而道達，有其名位，畢竟乃最直捷之徑。歷來儒者無不求仕，即出於此「行義達道」之要求。

2.社會責任

務世公子舉伊尹負鼎等四個例子，證明聖哲求進用為其共同志向，亦即「通趣」。有用世之志，以求進用，是士人對社會責任的具體回應，也可說是歷來士人的最高使命，而「輯當世之利，定不拔之功」，除了是一份為社會盡責的使命感，亦是士人最希望能達成的自我實現，這也是務世公子所強調的。

3.自我實現

士人建業立功的動機，一方面來自對社會責任的回應，另方面是期許能夠自我實現，而自我實現後所得的功名，往往能「榮家宗於此時，遺不滅之令蹤」的揚名顯祖。揚名顯祖，又與儒家強調孝道思想有關，《孝經》言：「揚名於後世，以顯父母，孝之終也。」古人強烈的自我實現及建業立功的動機，具體彰顯在普遍俗世的光宗耀祖之觀念上。

（二）華顛胡老之思想：

華顛胡老其回答務世公子的言論，主要彰顯出道家觀察自然天道以及現實，進而尋求養其全身，追求精神自由的精神。華顛胡老所代表的思想，大致上是屬於道家性格的，但其中仍亦有代表儒家思想之精神，如孔子主張的「用行舍藏」之說。

1.用行舍藏

〈釋誨〉中的華顛胡老曉諭務世公子說：「且用之則行，聖訓也；舍之則藏，至順也。」又說「時行則行，時止則止」。用行舍藏，是孔子仕隱出處的標準。孟子曰：「可以仕則仕，可以止則止」，則是此義。孔子又曰：「危邦不入，亂邦不居。天下有道則見，無道則隱。」華顛胡老以此委婉紆曲、意在言外地告訴務世公子，當今之世，昏暗無道，是不可以求仕進用的。

2.隨世處順

華顛胡老謂：「天地否閉，聖哲潛形。」雖然語出儒家經典《周易》，但其最終要強調的，是隨世處順的處世原則。「當其有事也，則蓑笠並載，擐甲揚鋒，不給於務；當其無事也，則舒紳緩佩，鳴玉以步，綽有餘裕。」表面上是言當今天下太平無事，士人自是舒步悠游。但其實華顛胡老之不求進用，乃是對「群車方奔乎險路」的政治現實，有深刻地洞察，故而「思危難而自豫」，「在賤而不恥」。

3.推微知著

道家冷智靜觀而應世，故能遠禍避害。華顛胡老謂：「怨豈在明，患生不思」。於此亂世，自當「戰戰兢兢，必慎厥尤」。而智者能「推微達著，尋端見緒，履霜知冰，踐露知暑，時行則行，時止則止，消息盈沖，取諸天紀。利用遭泰，可與處否。」

4.修業思真，抱璞優遊

「心恬澹於守高，意無為於持盈。」華顛胡老修業思真，不願如「貪夫殉財」，不欲似「夸者死權」，而使自身「體躁心煩」，亦不願參跡於伯翳、葛盧等人之求用，華顛胡老的「恬澹」「無為」，

抱璞優遊，追求的是道家守道求真的精神自由的生活。胡老援琴而歌曰：「練余心兮浸太清，滌穢濁兮存正靈。和液暢兮神氣寧，情志泊兮心亭亭，嗜欲息兮無由生。踔宇宙而遺俗兮，眇翩翩而獨征。」完全是道家修業思真，抱璞優遊的精神。

三、〈釋誨〉藝術技巧分析

〈釋誨〉一如以往設論體賦的風格特色，展現出大量用典、句式排偶、反語婉曲等藝術技巧及風格特色。以下針對此三項藝術技巧予以分析。

（一）大量用典

〈釋誨〉中大量使用語典及事典，一如漢大賦、設論體賦的風格特色，其中語典及事典之使用，統計如下：

〈釋誨〉使用語典統計表

	文句	出處	備註
1	蓋聞聖人之大寶曰位，故以仁守位，以財聚人。	化用《周易・繫辭》：「聖人之大寶曰位。何以守位，曰仁。何以聚人。曰財。」	
2	行義達道。	《論語・季氏》：「行義以達道。」	
3	拔萃出群	《孟子・公孫丑上》：「出乎其類，拔出其萃。」	
4	三代之隆，亦有緝熙。	《詩經・大雅・文王》：「穆穆文王，于！緝熙敬止。」	
5	女冶容而淫	《周易・繫辭》：「慢藏誨盜，	

文句	出處	備註
	冶容誨淫。」	
6 速速萬穀，夭夭是加。	《詩經‧小雅‧正月》：「蔌蔌萬穀，民今之無祿，夭夭是椓。」	
7 欲豐其屋，乃蔀其家。	《周易‧豐》：「豐其屋，蔀其家。」	
8 鴻漸盈階，振鷺充庭。	《周易‧漸》：「鴻漸于干。」《詩經‧周頌‧振鷺》：「振鷺于飛，于彼西雝。」	
9 洪源辟而四隩集	《尚書‧禹貢》：「九州攸同，四隩既宅。」	兼用事典
10 武功定而干戈戢	《詩經‧周頌‧時邁》：「載戢干戈，載櫜弓矢。」	
11 玁狁攘而吉甫宴	《詩‧小雅‧六月》：「薄伐玁狁，至于大原。文武吉甫，萬邦為憲。」	兼用事典
12 城濮捷而晉凱入	《左傳‧僖公二十八年》：「晉楚戰于城濮，楚師敗績，晉凱旋而歸。」	兼用事典
13 貪夫殉財，夸者死權	賈誼〈鵩鳥賦〉：「貪夫殉財兮，烈士殉名。」	
14 用之則行，聖訓也，舍之則藏，至順。	《論語‧述而》：「用之則行，舍之則藏。惟我與爾有是乎！」	
15 履霜知冰	《周易‧坤》：「履霜堅冰至。」	
16 時行則行，時止則止。	《周易‧艮卦》：「時止則止，時行則行，動靜不失其時。」	
17 樂天知命	《周易‧繫辭》：「樂天知命，故不憂。」	
18 方將騁馳乎典籍之崇塗，休息乎仁義之淵藪。	〈上林賦〉：「游于六藝之囿，馳騖乎仁義之塗。」	化用句意
19 百歲之後，歸乎其居。	《詩經‧唐風‧葛生》：「百歲之後，歸乎其居。」	

　　〈釋誨〉所引語典共計 19。語出自《周易》者有 7、《詩經》有 5、《論語》有 2，語出自《尚書》、《左傳》、《孟子》、〈鵬鳥賦〉、〈上林賦〉各一。兼用事典者有 4，化用句意有一，為「方將騁馳乎典籍之崇塗，休息乎仁義之淵藪」，化用〈上林賦〉:「游于六藝之囿，馳騖乎仁義之塗」之句。

〈釋誨〉使用事典之統計表

	文句	事典出處
1	伊摯有負鼎之銜	《史記‧殷本紀》
2	仲尼設執鞭之言	《論語‧述而》
3	甯子有清商之歌	〈九章‧惜往日〉、《淮南子‧道應訓》
4	百里有豢牛之事	《史記‧秦本紀》
以上引四則事典，言聖哲求仕。		
1	或畫一策而縮萬金	《戰國策，秦策》
2	或談崇朝而錫瑞珪	《史記‧平原君虞卿列傳》
3	連衡者六印磊落。	《史記‧張儀列傳》
4	合從者駢組流離	《史記‧蘇秦列傳》
以上引四則事典，言春秋戰國策士，據巧蹈機，以忘其危。		
1	石門守晨	《論語‧憲問》
2	沮溺耦耕	《論語‧微子》
3	顏歜抱璞	《戰國策‧齊策》
4	蘧瑗保生	《論語‧衛靈公》
5	齊人歸樂，孔子斯征	《論語‧微子》
6	雍渠驂乘，逝而遺輕。	《史記‧孔子世家》
以上引五人史事、六則事典，言天地否閉，聖哲潛形。		
1	伯翳綜聲於鳥語	《史記‧秦本紀》
2	葛盧辯音于鳴牛	《左傳‧僖公二十九年》
3	董父受氏於豢龍	《左傳‧昭公二十九年》
4	奚仲供德於衡輈	《左傳‧定公元年》

	文句	事典出處
5	倕氏興政於巧工	《尚書‧舜典》
6	造父登御於驊騮	《荀子‧儒效》、《史記‧秦本紀》
7	非子享土於善圉	《史記‧秦本紀》
8	狼瞳取右於禽囚	《左傳‧文公二年》
9	弓父畢精於筋角	《周禮‧考工記》
10	佽非明勇於赴流	《呂氏春秋‧知分》
11	壽王創基於格五	《漢書‧壽王傳》
12	東方要幸於談優	《史記‧滑稽列傳》、《漢書‧東方朔傳》
13	上官效力於執蓋	《漢書‧霍光傳》
14	弘羊據相於運籌	《漢書‧霍光傳》
以上引十四事典，言效命於世者。		

　　從以上之統計可看出，〈釋誨〉所使用事典共28則，可分為四者，一是務世公子引伊尹、孔子、甯越、百里奚之事，言聖哲求仕，而質疑華顛胡老何以不仕；二是華顛胡老引四事典，言春秋戰國策士，據巧蹈機，以忘其危；三為華顛胡老引六則事典，言天地否閉，聖哲潛形；四是華顛胡老引十四則史事，言己不能如上述效命於世者，而欲抱璞優遊。〈釋誨〉所用之事典，皆做為賦文中之人物（務世公子與華顛胡老）用以說服對方的論據。

（二）多用排偶

　　漢賦重鋪排，多用排偶，〈釋誨〉中排偶句式俯拾即是。

　　排比與對偶合稱「排偶」，事實上，排比與對偶有其同、有其異。用結構相似的句法，接二連三的表出同範圍同性質的意象，此為「排比」。使用排比句法，能使得行文在變化中有統一，在統一

中有變化，而排比句又使人易於記憶，便於口誦流傳。語文中上下兩句，字數相同，句法相似，平仄相對，此為「對偶」。《文心雕龍‧麗辭》:「造化賦形，支體必雙，神理為用，事不孤立。夫心生文辭，運裁百慮，高下相順，自然成對。」指出文辭之對偶源於自然事物之對偶，而使用對偶句，能夠引起平衡與勻稱的美感。

　　排比與對偶其所相同者，乃二者皆指「相同相類之句法『接二連三』使用」。其不同之處，對偶必須字數相等，排比不拘；對偶必須兩兩相對，排比不拘；對偶力避字同意同，排比卻以字同意同為經常情況。排比與對偶都是基於平衡與勻稱的美學原理，[42]故能使行文顯得恢弘厚重。對偶又有寬泛及嚴謹二者，寬泛之對偶，上下句子可有重覆字，而嚴謹對偶的條件，即後人對聯語的要求:上下兩句，句法相似，字數、詞性相同、平仄相對。在此則採「寬式」的對偶定義，而其不同又分為「句中對」、「單句對」、「雙句對」及「長句對」四種。以下為〈釋誨〉所用排偶句之統計表:

　　1.排比句:

1	伊摯有負鼎之衒，仲尼設執鞭之言，甯子有清商之歌，百里有豢牛之事。
2	石門守晨，沮溺耦耕，顏歜抱璞，蘧瑗保生。
3	天網縱，人紘狚，王塗壞，太極陁。
4	（方將）驅馳乎典籍之崇塗，休息乎仁義之淵藪，槃旋乎周孔之庭宇。
5	擁華蓋而奉皇樞，納玄策於聖德，宣太平於中區。
6	昔伯翳綜聲於鳥語，葛盧辯音于鳴牛，董父受氏於豢龍、奚仲供德於衡軛，倕氏興政於巧工，造父登御於驊騮，非子亨土於善圉，狼瞫取於禽囚，弓父畢精於筋角，伎非明勇於赴流，壽王創基於格五，東方要幸於談優，上官效力於執蓋，弘羊據相於運籌。

---

[42] 對偶及排比之定義及美學原理，參考黃慶萱《修辭學》，（台北:三民書局，1992‧09），頁447-480。

2.句中對：

1	揚芳飛文
2	電駭風馳
3	霧散雲披

3.單句對：

1	以仁守位，以財聚人。
2	有位斯貴，有財斯富。
3	聖哲之通趣，古人之明志。
4	登天庭，序彝倫。
5	掃六合之穢慝，清宇宙之埃塵。
6	連光芒於白日，屬炎氣于景雲。
7	德弘者建宰相而裂土，才羨者荷榮祿而蒙賜。
8	輯當世之利，定不拔之功。
9	君臣土崩，上下瓦解。
10	智者騁詐，辯者馳說。
11	武夫奮略，戰士講銳。
12	電駭風馳，霧散雲披。
13	或畫一策而縮萬金，或談崇朝而錫瑞珪。
14	連衡者六印磊落，合從者駢組流離。
15	（夫）華離蔕而萎，條去幹而枯。
16	女冶容而淫，士背道而辜。
17	人毀其滿，神疾其邪。
18	寒暑相推，陰陽代興。
19	群僚恭己於職司，聖主垂拱乎兩楹。
20	鴻漸盈階，振鷺充庭。
21	鍾山之玉，泗濱之石。
22	累珪璧不為之盈，采浮磬不為之索。
23	洪源辟而四隩集，武功定而干戈戢。

24	獫狁攘而吉甫宴，城濮捷而晉凱入。
25	天隆其祜，主豐其祿。
26	夫夫有逸群之才，人人有優贍之知。
27	童子不問疑於老成，瞳矇不稽謀於先生。
28	心恬澹於守高，意無為於持盈。
29	貪夫殉財，夸者死權。
30	闇謙盈之效，迷損益之數。
31	騁騖駘於修路，慕騏驥而增驅。
32	卑俯乎外戚之門，乞助乎近貴之譽　。
33	時行則行，時止則止。

4.雙句對：

1	睹曖昧之利，而忘昭晢之害；專必成之功，而忽蹉跌之敗（者已）。
2	日南至則黃鍾應，融風動而魚上冰；蕤賓統則微陰萌，蒹葭蒼而白露凝。
3	順傾轉圓，不足以喻其便；逡巡放屣，不足以況其易。
4	用之則行，聖訓也；舍之則藏，至順也。

5.長句對：

1	故當其有事也，則蓑笠並載，擐甲揚鋒，不給於務；當其無事也，則舒紳緩佩，鳴玉以步，綽有餘裕。

　　以上用典出處、排比、對偶句之統計結果，所用語典 19，事典 28，排比句有 8，對偶句有 39，印證《文心雕龍‧事類》所言：「至於崔班張蔡，遂捃摭經史，華實布濩，因書立功，皆後人之範式也。」以及〈麗辭〉：「自揚馬張蔡，崇盛麗辭，如宋畫吳冶，刻形鏤法，麗句與深采並流，偶意共逸韻俱發。」大量的用典及排偶句式，明顯見出〈釋誨〉此類設論體賦的風格，典重恢弘。

（三）反語婉曲

　　史傳明載，蔡邕寫此賦，乃因「中常侍徐璜、左悺等五侯擅恣，聞邕善鼓琴，遂白天子，敕陳留太守督促發遣。邕不得已，行到偃師，稱疾而歸。」之後蔡邕「閑居玩古，不交當世。感東方朔〈客難〉及揚雄、班固設辭以自通，乃勸酌群言，韙其是而矯其非，作〈釋誨〉以戒屬云爾。」蔡邕借務世公子之口，言「方今聖上寬明，輔弼賢知，崇英逸偉，不墜於地。德弘者建宰相而裂土，才羨者荷榮祿而蒙賜。」以及華顛胡老言：「夫夫有逸群之才，人人有優瞻之智。」這些，明白是一反語，當時真實的狀況，是統治者「窮巧變于台榭」、「消嘉穀于禽獸」，而人民「露處而寢濕」、「下糠粃而無粒」；在位者「狂淫振蕩，乃亂其情」、「卑俯乎外戚之門，乞助乎近貴之譽。」

　　華顛胡老言戰國時「君臣土崩，上下瓦解」，言彼意此，其實亦是蔡邕所處環境的真實狀況，否則華顛胡老不會反詰務世公子曰：「群車方奔乎險路，安能與之齊軌？」也不會又說：「龜鳳山翳，霧露不除；踊躍草萊，祇見其愚。」華顛胡老（蔡邕）表面贊揚當前聖上寬明，賢者在位，未徹底嚴厲地指陳時弊，而用紆曲婉轉的方式，反語諷刺，「言之者無罪，聞之者足戒」，但亦削弱了其批判的強度，此一反語婉曲之藝術技巧，又是設論體賦所常採用的，何以如此，細究其因，當是傳統詩文「怨而不怒」之創作道德與審美要求所致。

第四節　〈九惟文〉與〈弔屈原文〉

　　「九惟」之名應是繼《楚辭》之〈九懷〉、〈九歎〉、〈九思〉等題名而來，張溥《漢魏六朝百三家集》、嚴可均《全後漢文》及《四庫全書》皆將〈九惟文〉編選入「賦」類。〈弔屈原文〉乃仿賈誼作〈弔屈原文〉，而賈作亦名〈弔屈原賦〉。〈九惟文〉與〈弔屈原文〉雖以「文」名之，但二者皆屬於辭賦之一體。[43]

一、〈九惟文〉內容分析

　　惟者，思也，想也，「九惟」即「九思」之意，所思有九，故名「九惟」。〈九惟文〉最早見錄於《藝文類聚‧卷三十五、人部‧貧》，若以題名「九惟」推究其全文結構，應有九個段落，由「一惟如何如何；二惟如何如何」至「九惟如何如何」組成完整的一篇辭賦。今所見之 18 句乃殘文，只剩八惟一段，《藝文類聚》將此段

---

[43] 吳明賢〈蔡邕賦論〉：「〈九惟文〉本是一首四言詩，但張溥《百三名家集》，嚴可均《全漢文》及《四庫全書》皆編入賦類，因此我們亦不妨將它以賦看待。」（《辭賦研究》，北京：商務印書館，2006‧11），頁 293。馬積高在《歷代辭賦研究史料概述》討論「賦與其他文體滲透和糾葛」時，對於「哀弔文」有如下的論述：「司馬遷〈屈原賈生列傳〉稱賈誼過湘水『為賦以弔屈原』，而《文選》錄其作，題為〈弔屈原文〉入「哀弔」類。又陸機〈弔魏武帝文〉、潘岳〈哀示逝文〉（《藝文類聚》作〈哀永逝辭〉）等皆為賦體。此皆古人賦與弔文不分之例。這類作品自宜屬賦的範圍。」（北京：中華書局，2005‧03），頁 24。

收入「人部，貧類」，可見其他亡佚的八個段落，應是各言人生面臨之種種窘境，而抒發哀憤之情。〈九惟文〉，是隔句押韻之四言詩體賦，賦文大部分已亡佚，今所見只有短短 18 句 72 字，此段主要在抒發「身遭危厄，無以自存」的自矜自怨之情。

> 八惟困乏，憂心殷殷。天之生我，星宿值貧。六極之厄，獨遭斯勤。居處浮漂，無以自存。冬日粟粟，上下同雲。無衣無褐，何以自溫。六月徂暑，炎赫來臻。無絺無綌，何以蔽身。無食不飽，永離懽欣。[44]

東晉・葛洪《抱朴子・卷十二・辨問》引《玉鈐經・主命原》云：「人之吉凶，制在結胎受氣之日，皆上得列宿之精。其值聖宿則聖，值賢宿則賢，值文宿則文，值武宿則武，值貴宿則貴，值富宿則富，值賤宿則賤，值貧宿則貧。」[45]由此可看出，命定的思想在古代相當普遍：人一生的命運如何，在母胎受孕之時即已決定：受孕時，天上當值的星宿為何，其人命運就如何。《玉鈐經》言「值貧宿則貧」，而〈九惟文〉曰：「八惟困乏，憂心殷殷。天之生我，星宿值貧」，用以言「我」之困乏，乃自生「我」之時的貧宿而來。可見古代「天之生我，星宿值貧」這樣命定的說法極其普遍。

　而「天之生我，星宿值貧」，乃此段之賦眼，賦文之後又用「六極之厄，獨遭斯勤」加以申述，藉以表達不平之呼告。此後「居處浮漂」至「永離懽欣」十二句，則皆在陳述貧乏的具體實境。究竟如何貧乏呢？生之所存，所依賴者不外食、衣、住三者，而賦中的「我」，則是居處浮漂無定，冬日無衣褐以自溫，徂暑無絺綌以蔽身，平日則不能飽餐，食、衣、住三者的生活基本需求，皆貧乏窘

---

[44] 以《全後漢文》為底本，參校《四部集要》之《蔡中郎集》。

[45] 東晉・葛洪著・顧久譯注《抱扑子內篇》，（台北：台灣古籍出版社，2005・12），頁 446。

迫，整個段落用了 6 個「無」字以言缺乏：「無以自存」、「無衣無褐」、「無絺無綌」、「無食不飽」，如此的境況，也只能以「永離懽欣」再次的呼告哀嘆。

二、〈弔屈原文〉外緣[46]及內容分析

關於弔文的文體的產生，劉勰在《文心雕龍》是如此解釋：

> 弔者，至也。詩云：「神之弔也。」言神至也。君子令終定諡，事極理哀，故賓之慰主，以至到為言也；壓溺乖道，所以不弔矣。又宋水鄭火，行人奉辭，國災民亡，故同弔也。及晉築虒臺，齊襲燕城，史趙蘇秦，翻賀為弔，虐民搆敵，亦亡之道。凡斯之例，弔之所設也。[47]

弔是慰問生者遭遇凶喪災禍。

劉勰說：「弔就是至」，又引《詩經‧小雅‧天保》：「神之弔矣，詒爾多福」解釋弔之義，然而〈天保〉篇所言之「弔」，音敵，是神降賜福之義。這個弔與弔喪音義皆不同，劉勰未將二者區分清楚，說「賓之慰主，以至到為言」，並不正確。劉勰認為，君子壽終以後決定諡號，事情重要，情理上也值得哀傷，所以客人去安慰主人，便以到為至是弔的意思。如果為壓死、淹死等不合正道而死

---

46 所謂「外緣」，乃指凡作品內在之外的種種因素、條件，「外緣」是相對於作品內在（文本）而言，如作者生平、寫作時間等歷史考據問題，以及作品風格、作品體製與類別等等，皆屬之。高友工〈文學研究的美學問題〉：「『外緣解釋』即是以作品以外的種種因素介紹到我們解釋過程中以完成一個可供觀照的境界。」收入李正治主編《政府遷台以來文學研究理論及方法之探索》，（台北：台灣學生書局，1988‧11），頁 206。

47 《文心雕龍注釋》，（台北：里仁書局，1998‧09），頁 240。

的，就不去弔了。此外，劉勰又引《左傳》所載的史實為例，說明
古人在何種情況才去弔問：像宋國淹大水，鄭國有火災，派使者去
慰問，這是國家有災禍人民有喪亡，所以要弔問。至於晉建築虒臺，
齊國偷襲燕國，史趙和蘇秦將慶賀改為弔問，則是因為勞苦人民而
結下敵人，這是亡國的途徑。以上這些例子，都是弔問所適用的。

　　至於弔文的種類，劉勰指出：「或驕貴以殞身，或狷忿以乖道，
或有志而無時，或美才而兼累，追而慰之，並名為弔」。劉勰還在
《文心雕龍》中指出，賈誼之〈弔屈原文〉為弔文首出之作：

> 自賈誼浮湘，發憤弔屈，體周而事覈，辭清而理哀，蓋首出
> 之作也。及相如之弔二世，全為賦體。
> 班彪、蔡邕，並敏於致語，然影附賈氏，難為並驅耳。[48]

《文心雕龍》指出，賈誼寫〈弔屈原文〉，抒發憤慨以弔屈原，內
容覈實，言辭清晰而思致悲傷，是第一篇的弔文。後來司馬相如〈弔
秦二世〉，全是賦體，用鋪敘的筆法。當然後世承繼之作尚多，本
文此處則只引劉勰對班彪、蔡邕所作的批評。劉勰認為，班彪〈悼
離騷〉及蔡邕〈弔屈原文〉，擅長提問，但摹仿沿襲賈誼，文體也
差不多，二人寫弔文的成就難與賈誼並駕齊驅。班彪〈悼離騷〉與
蔡邕〈弔屈原文〉，今皆無法見其全貌，故今人也只能以劉勰所言
而想像其文特色了。今可見的蔡邕〈弔屈原文〉殘篇則引錄如下：

> 迴□世而遙弔，託白水而騰文。[49]
> 鶹鵁軒翥，鸞鳳挫翮。啄碎琬琰，寶其瓴甋。皇車奔而失轄，
> 執轡忽而不顧。辛壞覆而不振，顧抱石其何補。

48　《文心雕龍注釋》，（台北：里仁書局，1998‧09），頁 240。
49　此二句第二字脫佚，見《北堂書鈔‧一百二十卷》。

殘篇首句脫佚一字。首二句言「經過長久的時間而來此弔問，這篇弔文就託付於白茫茫的這一片江水」。接下來則是兩組映襯的句子，言賢人失志，小人在位：「鶚鴂軒翥，鸞鳳挫翮」[50]，即從賈誼〈弔屈原文〉之「鸞鳳伏竄兮，鴟梟翱翔」而來；「啄碎琬琰，寶其瓴甋」，即賈誼「斡棄周鼎，寶康瓠兮」之意。《詩經‧豳風‧鴟鴞》毛注：「鴟鴞，鸋鴂也。」孔穎達《毛詩正義》曰：「《方言》云，自關而東謂桑飛曰鸋鴂。」[51]《爾雅‧卷十‧釋鳥》：「鴟鴞，鸋鴂。」郭璞注：「鴟類。」[52]鴟鴞，鸋鴂，在詩賦中往往是相對於鸞鳳美禽而向來被視為惡鳥的。鸋鴂振翅高飛，鸞鳳卻翮羽受挫只能棲止；將琬琰美玉啄碎，卻視盛水瓦器的瓴甋而為珍寶，這兩組句子寓意明白，即指楚王用小人而讁君子，同時也有〈離騷〉:「世溷濁而嫉賢兮，好蔽美而稱惡」之意。「皇車奔而失轄，執轡忽而不顧」，喻楚國政治危亂，楚王不知其危。「卒壞覆而不振，顧抱石其何補」，乃蔡邕哀嘆屈原抱石沈江之舉，對楚國國勢壞覆不振實無所補益。

由蔡邕〈弔屈原文〉現存殘篇看來，無法得見如劉勰所言其「長於致問」的特色，而此篇乃摹仿賈誼之作，就現存文字看，無論題文、內容、旨意，均無甚創意。後世弔文之寫作亦極有可觀，此處則提兩篇弔漢末賦家之文，一者，禰衡有〈弔張衡文〉，二者，陸機有〈弔蔡邕文〉，張蔡二人向來並稱，[53]二人死後也均有著名文人為其寫弔文。

---

[50] 《楚辭‧九章‧懷沙》:「鳳凰在笯兮，雞鶩翔舞」，其意與「鶚鴂軒翥，鸞鳳挫翮」之意相同。

[51] 《十三經注疏‧詩經》，(台北：藝文印書館‧1985‧12)，頁 292。

[52] 《十三經注疏‧爾雅》，(台北：藝文印書館‧1985‧12)，頁 184、185。

[53] 張衡、蔡邕除了文學成就向來為人並稱之外，關於二人何以如此相似，亦有傳說。據《語林》載：「張衡死，蔡邕母始懷孕，此二子才貌甚相類，時人云蔡邕是衡之後身。」按，張衡卒年為西元 139 年，蔡邕則生於西元 133

小結

　　〈協和婚賦〉、〈青衣賦〉、〈靜情賦〉可謂辭賦發展史上婚姻愛
情題材的代表作，從其中也可看出蔡邕的真性情。蔡邕在處理夫婦
之愛、男女之情、相思之意的題材，皆是以健康誠懇的態度面對而
進行鋪寫，迥異於拘束於禮教的衛道之士。這三篇婚戀類賦，不僅
情意感人，文辭也極清麗，范曄稱蔡邕「心精辭綺」，此三篇賦作
最能證明。〈釋誨〉一篇乃蔡邕早年「閑居翫古，不交當世」的言
志之作，其體承東方朔〈答客難〉而來，其中「安貧樂賤，與世無
營」的思想，也可做為范曄「邕實慕靜」史贊之佐證。〈九惟文〉
與〈弔屈原文〉二者如今只見殘篇，學者幾乎未曾討論，以其現今
可見之文辭而言，二者風格皆承楚騷怨情，鬱伊而易感，但畢竟不
是開創之作，現今又無法見其全貌，故一直未受人重視。綜合上述，
蔡邕辭賦的情志書寫，最能代表蔡邕儒道思想之外的真情摯意，又
最能印證《後漢書·蔡邕傳》「邕實靜慕，心精辭綺」的贊語。

　　年，可知此乃街談巷議，小說家者言也。

第五章　藝術書寫

　　藝術類賦之研究，在近年辭賦研究逐漸熱絡的情形下，已有專著、專文出現，如余江《漢唐藝術賦研究》、[1]許結〈論藝術賦的創作及其美學特徵〉。[2]音樂類賦之研究，有戴伊澄《文選音樂類賦篇研究》、[3]孫鵬〈漢魏六朝音樂賦整理研究述略〉[4]、鄭明璋〈論漢代音樂文化視野下的漢賦創作〉。[5]關於蔡邕音樂賦及音樂思想之單篇論文：陳紹皇〈蔡邕音樂思想〉、[6]蕭琴〈蔡邕與音樂〉、[7]汪青〈雅韻琴音——蔡邕〈琴賦〉的文學與音樂解讀〉[8]等。關於書法類賦之論文，有龔克昌〈論兩漢辭賦與書法〉。[9]

　　蔡邕辭賦的藝術書寫，可分為三者，一為音樂類賦，二為書法類賦，三是棋藝類賦。音樂類賦為〈瞽師賦〉、〈彈琴賦〉，書法類賦有〈筆賦〉、〈篆勢〉，棋藝類是〈彈棋賦〉。〈瞽師賦〉、〈筆賦〉

---

[1]　余江《漢唐藝術賦研究》一書，將藝術賦分為「樂舞」、「書畫」、「雜技」三類討論。（北京：學苑出版社，2005・01）

[2]　此文收入《賦體文學的文化闡釋》，（北京：中華書局，2005・09）。

[3]　戴伊澄《文選音樂類賦篇研究》，（國立台灣師範大學 2002 年碩士論文）。

[4]　孫鵬〈漢魏六朝音樂賦整理研究述略〉，《菏澤師範專科學校學報》，（2004・08）。

[5]　鄭明璋〈論漢代音樂文化視野下的漢賦創作〉，《青島大學師範學院學報》，（2007・03）。

[6]　陳紹皇〈蔡邕音樂思想〉，《懷化學院學報》，（2006・05）。

[7]　蕭琴〈蔡邕與音樂〉，《宜賓學院學報》，（2007・05）。

[8]　汪青〈雅韻琴音——蔡邕〈琴賦〉的文學與音樂解讀〉，《名作欣賞》，（2006 第 5 期）。

[9]　龔克昌〈論兩漢辭賦與書法〉，《文史哲》，（2002 年第 5 期（總第 272 期））。

亦可歸入詠物賦（物，包含人物），於此歸入藝術書寫討論，乃在彰顯蔡邕此兩篇賦中所表達的藝術思想。

第一節　〈瞽師賦〉與〈彈琴賦〉

《昭明文選》賦類中始設「音樂」一門，收入王褒〈洞簫賦〉、傅毅〈舞賦〉、馬融〈長笛賦〉、嵇康〈琴賦〉、潘岳〈笙賦〉及成公綏〈嘯賦〉等六篇。以器樂為題之辭賦所見多有，第一篇以「樂器」為題創作之辭賦，為託名宋玉的〈笛賦〉；而以瞽師為題之辭賦創作，蔡邕〈瞽師賦〉是第一篇，亦是絕無僅有的一篇；第一篇以「琴」為題創作之辭賦，則是劉向〈雅琴賦〉。

一、〈瞽師賦〉外緣與內容分析

瞽者是上古時代頗特殊的一社會群體，瞽師因為其失去視覺官能，聽覺於是較常人敏銳，對音律等抽象事物比常人容易掌握。《詩經·周頌·有瞽》：「有瞽有瞽，在周之庭。」毛注：「瞽，樂官也。」鄭箋：「瞽，矇也。以為樂官者，目無所見，於音聲審也。《周禮》：「上瞽四十人，中瞽百人，下瞽百六十人。」[10] 上古瞽者往往擔任樂官之職，故瞽者亦為樂官之代稱。

---

[10] 《十三經注疏·詩經》，（台北：藝文印書館，1985·12），頁 731、732。

（一）瞽師職司

周朝重視禮樂，禮樂關涉著國家制度及儀典，制度及儀典如何制定推行，乃朝廷重要大事，故禮官及樂官同樣重要。擔任樂官的瞽者，除了參與制樂、演奏等職事，同時亦有其他職責，其見載於典籍，大致可分為四者。一，制樂與奏樂；二，宗教祭祀；三，口誦傳史；四，受諮詢、予規箴。[11]

1.制樂與奏樂

《國語・周語下》：「古之神瞽，考中聲而量之以制。」[12]此指古代瞽師能合中和之聲而度量之，以制樂。《周禮・春官・宗伯・瞽師》：「瞽矇掌播鼗、柷、敔、塤、簫、管、弦、歌。」[13]播，為「發揚其音」之義，此段引文，說明瞽者掌管職司各種樂器演奏以及樂歌演唱。

2.宗教祭祀

上古時代，朝廷、國家有儀典時，必定有樂，而不論是祭祖宗或祀鬼神，更是如此。上古之詩、歌、樂、舞，均源於祭祀，故詩歌舞樂四者，與原始宗教及巫術，關係至為緊密。《周禮・春官・大師》：「大祭祀，帥瞽登歌，令奏擊拊。」[14]由於樂能合致群神，而知樂的瞽者，遂在祭祀等宗教活動中，扮演重要的角色。《詩經・

---

[11]　參見許兆昌〈論先秦瞽矇的社會功能及歷史地位〉，《史學集刊》，（1996 第2 期）。

[12]　《國語》，（台北：里仁出版社，1982・12），頁 123。

[13]　《十三經注疏・周禮》，（台北：藝文印書館，1985・12），頁 358。

[14]　《十三經注疏・周禮》，（台北：藝文印書館，1985・12），頁 356。

周頌・有瞽》一篇，毛序言：「有瞽，始作樂而合乎祖也。」孔穎達正義曰：「謂周公攝政六年，制禮作樂，一代之樂功成，而合諸樂器於太祖之廟奏之，告神以知善否。」[15]

3.口誦傳史

《國語・楚語上》：「臨事有瞽史之導，宴居有師工之誦。史不失書，矇不失誦，以訓御之。」[16]此處「瞽」指樂師，掌詔吉凶及音樂，「史」，指太史，掌詔禮及書史，「瞽史」並列合稱，說明瞽師口誦傳史的工作內容。

4.受諮詢、予規箴

《左傳・襄公十四年》：「史為書，瞽為詩，工誦箴諫，大夫規誨。」由此可知，瞽師為詩，亦陳箴諫之辭的職責。春秋時晉國之師曠，是一音樂素養極高又極有智慧的盲樂師，《左傳》、《國語・晉語》、《韓非子》中，有諸多關於晉君諮詢師曠及師曠規勸晉君之記載。

《左傳・襄公十四年》記載，衛獻公曾因細故毒打師曹（樂師名），衛獻公後因暴虐無道被國人逐出國，晉悼公聽見，很不以為然，認為晉人未免過分，竟然將國君逐出國境。晉悼公將此事告訴師曠，想聽其想法。師曠回答說，好的君主，人民自然尊敬如日月，但如果君主放縱私慾而無道，人民為什麼不能將他趕走呢？[17]

《國語・晉語八》記載，晉平公好新聲，師曠認為，此是公室即將衰微之徵兆。[18]《韓非子・十過》記載，衛靈公訪晉國，讓其

15　《十三經注疏・詩經》，（台北：藝文印書館，1985・12），頁731。

16　《國語》，（台北：里仁出版社，1982・12），頁551。

17　《十三經注疏・左傳》，（台北：藝文印書館，1985・12），頁562。

18　《國語》，（台北：里仁出版社，1982・12），頁460。

樂官師涓彈奏「濮上之樂」給晉平公聽，師曠聽見，立刻撫琴要求停止，晉平公問師曠為何要制止，師曠回答，因為師涓所演奏的音樂，是紂王時的亡國之音，亡國之音會使人心頹靡。[19]

（二）〈瞽師賦〉內容分析

瞽師因著視覺官能的障礙，使其在修研音樂上能更專心一意，瞽師多重的職司，使其在先秦歷史，佔有特殊之地位。瞽師與音樂密切的關係，以往多記載於史籍，純文學之創作，蔡邕之〈瞽師賦〉為唯一賦篇，今所見者，只存 14 句：

> 夫何矇昧之瞽兮，心窮忽以鬱伊。目冥冥而無睹兮，嗟求煩以愁悲。撫長笛以攄憤兮，氣轟鍠而橫飛。詠新詩之悲歌兮，舒滯積而宣鬱。何此聲之悲痛兮，愴然淚以憯惻。類離鷗之孤鳴，似杞婦之哭泣。
>
> 時牢落以失次，咢紕塞而陽絕。

此十四句由三要素組成：一，瞽師；二，吹笛攄憤；三，笛音哀傷。

費振剛《全漢賦校注》言：「目冥冥而無睹兮，嗟求煩以愁悲」，「求煩」釋為「麻煩別人」，釋此二句為：「眼睛失明甚麼也看不見啊，可歎凡事須求人而悲哀發愁。」將「求煩」釋為「麻煩別人」不如將「求煩」之「求」釋為招致。龔克昌《全漢賦評注》引《禮記·學記》：「發慮憲，求善良。」鄭注曰：「求，招來也。」兩相比較，吾人以為，龔本注釋較費本佳。將「求煩」釋為「招致煩惱」，則前四句的意思，筆者認為，可以合併為二部分而言之，一、三句，言「矇昧目冥而無睹之瞽師」，二、四句，言「瞽師因心窮忽鬱伊，

[19] 韓非著·王先慎撰《韓非子集解》，（北京：中華書局，2007·10），頁 62-66。

故嗟嘆之，嗟嘆而招致煩惱與悲愁」。於是，瞽師撫吹長笛，用以抒發此悲愁鬱悶，笛音清亮，響徹四方。瞽師吹奏新詩之悲歌，以宣洩心中滯積的鬱悶。

　　瞽師用以宣洩悲愁鬱悶的樂器為笛。「笛，滌也。以滌邪穢，納之於雅正也。」[20]悲憤之情，以笛音抒發，方能滌去邪穢，得其中正和平。「撫長笛以擫憤兮」乃此賦之關鍵句，有承前啟後之作用。王褒〈洞簫賦〉：「闇於白黑之貌形，憤伊鬱而酷惡，愍眸子之喪精。寡所舒其思慮兮，專發憤乎音聲」，其中寫盲樂師「以簫發憤」、與〈瞽師賦〉「撫長笛以擫憤兮」之旨趣一致。而用以擫憤之笛音，馬融〈長笛賦〉有「牢剌拂戾，諸賁之氣也」之形容，形容笛之鬱憤，如專諸、孟賁之氣。蔡邕形容笛音之悲，則曰：「類離鶪之孤鳴，似杞婦之哭泣」。劉向《列女傳・卷四、杞梁妻》：「杞梁之妻無子，內外皆無五屬之親。既無所歸，乃枕其夫之屍於城下而哭，內誠動人，道路過者莫不為之揮涕，十日而城為之崩。」[21]杞婦因夫死而哭，哭聲動人，更使城崩，故後人以「杞婦之哭」喻善哭者悲聲之極。「時牢落以失次，咢紙塞而陽絕」兩句，錄自《文選》陸機〈文賦〉李善注。悲傷之笛音，時時流露出孤寂而無所依託之情，有時又顯得阻礙而不依順、疏漏滯澀，然後清揚之聲斷絕。〈瞽師賦〉殘而不全之面貌，明顯可見。照說，以蔡邕之精通音律，以賦篇鋪寫瞽師如何「撫長笛以擫憤」，應是委婉曲折，精采可期的，可惜現今無法見其全貌，亦只能按理臆測而已！

20　《初學記・卷十六、笛第十》，（北京：中華書局，2004，02），頁 403。
21　《新譯列女傳》，（台北：三民書局，2003・02），頁 202。

二、〈彈琴賦〉外緣與內容分析

　　《蔡中郎集》錄〈琴賦〉及〈彈琴賦〉二篇，而此收錄〈琴賦〉之文辭，是傅毅而非蔡邕之作；《藝文類聚》收蔡邕〈琴賦〉，無〈彈琴賦〉之名；《初學記‧卷第十六‧琴第一》在傅毅〈琴賦〉之後，只列「後漢蔡邕賦」，未有詳文；嚴可均所輯之《全後漢文》，有〈琴賦〉而無〈彈琴賦〉；費振剛《全漢賦》及龔克昌《全漢賦評注》，則皆為〈彈琴賦〉，以此篇內容推究，自應名為〈彈琴賦〉。蔡邕知音善奏，但其以樂器為題的賦作，只有〈彈琴賦〉一篇。

（一）琴與樂器類賦考源

　　《初學記‧卷第十六‧琴第一》引蔡邕《琴操》曰：「伏犧作琴，以修身理性，反其天真也。」[22]馬融〈長笛賦〉：「昔庖羲作琴，神農造瑟，女媧制簧，暴辛為塤，倕之和鐘，叔之離磬。」二處皆指出「伏羲作琴」，當然此亦是一神話歷史的攀附，伏羲是傳說人物，此說當然不能作為信史，另有一說，則認為是神農製琴。[23]關於琴之體製，蔡邕《琴操》曰：

> 琴長三尺六寸六分，廣六寸。文上曰池，下曰濱，前廣後狹，
> 象尊卑也。上圓下方，法天地也。五絃象五行，大絃為君，
> 小絃為臣。文王、武王加二絃，以合君臣之恩。[24]

---

[22] 《初學記》，（北京：中華書局，2004，02），頁385。

[23] 見《初學記卷第十六、琴第一》按語：「世本、《說文》、桓譚《新論》並云神農作琴。」（中華書局，2004，02），頁385。

[24] 見《初學記卷第十六、琴第一》，（北京：中華書局，2004，02），頁385。

此處將琴之體製，與天地宇宙作一聯繫。以為琴之長度三尺六寸六分，象徵一年之天數，琴之廣度六寸，代表天地六合之意；文上之「池」，言其平；文下之「濱」，言其服。琴體前廣後狹、上圓下方，代表尊卑、天地；又將五絃比附為五行，大、小絃象徵君臣，又將文王、武王之二絃，代表君臣間之關係。如此將天道、政事比附於琴之體製，充分代表漢代天人合一之思想底蘊。

琴在古代和文人的關係極為緊密。它不似鐘鼓，必須陳列在宗廟才能演奏，琴之形體大小合宜，容易攜帶，聲音響度又得其中和，大聲不喧嘩震耳，小聲亦不致低而無聞，而琴所發出的樂音，古人認為能夠和人意氣，感發善心。[25]所以君子、文人便往往鍾情於彈琴，以彰顯其深厚的文化素養。在兩漢辭賦大家中，司馬相如、蔡邕，同時又是琴藝超群的琴師。

對於琴音之功能，《白虎通義》曰：「琴者，禁也，禁止於邪，以正人心也。」[26]此處強調的，是琴音移人情性，使情性中正和宜的陶冶作用。兩漢獨尊儒術，故音樂思想深受《禮記・樂記》道德倫理、政治教化思想之影響。兩漢盛世，予文化藝術之發展以極有利之條件，承宋玉〈笛賦〉之流緒，兩漢樂器賦遂逐漸出現。以下是兩漢樂器類賦之統計。

---

[25] 《初學記・第十六、琴第一》引應劭《風俗通》：「琴者，樂之統也。書子所常御，不離於身。非若鐘鼓，陳於宗廟列於虡懸也。以其大小得中而聲音和，大聲不喧嘩而流漫，小聲不湮滅而不聞，適足以和人意氣，感發善心也。」（中華書局，2004，02），頁385。

[26] 班固著、陳立撰、吳則虞點校《白虎通疏證》，（北京：中華書局，1994・08），頁125。

兩漢樂器類賦統計表[27]

	作者	篇名	出處	存佚	備註
1	賈誼	虡賦	全漢文卷 15	殘	
2	枚乘	笙賦[28]	全後漢文卷 18	佚	馬融〈長笛賦·序〉：「追慕王子淵、枚乘、劉伯康、傅武仲等，簫、琴、笙頌，唯笛獨無，故聊復備數，作〈長笛賦〉。」《文選·李善注》：「王子淵作〈洞簫賦〉，枚乘未詳所作，以序言之，當為〈笙賦〉。《文章志》：『劉玄，字伯康，明帝時官至中大夫。作〈簧賦〉。』傅毅，字武仲，作〈琴賦〉。」
4	劉向	雅琴賦	全漢文卷 35	殘	
5	王褒	洞簫賦	昭明文選 全漢文卷 42	存	
6	劉玄	簧賦	全後漢文卷 18	佚	
7	馬融	琴賦	全後漢文卷 18	殘	
8	馬融	長笛賦	昭明文選 全後漢文卷 18	存	

---

27 本表參考侯立兵《漢魏六朝賦多維研究》，（北京：人民出版社，2007·09），頁 280。

28 關於〈笙賦〉是否為枚乘所作，程章燦〈枚乘作《笙賦》說質疑〉，對李善注馬融〈長笛賦·序〉提出質疑，並進而質疑馬融序言「王子淵、枚乘、劉伯康、傅武仲等，作簫、琴、笙頌」之作者及賦篇之排序是否對應。最後推論出：「枚乘可能所寫可能不是笙賦，而應該是一篇〈琴賦〉。可是，傳世文獻實在找不到關於枚乘〈琴賦〉的記載，這並不是因為它已經亡佚，而很可能是因為它沒有被我們所注意：枚乘〈琴賦〉實際上就是〈七發〉中寫音樂一那一段。」文末，程章燦說，「但這種看法仍然無法很好地解釋馬融何以將枚乘位置放在王褒之後，所以也只能是一種假說，有待進一步研究探討。」此文收入《賦學論叢》，（北京：中華書局，2005·09），頁 65-70。

	作者	篇名	出處	存佚	備註
9	傅毅	琴賦	全後漢文卷43	殘	《文選》作〈雅琴賦〉
10	侯瑾	箏賦	全後漢文卷66	殘	
11	蔡邕	彈琴賦	全後漢文卷69	殘	《全後漢文》作〈琴賦〉。
12	阮瑀	箏賦	全後漢文93	殘	

今見之兩漢樂器類賦，有12篇，大都為殘篇，保存完全者，只王褒〈洞簫賦〉、馬融〈長笛賦〉，其他若非殘篇，即只存其名，不見其文，如枚乘〈笙賦〉、劉玄〈簧賦〉。從兩漢樂器賦中，可看出兩漢之樂教思想，寓教化於音樂之藝術審美，為兩漢樂器賦之共同思想旨趣，而渲染樂音動人之深，也是兩漢樂器賦共同特色。

（二）〈彈琴賦〉內容分析

蔡邕〈彈琴賦〉今見已非全篇，所見之首，言琴木之生長環境及琴之製作，次言彈琴之過程，其它散見於各處之文句，大抵言彈琴指法、琴音之美妙及如何動人。為方便以下之分析敘述，現將〈彈琴賦〉文句，依其段落、大意，製表如下：

文句	主旨大意
爾乃言求茂木，周流四垂。觀彼椅桐，層山之陂。丹華煒煒，綠葉參差。甘露潤其末，涼風扇其枝。鸞鳳翔其顛，玄鶴巢其岐。考之詩人，琴瑟是宜。爰制雅器，協之鍾律。通理治性，恬淡清溢。	寫桐木生長環境及琴之製作
爾乃清聲發兮五音舉，韻宮商兮動徵羽，曲引興兮繁絲撫。然後哀聲既發，秘弄乃開。左手抑揚，右手徘徊，	寫所彈之樂曲、彈琴動作、琴音之動人。

抵掌反覆，抑案藏摧。於是繁絃既抑，雅韻乃揚。仲尼思歸，鹿鳴三章。梁甫悲吟，周公越裳。青雀西飛，別鶴東翔。飲馬長城，楚曲明光。楚姬遺歎，雞鳴高桑。走獸率舞，飛鳥下翔。感激茲歌，一低一昂。	
丹絃既張，八音既平。 間關九弦，出以律呂；屈伸低昂，十指如雨。 一彈三歎，曲有餘哀。 有清靈之妙。 苟有斯樂之可貴，宣蕭琴之足聽。	左列散見各處之句，大抵寫彈琴指法、琴音美妙。
於是歌人恍惚以失曲，舞者亂節而忘形，哀人塞耳以惆悵，轅馬踠足以悲鳴。	寫琴音之動人情況

1.琴木及其生長環境

〈彈琴賦〉：「觀彼椅桐，層山之陂」。「椅桐」一詞，語典出自《詩經・鄘風・定之方中》：「定之方中，作于楚宮。揆之以日，作于楚室。樹之榛栗，椅桐梓漆，爰伐琴瑟。」毛詩疏：「既為宮室，乃樹之以榛、栗、椅、桐、梓、漆六木於宮中，曰此木長大，可伐之以為琴瑟。」[29]毛詩疏認為，榛栗椅桐梓漆，乃分別之六木，故「椅」「桐」為分別之二木，而〈彈琴賦〉中所言之「椅桐」究竟是襲用〈定之方中〉的成詞？抑或是指「椅」、「桐」二木？據《詩草木今釋》：「椅，又名：水冬瓜（俗名）、山桐子（四川俗名）、椅桐、水冬桐（《本多造林學》）。」「桐，又名白桐（《詩義疏》），榮（《爾雅》），黃桐（《圖經本草》），泡桐，榮桐，（《本草綱目》），花桐、白花桐、華桐（俗名）。」其書又於桐之用途云：「為造琴瑟及各種樂器良材。」[30]綜上所述，吾人以為，「椅桐」應是指「椅」，因其又名「椅桐」。當然，若將「椅桐」視為蔡邕

---

[29] 《十三經注疏・詩經》，（台北：藝文印書館，1985・12），頁115。
[30] 陸文郁《詩草木今釋》，（台北：長安出版社，1992・03），頁28、29。

襲用〈定之方中〉成詞，亦無不可。但「椅桐」與「梧桐」二者
並不相同。

　　「漢賦作品在描寫音樂的時候，非常重視樂器的原料及製作，
這與儒家對待賢才的思想非常一致。」[31]蔡邕前，賦家在寫樂器之
材質生長之時，確實都頗費著墨。枚乘〈七發〉寫製琴之梧桐：「龍
門之桐，高百尺而無枝。中鬱結之輪菌，極扶疏以分離。上有千仞
之峰，下臨百丈之溪，湍流溯波，又澹淡之，其根半死半生。」枚
乘言梧桐生長之環境，上有千仞之峰，下臨百丈之溪，受急湍溪流
之時時沖擊浸潤，梧桐之根已是受盡折磨幾近生死半生。此後傅毅
〈七激〉，承枚乘之描寫程式，寫琴木梧桐生長之地，亦是四時考
驗嚴峻：「梧桐幽生，生於遇荒。陽春後榮，涉秋先彫。晨風飛礫，
孫禽相求。積雪峩峩，中夏不流。」再者，王褒、馬融寫製簫、笛
的竹，以及馬融、傅毅寫製琴的桐木，都是生長於環境險厄之地，
充滿了自然對萬物生存嚴苛的考驗，一如儒家「天降大任，苦其心
志」般地對賢才磨礪養成的期待。

> 原夫簫幹之所生兮，于江南之丘墟。洞條暢而罕節兮，標敷
> 紛以扶疏。徒觀其旁山側兮，則崛嶔巋崎。倚巇迤靡，誠可
> 悲乎，其不安也。（王褒〈洞簫賦〉）

王褒在此，言製簫之竹，生長於生之旁側，山勢險峻相連，令人為
它生在危險之地而感非悲傷。

> 惟箎籠之奇生兮，于終南之陰崖。託九成之孤岑兮，臨萬仞
> 之石磎。特箭高而莖立兮，獨聆風於極危。（馬融〈長笛賦〉）

---

[31] 語見鄭明璋〈論漢代音樂文化視野下的漢賦創作〉，《青島大學師範學院學
報》，（2007．03）。

馬融言此製笛之竹，生長特立的孤山上，臨萬仞之礒谷。箭竹獨自直立於險峻的山崖，在高危之處聆聽風聲。

> 歷高岑而將降，睹鴻梧於幽阻。高百仞而不枉，對脩條以持處。（傅毅〈琴賦〉）

傅毅對此琴木生長環境的描寫短短四句，意思是說，越過高峻的山岑而下，看見高大的梧桐。梧桐高百仞而直挺不曲，脩長直條特出獨立的生長於此。

> 惟梧桐之所生，在衡山之峻陂。（馬融〈琴賦〉）

馬融〈琴賦〉今存十三句，寫琴木之生長只寥寥如所引二句，但亦明指出此梧桐琴木生長於衡山高峻的山陂上。

蔡邕有別於以往賦家，其並未如王褒、馬融、傅毅一般，將製簫、笛、琴之竹與木，寫為「生長在惡劣環境，受盡磨難而成長」。他反而說：「觀彼椅桐，層山之陂。丹華煒煒，綠葉參差。甘露潤其末，涼風扇其枝。鸞鳳翔其顛，玄鶴巢其岐。」此製琴之椅桐，生長在環境合宜，有甘露涼風滋潤，有鸞鳳玄鶴棲止之佳美之地。[32]

傅毅及馬融之〈琴賦〉，皆指以「梧桐」製琴。而關於梧桐之生長的文學描寫，可探自《詩經》。《經·大雅·卷阿》：「鳳皇鳴矣，于彼高岡，梧桐生矣，于彼朝陽。萋萋菶菶，雝雝喈喈。」毛注：「梧桐，柔木也。出東曰朝陽，梧桐不生山岡，太平而後生朝陽。」鄭箋：「鳳皇鳴于山脊之上者，居高視下，觀可集止，喻賢者待禮

---

[32] 「吟咏樂器的辭賦著力表現生命能量蓄積時的艱難，這是早期詠物賦一個重要特徵。此種傾向到東漢蔡邕時開始轉變。」李炳海《黃鐘大呂之音——中國古代辭賦的文本闡釋》，（長春：吉林人民出版社，2001·05），頁146。

乃行，翔而後集。梧桐生者，猶明君出也。」[33]〈卷阿〉寫梧桐生長於日出朝陽之處，與太平之世方現蹤影的仁瑞之禽——鳳皇，二者姜姜喈喈，相得益彰。此處所言梧桐的生長環境，與蔡邕〈彈琴賦〉所言椅桐生長之環境相似，而不同傅、馬二人所言。蔡邕未循前人樂器類賦之書寫程式，反而言能製琴瑟的椅桐，生長於和暢之環境，此是觀念及寫作手法之創新，而我們從嵇康〈琴賦〉中，可看出嵇康承襲了蔡邕的寫法，嵇康〈琴賦〉說：「惟梧桐之所生兮，托峻岳之崇岡，披重壤以誕戴兮，參辰極而高驤。含天地之醇和兮，吸日月之休光。」

2.彈琴動作的描寫

琴聲之美，必須透過不同的指法和指觸的彈琴而得。〈彈琴賦〉中，大略描寫了彈琴的手勢形態，具體的指法卻未有敘述，但仍是目前所見之最早言及彈奏古琴手法的文獻。彈奏古琴時，兩手除了小指外，其餘手指，都用於彈奏。[34]〈彈琴賦〉言，「左手抑揚」即指左手按絃，「右手徘徊」即指右手彈絃，「抵掌反覆」是側手反覆擊琴，「抑案」是按絃，「藏摧」，是「臟摧」，即琴音感人，五臟為之摧折。「屈伸低昂，十指如雨」以自然物「雨」之象，喻手指快速的撫按彈奏琴絃，但言「十指」是文學語言，因為彈奏古琴時，無論左右手，小指是不運作的。今〈彈琴賦〉殘而不全，無法觀其全貌，否則以蔡邕之精通琴藝，將彈琴手法敷寫入賦中，應是精采可期，亦會是極重要的早期琴藝文獻。

---

[33] 《十三經注疏·詩經》，（台北：藝文印書館，1985·12），頁629。

[34] 郭平《古琴縱談》：「琴是彈發樂器，左右手除小指外，其他手指都用於彈奏。」（濟南：山東畫報出版社，2006·02）。

3.樂曲名

　　蔡邕曾作琴曲五首，是為〈蔡氏五弄〉，[35]蔡邕整理《琴操》，是現存介紹琴曲的琴學專著，原書已佚，今存清人輯本兩種。《琴操》首述琴的形製、作用，提要性地敘述 47 首琴曲的作者和內容，以及每首作品的相關故事。從《琴操》對琴曲有詳細的解說，可推知〈彈琴賦〉所言之琴曲，應均是可稽考。但對於〈彈琴賦〉中之琴曲究指有幾，說法不同。汪青〈雅韻琴音──蔡邕〈琴賦〉的文學與音樂解讀〉云：「十二古曲，四句四十八字。」[36]但未明指出此十二古曲之名為何；高長山《蔡邕文學活動綜論》中指出九首琴曲，此九首為〈將歸操〉、〈小雅·鹿鳴〉、〈越裳操〉、〈別鶴操〉、〈梁父吟〉、〈雞鳴〉、〈飲馬長城窟行〉、〈楚明光〉、〈楚妃嘆〉，「青雀西飛」則不明所指。[37]費振剛《全漢賦校注》指出八首，《費注》在書中注釋引《漢武故事》、《西京雜記》，指出古有〈離鸞〉之曲，即「青雀西飛」句中所指之樂曲，而「楚妃遺歎，雞鳴高桑」句，則未指出為何樂曲。現將〈彈琴賦〉言及之琴曲製表列於其下，以方便閱讀。

---

[35] 〈蔡氏五弄〉為〈游春〉、〈淥水〉、〈坐愁〉、〈秋思〉、〈幽居〉。見《昭明文選》卷十八嵇康〈琴賦〉之李善注。

[36] 汪青〈雅韻琴音──蔡邕〈琴賦〉的文學與音樂解讀〉，《名作欣賞》，（2006第 5 期）。

[37] 高長山《蔡邕文學活動綜論》，（東北師範大學博士論文，2003·05），頁 64。

〈彈琴賦〉言及之琴曲統計表[38]

文句	琴曲名	見載之典籍
仲尼思歸	〈陬操〉、〈將歸操〉	《琴操》:「〈將歸操〉,孔子所作也。」《孔叢子》曰:「趙使聘夫子,夫子聞鳴犢與竇犨之見殺也,回輿而旋,為操曰〈將歸〉。」《史記·孔子世家》曰:「孔子既不得用於衛,將西見趙簡子,至於河,而聞竇鳴犢、舜華之死,臨河而嘆曰:『美哉水,洋洋乎,丘之不濟此,命也夫。』子貢曰:『何謂也?』孔子曰:『竇鳴犢、舜華,晉國之賢大夫也。趙簡子未得志之時,須此兩人而後從政,及其已得志,殺之乃從政。夫鳥獸之不義,尚知辟之,況乎丘哉!』乃還,息陬鄉,作〈陬操〉以哀之。」徐廣曰:『竇鳴犢、舜華,或作鳴鐸、竇犨。』王肅曰:「〈陬操〉琴曲名也。」
鹿鳴三章	〈鹿鳴操〉	《詩經·小雅·鹿鳴》 《琴操》:「鹿鳴操者,周大臣之所作也。」
梁甫悲吟	〈霹靂引〉、〈梁甫吟〉、〈梁山歌〉	《琴操》:「〈霹靂引〉者,楚商梁子所作。」 《古今樂錄》:「王僧虔《技錄》有〈梁甫吟行〉,今不歌。」 《琴操》曰:「曾子耕泰山之下,天雨雪陳,旬月不得歸,思其父母,作〈梁山歌〉。」
周公越裳	〈越裳操〉	《琴操》:「〈越裳操〉,周公所作也。」《古今樂錄》:「越裳獻白雉,周公作歌,逐傳之為〈越裳操〉。」
青雀西飛	未詳。	案:「青雀」究指何曲,尚未有確據。但

[38] 此表主要參考《雅趣四書》中輯錄蔡邕《琴操》之馬瑞辰〈琴操·校本序〉,(武漢,湖北辭書出版社,1998·04)、郭茂倩《樂府詩集》、費振剛《全漢賦校注》、龔克昌《全漢賦評注》、高長山《蔡邕文學活動綜論》製成。

	一說即為〈離鸞〉	據《初學記‧卷十六、琴第一》中，將離鸞別鶴並列，「離鸞」下注曰：「《西京雜記》：『張（案：應為「慶」）安世十五為成帝侍中，善鼓琴，能為〈雙鳳〉、〈離鸞〉之曲。」 《樂府詩集‧琴曲歌辭三》：「唐劉商〈胡笳曲序〉曰：『蔡文姬善琴，能為離鸞別鶴之操。』」
別鶴東翔	〈別鶴操〉	崔豹《古今注》曰：「〈別鶴操〉，商陵牧子所作也。娶妻五年而無子，父兄將為之改娶。妻聞之，中夜起，倚戶而悲嘯。學子聞之，愴然而悲，乃援琴而歌。後人因為樂章焉。」
飲馬長城	〈飲馬長城窟行〉	《樂府詩集‧相和歌辭十三》
楚曲明光	〈楚明光〉	《琴操》：「楚明光，楚大夫也。昭王得和氏璧，欲以貢于趙王。於是遣明光奉璧之趙。郡中羊由甫知趙無反意，乃讒之於王曰：『明光常背楚用趙，今使奉璧，何能述功德？』及明光還，怒之。明光乃作歌曲曰〈楚明光〉。」
楚姬遺歎	〈列女引〉、〈楚妃歎〉	《琴操》：「〈列女引〉者，楚莊王妃樊姬之所作也。」 《樂府詩集‧相和歌辭四》
雞鳴高桑	〈雞鳴〉	《樂府詩集‧相和歌辭三》

　　從以上稽考之樂曲名，可看出〈彈琴賦〉文學價值之外的音樂文獻價值。馬瑞辰序《琴操》：「《北堂書鈔》引蔡邕〈琴賦〉，言仲尼思歸，即〈將歸操〉也；梁公悲吟，即楚高梁子〈霹靂引〉也；周公越裳，即〈越裳操〉也；白鶴東翔，即〈別鶴操〉也；樊姬遺嘆，即〈列女引〉也，與夫〈鹿鳴〉三章，楚曲〈明光〉，俱與《琴操》合，則《琴操》為中郎撰，信有徵矣。」[39]馬瑞辰以〈彈琴賦〉

---

[39] 《雅趣四書》，（武漢，湖北辭書出版社，1998‧04），頁 18。

中所言及之琴曲名，一一徵引《琴操》所輯之琴曲，證明《琴操》
為蔡邕所作，而非桓譚所作。〈彈琴賦〉中出現大量的琴曲名，也
彰顯出蔡邕音樂造詣的深厚。

三、〈瞽師賦〉、〈彈琴賦〉體現的音樂思想

妙操音樂的蔡邕，創作音樂類賦，其辭賦中呈現的音樂思想，
大致可分為二，一是儒家重視雅樂的思想，強調音樂通理治性的教
化功能；二是音樂審美範疇的「以悲為美」。音樂作為抒發情感的
媒介，傳達心中悲怨以滌邪穢，如果樂音能傳達情感，那麼悲音是
所有音樂曲調中，最能感染人心引人共鳴的。

（一）重視雅樂，通理治性

樂有雅正之分，雅為正聲，以別於俗曲。七略云：「雅琴，琴
之言禁也。雅之言正也。君子守正以自禁也。」[40]「繁絃既抑，雅
韻乃揚。」身為學者、文人的蔡邕，有深厚的音樂造詣，其音樂思
想基本上是儒家旨趣。蔡邕重視雅樂，而不是桑間濮上之俗樂，雅
樂使人情性和平中正，而不致放佚。雅樂之功能，對於個人言，是
「恬淡清溢」的修身養性；於社會政治言，是「通理治性」的移風
易俗。《禮記・樂記》：「樂也者，聖人之所樂也，而可以善民心。
其感人深，其移風易俗，故先王著其教焉。」儒家強調音樂之教化
功能，〈彈琴賦〉中具體呈現：「爰制雅器，協之鍾律。通理治性，
恬淡清溢。」充分體現了儒家樂教思想。

---

[40] 見《昭明文選・長門賦》「援雅琴以變調兮」句下，李善注引〈七略〉。

（二）悲音為美，攄憤宣鬱

音樂要使人悲，不悲則其感人不深。漢代以悲音為美的音樂審美，推究應與楚歌有關。劉邦以楚人入主中原，使楚歌、楚調成為漢代的時尚。漢代帝王好楚聲，高祖劉邦有〈大風歌〉、武帝劉徹有〈秋風辭〉。楚歌本為一種南方音樂，其美學風格之特點是表達的情感以悲哀為主，悲音即成為漢代音樂的主流，原本莊重和平的古琴，遂也染乎時變而以悲音為主。[41]以悲哀為音樂內美之所在，其說甚早。《論衡・書虛篇》稱樂正夔能「調聲悲者」。《論衡・自紀篇》：「師曠調音，曲無不悲。」音樂以悲哀為主，取其易於感人，故論樂者乃以悲為美。[42]

〈嵇師賦〉與〈彈琴賦〉，描寫的樂音主要以悲音為主。〈嵇師賦〉言嵇師因為窮忽鬱伊，於是撫長笛以攄憤，此攄憤笛音之哀傷感人，使人悲痛憯惻。「凡音者，生人心者也，情動於中，故形於聲，聲成文，謂之音。」[43]情動於中，故形於聲，嵇師因心中悲愁鬱伊，所以吹奏悲音。嵇師以笛音宣洩心中抑鬱，遂也滌去心中邪穢，悲音之價值，在於洩導人情，使情性能由悲愁而得之以正。再者琴瑟等絃樂器較竹管樂器更易於表達悲音。《禮記・樂記》曾言鐘、石、絲、竹、鼓鼙之聲的特色，「鐘聲鏗」，「石聲磬」，「絲聲哀」，「竹聲濫」，「鼓鼙之聲讙」，[44]「哀聲既發，秘弄乃開」，古琴為絲聲，絲聲婉妙，容易彈奏哀怨之音，故言絲聲哀，「於是歌人

---

41 見葛翰聰《中國古琴文化論述》（台北：中國文化大學出版社部，2002・11），頁 63-65。

42 參見饒宗頤〈論文賦與音樂〉，收入《文轍——文學史論集上》，（台北：台灣學生書局，1990・），頁 287-290）。

43 《十三經注疏・禮記》，（台北：藝文印書館，1985・12），頁 663。

44 《十三經注疏・禮記》，（台北：藝文印書館，1985・12），頁 669。

恍惚以失曲，舞者亂節而忘形，哀人塞耳以惆悵，轅馬蹀足以悲鳴」
之句，表現出哀音感人的具體細節。蔡邕寫古琴彈奏，以哀音始，
以悲音終，再者，所彈奏之樂曲，又皆是悲音，是與〈樂記〉「絲
聲哀」的思想一致。

　　蔡邕是音樂理論家、古琴演奏家、音樂文獻整理者、樂器製作
家，其精深的音樂造詣，在其本傳及其著作中，皆可考查，而蔡邕
的音樂類賦，將音樂與文學創作相結合，使其音樂類賦不只是文學
作品，亦可作為研究上古音樂之文獻。

第二節　〈筆賦〉與〈篆勢〉

　　龔克昌說：「在兩漢期間，辭賦與書法一直有極其密切的聯繫，
它們幾乎都以小學為基礎，以才學為指歸。」[45]。蔡邕可說是不世
出的曠世奇才，精通經史、善文辭、解音律，知天文，著有訓詁著
作《獨斷》。蔡邕更是傑出的書法家，唐·張懷瓘《書斷》言邕：「工
書，篆、隸絕世，尤得八分之精微，體法百變，窮靈盡妙，獨步今古。
又創飛白，妙有絕倫，動合神功，真異能之士也。」蔡邕亦是書法理
論家，其將辭賦與書論結合，創作〈筆賦〉、〈篆勢〉，此兩篇辭賦，
在以樂舞賦為大宗之藝術類賦中，成為藝術類另一門類──書法類
賦的先聲。

　　〈筆賦〉、〈篆勢〉[46]皆收於唐代類書《北堂書鈔》、《藝文類聚》、
《初學記》，〈篆勢〉還載於《晉書·衛恒傳》中。而署名蔡邕之書

---

[45] 龔克昌〈論兩漢辭賦與書法〉，《文史哲》，（2002 第 5 期）。

[46] 《蔡中郎集》中尚錄有〈隸勢〉一篇，但經後人考證，此篇是晉衛恒所撰，
非蔡邕所作。見鄧安生〈蔡邕著作辨疑〉，（《古籍整理研究學刊》1996·第

論，另有〈筆論〉、〈九勢〉二篇，但此二篇不見收錄於唐代類書，而首見於宋‧陳思《書苑菁華》，因此，後人懷疑不是為蔡邕所作。現代書法名家沈尹默認為：「〈九勢〉篇中所論均合於篆、隸二體所使用的筆法，即使是後人所托，亦必有所根據，而非妄作。」[47]〈筆論〉、〈九勢〉雖其中應是蔡邕之想法，但至今無法確認是蔡邕所作，故在此只將〈筆論〉、〈九勢〉作為參照資料，而不作為研究文本。

一、〈筆賦〉內容分析

　　蔡邕〈筆賦〉是賦史上第一篇咏筆賦，雖也可列入蔡邕之詠物賦研究，但因其中體現了蔡邕對書法的重要觀點，就書畫藝術的觀點來看，將其列為藝術書寫的書法賦以討論，更能彰顯其在賦史上的特殊意義及價值。[48]

　　《爾雅‧釋名》：「筆，述也。謂述事而言之也。」作為書寫工具，毛筆的創造發明，是上古書寫的物質文明的一大進步。書寫工具的進步，是促成書法藝術的形成、獨立及成熟的因素之一。[49]蔡

---

6 期）。郭紹虞認為：蔡邕〈篆勢〉是賦的變格。見陶秋英《漢賦之史的研究》書中郭紹虞之序言。（台北：新文豐出版公司，1980‧02）。

[47] 見《沈尹默論書叢稿》，（香港：三聯書店，1981‧07），頁38。

[48] 許結〈論藝術賦的創作及其美學特徵〉：「書畫賦出現較樂舞賦稍晚，目前所見第一篇書賦是見於《藝文類聚》的三國吳泉的〈草書賦〉，第一篇繪畫賦是晉人傅咸的〈畫像賦〉。然溯其源，書法賦當與漢代文字學相關，蔡邕的〈筆賦〉、〈篆勢〉已含有書藝描寫。」此文收入《賦體文學的文化闡釋》，（北京：2005‧09），頁229。余江《漢唐藝術賦研究》：「蔡邕〈筆賦〉是第一篇以筆為題的賦篇，這是一篇對筆的禮贊，也是一篇對書法的禮贊，從中可以窺見蔡邕書法理論的一些重要內容。」（北京：學苑出版社，2005‧01），頁146。

[49] 余英時〈漢晉之際士之新自覺與新思潮〉：「然則書法之盛行於東漢果何故耶？其一部份原因誠當求之於文具如紙筆與墨之改進……文具之改進亦可

邕〈筆賦〉不僅描寫筆之製作過程，贊頌筆「制作上聖立憲」的功能，也體現出蔡邕書法理論中師法自然、天人合一的思想。以下將〈筆賦〉依主旨大意列表於下，以易於敘述討論。

文句	主旨大意
昔蒼頡創業，翰墨作用，書契興焉。夫制作上聖立憲者，莫先乎筆。詳原其所由，究察其成功。鑠乎煥乎，弗可尚矣。	概說文字與筆之創造及其功能
惟其翰之所生，于季冬之狡兔。性精亟以慓悍，體遄迅以騁步。削文竹以為管，加漆絲之纏束。形調博以直端，染玄墨以定色。	敘寫毛筆之製作
畫乾坤之陰陽，贊虙皇之洪勳。敘五帝之休德，揚蕩蕩之明文。紀三王之功伐兮，表八百之肆覲。傳六經而綴百氏兮，建皇極而序彝倫。綜人事於晻昧兮，贊幽冥於明神。象類多喻，靡施不協。	敘寫毛筆「制作上聖立憲」之功能
上剛下柔，乾坤位也。新故代謝，四時次也。圓和正直，規矩極也。玄首黃管，天地色也。	敘寫毛筆形制之象徵意義

（一）書法與毛筆的創造

筆是書寫文字的工具，文字之創造在筆之前，而筆的價值，也在於其能記錄文字，表達既精微又弘大的思想。對於文字的創造，蔡邕〈筆賦〉言：「昔蒼頡創業，翰墨作用，書契興焉」。許慎《說文解字·序》亦云：「黃帝之史倉頡，見鳥獸蹏迒之跡，知分理之可相別異也，初造書契。」倉頡造字，是文字史上的神話傳說，而

謂是書法流行之結果，蓋必因士大夫對文具已有迫切之需求，而後始有人注意筆墨之改進也。故文具之進步最多祇是書法興盛之片面原因，而非全部原因。」收入《中國知識階層史論》，（台北：聯經出版社，1989·09），頁 272。

筆作為書寫工具，其功能、價值即在於人們以其書寫文字，以價值言，「文字」當高於「筆」，筆之價值從文字而來。從人類文明的發展觀之，文字的被造，是上層統治者的專屬，故〈筆賦〉言：「夫制作上聖立憲者，莫先乎筆。」筆用以書寫文字之目的，在蔡邕看來，是為了要「制作上聖立憲」。「詳原其所由，究察其成功。鑠乎煥乎，弗可尚矣。」而筆之鑠乎煥乎的功能，即在於此。

「書法理論中，對造字神話的讚美和對文字書寫中政治意義的頌揚，都反映了文字與書法的不能分割。」[50]文字、毛筆二者和聖王之政教，在蔡邕〈筆賦〉中，有著密不可分的關係。

（二）毛筆的製作

甲骨文字的時期，書寫工具為鐵刀，於牛骨或龜甲上刻寫，之後以竹木硬筆蘸漆汁書寫於竹簡上，隨著物質工具的發明進步，又有了絹素和紙張，筆遂大幅進步，成為獸毛製成的筆，稱為毛筆。毛筆分軟毫、硬毫，軟毫大致為以羊毫製成，硬毫以狼毫、兔毫製成，此外尚有兼毫。而書法能成為藝術，與使用毛筆書寫有極大關係，毛筆能形成姿態各異的線條，是由於它的軟性，因即使是兔毫、狼毫以及其它獸毛硬毫，還是比鐵刀、竹木硬筆要軟得許多。毛筆「軟」的特性，用於書寫時遂能輕健勁捷，揮筆如迅步馳騁，蔡邕言筆「惟其翰之所生，于季冬之狡兔。性精亟以慓悍，體遄迅以騁步」即是此意。章樵於《古文苑》注：「兔經霜則毫健」，「兔性若此，毫之輕健勁捷似之，宜制以為筆」。選擇勁健的兔毫為筆頭，再「削文竹以為管，加漆絲之纏束」，文竹，有斑紋的竹管；漆絲，油漆和蠶絲，用文竹為筆管，以漆固定兔毛，用絲繩捆束，一枝筆

---

[50] 陳振濂主編《書法學（上）》，（台北：建宏書局，1996‧05），頁408。

大致定形，接著「形調博以直端，染玄墨以定色」，將筆頭毫毛理齊紮捆，使筆端正，再以黑墨定下顏色，毛筆的製作就此完成。

（三）毛筆的功能──制作上聖立憲

既然「制作上聖立憲，莫先乎筆」，那麼詳細的情況又是如何？蔡邕接著細說：「畫乾坤之陰陽，贊虙皇之洪勳。敘五帝之休德，揚蕩蕩之明文。紀三王之功伐兮，表八百之肆覲。傳六經而綴百氏兮，建皇極而序彝倫。綜人事於晻昧兮，贊幽冥於明神。」從「虙皇」、「五帝」、「三王」直至「周武王」（表八百之肆覲，指周武王伐紂，八百諸侯會盟於孟津）的豐功偉業，無不倚賴筆之記載；六經、諸子百家之思想，建立國家典章制度，樹立人倫道德，總理人事的昏暗，參贊明神的玄遠微妙，亦均是毛筆傳述記錄的功能。「象類多喻，靡施不協」，毛筆將聖王畫陰陽 、贊洪勳、敘休德、揚明文、紀功伐、表肆覲、傳六經、綴百氏、建皇極、序彝倫之總總，運作發揮無一不協！在此，〈筆賦〉明白強調毛筆傳遞聖王政教的功能及意義。

（四）毛筆形製的象徵意義

兩漢儒學自董仲舒起，強調「天人」之間的關係，陰陽五行思想雜糅於儒學以及日常生活中，將人事的一切與自然萬物的本體生命，緊密的聯繫在一起，〈筆賦〉寫毛筆形制的象徵意義，亦有天人合一的思想。〈筆賦〉言：「上剛下柔，乾坤位也」，指毛筆筆桿為剛硬之竹管，而筆頭為柔軟之毫毛，此正符合上下、乾坤、陰陽、剛柔之意。竹子變為筆桿，兔毛變成筆毛，彷彿四季的更迭代謝，所以說「新故代謝，四時次也」。筆有四德，尖齊圓健，此指筆毫

而言,「圓和正直」,則指筆桿圓而正直,真謂符合規矩之極致。筆頭為青黑色,筆桿為蒼黃色,正象徵了天玄地黃,所以說「玄首黃管,天地色也」。

綜上所述,〈筆賦〉內容主要表達了二種思想,一是文字之創造,是「觀象於天」、「觀法於地」、「依類象形」的師法自然,而毛筆形製的象徵,體現了「天人合一」的思想;二是以歷史角度,強調毛筆之記錄聖王立憲的政教功能。

二、〈篆勢〉內容及書論思想分析

崔瑗〈草書勢〉是以「勢」為題名之最早一篇書法專論,蔡邕繼崔瑗之後,以「勢」為題名,寫〈篆勢〉,論篆書形勢(體)及用筆之勢。所謂的「勢」,是指「字的形勢」與「用筆之勢」。每個字的形勢,都是由筆運作而寫成,字的點畫之間,必有連結,點畫之間有一定的聯繫關係及作用,即所謂「筆法」。然而,蔡邕為何不用「法」而用「勢」名之?蓋因「法」含有法則、定法之意,而「勢」則強調因條件不同而靈活運筆。用筆之勢,是指用筆寫字時,既要遵循一定的法則,但又不能死守定法,要在合乎法則的基礎上有所變化活用。

〈篆勢〉一篇,主要寫篆書結體、點畫、筆意;寫篆書線條的美感;寫篆書之文化及藝術價值。以下將〈篆勢〉文句依其大意分列,製表敘述如下,以利閱讀。

文句	大意
字畫之始，因于鳥跡。蒼頡循聖，作則制文。體有六篆，巧妙入神。	概述文字、篆書之源起
或象龜文，或比龍鱗。紆體放尾，長翅短身。頡若黍稷之垂穎；蘊若蟲蛇之棼緼。	以自然物象喻寫篆書之形體結構
揚波振擊，龍躍鳥震。延頸脅翼，勢以凌雲。或輕舉內投，微本濃末。	以自然之物象擬喻書寫篆書時的運筆方式
若絕若連，似冰露緣絲，凝垂下端。從者如懸；衡者如編。杪者邪趣，不方不圓。若行若飛，岐岐翾翾。	喻寫篆書之點畫筆意
遠而望之，若鴻鵠群遊，絡繹遷延；迫而視之，湍際不可得見，指揮不可勝原。	描寫篆書之線條美感
研桑不能數其詰屈，離婁不能睹其隙間。般倕揖讓而辭巧，籀誦拱手而韜翰。	誇飾篆書之美
處篇籍之首目，粲粲彬彬其可觀。摛華豔于紈素，為學藝之範閑。嘉文德之弘懿，蘊作者之莫刊。思字體之俯仰，舉大略而論旃。	歸結篆書之文化及藝術價值

關於〈篆勢〉之內容及書論分析，現分項言之：

（一）篆書字體形勢

篆書形勢之美有三，此三者為篆書結體（形體）、點畫、線條，靈活運用筆勢，使點畫、線條巧妙組合，即產生篆書結體之美。蔡邕在〈篆勢〉中用「龜文」、「龍鱗」、「黍稷之垂穎」、「蟲蛇之棼緼」等自然物之形象，以譬喻篆書之結體；以「冰露緣絲，凝垂下端」、「從者如懸，衡者如編。杪者邪趣，不方不圓。若行若飛，岐岐翾

翻」比擬形容篆書的點畫筆意；以「若鴻鵠群遊，絡繹遷延」、「淵際不可得見，指揮不可勝原」等自然物之運動形象，譬喻篆書線條的視覺美感。

　　蔡邕在〈篆勢〉中，使用了七個事典，以誇飾筆法形容篆書之美：「研桑不能數其詰屈，離婁不能睹其隙間。般倕揖讓而辭巧，籀誦拱手而韜翰。」研、桑指計研、桑弘羊。計研，一名計然，春秋時越國范蠡的老師，桑弘羊乃商家子，漢武帝時任治粟都尉、御史大夫，二人皆精於計算。相傳黃帝時的離婁，視力極佳，能在百步之外，察見秋毫之末；般、倕，指魯班及倕氏，二人皆是精於製器的巧匠；籀、誦，指籀文之創造者周宣王太史籀，及黃帝時造字之史官沮誦。蔡邕說篆書之詰屈，使精於計算的計研、桑弘羊也無法計數；連離婁之明，也無法看出篆書結體之間隙；篆書線條巧妙，使得魯般、倕氏的巧匠，也要因而辭讓巧匠之名；篆書之美，使得太史籀及沮誦這樣創造文字的史官，都要掩藏起筆來。

（二）篆書用筆之勢

　　書法結體之點畫、線條，無一不是來自於對自然事物的觀察之「立象盡意」，此乃書論中「象」的問題。此自然之「象」，不僅指靜態的物象，也指自然物動態之象。「揚波振擊，龍躍鳥震。延頸脅翼，勢以凌雲」，是說從自然物之運動的觀察，師法此自然物的動態之象，而施之於篆書書寫時的運筆，此即〈篆勢〉主張的用筆之勢。這其中彰顯出蔡邕書論一貫的主張——師法自然，而此師法自然，〈九勢〉云：「夫書肇於自然，自然既立，陰陽生焉，陰陽既生，形勢出矣。」蔡邕對書法「象」的問題，歸結於自然運動的規律，即所謂「陰」、「陽」對立互生之變化，[51]此亦是蔡邕書法美學

---

[51] 陳振濂《書法學》，（台北：建宏出版社，1996‧05），頁417。

的本體精神。篆書字體形勢之美，在對自然界物象及其運動變化的意會而產生。

綜合〈篆勢〉中「字體形勢」及「用筆之勢」的書論思想，可歸結出二字言之，一即「象」，二即「勢」。書法源於自然，自然之物象有靜態、動態，施之於篆書書寫，龜文、龍鱗等自然物靜態之「象」，乃字體形「勢」所欲師法者；龍躍鳥振、勢以凌雲等自然物動態之「象」，乃用筆之「勢」所欲師法者，而「象」的本體根源來自於「陰陽對立互生」。所以說，「象」、「勢」二字，是〈篆勢〉書論思想之總結。

（三）篆書之文化及藝術價值

蔡邕在〈篆勢〉篇中，言及篆書之文化及藝術價值。蓋文字之發展，有其綿延的歷程，從傳說中的倉頡造字開始，中國文字從甲骨、金文、古籀大篆，直至小篆，文字形體始告穩定。據許慎《說文解字·敘》言，秦初省改大篆而行小篆外，尚有八種具特殊用途的書體，即所謂的「八體」，一曰大篆，二曰小篆，三曰刻符，四曰蟲書，五曰摹印，六曰署書，七曰殳書，八曰隸書。王莽時又改定古文，時有六書，一曰古文，孔子壁中書也，二曰奇字，即古文而異者也，三曰篆書，即小篆，秦始皇帝使下杜人程邈所作也，四曰左書，即秦隸書，五曰繆篆所以摹印也，六曰鳥蟲書，所以書幡信也。蔡邕在〈篆勢〉中言「體有六篆」，此言頗令人費解，但若以「篆有六體」之倒文釋之，[52]應能解此惑。蔡邕言「篆書有六種體式」，而究指為何？應即指王莽時之「六書」。篆書有

---

[52] 劉勰《文心雕龍·定勢》：「效奇之法，必顛倒文句，上字而抑下，中辭而出外，回互不常，則新色耳。」

六種體式，此六體，皆描摹自然物之象而書寫於不同材質或各有不同用途。

　　篆書有大篆、小篆之分，但通常言篆書則指小篆。何以言「處篇籍之首目」？應與許慎《說文解字》以小篆為主有關。小篆書體是連結籀篆及隸書的書體，能溯文字之源，是古籀之遺。在蔡邕時代，一般文字書寫大都使用隸書或篆書，草書雖也盛行一時，但草書之使用，畢竟是較具非功利性的一種書寫藝術，是士大夫雅趣生活的表現，因之謂草書為具有個人自覺及書法自覺之書體。[53]篆書在東漢末年之使用，對隸書、草書而言，是最早的書體，又因以小篆為主之《說文》乃文字學上最有權威之書，故言「處篇籍之首目」。接著，〈篆勢〉言「摛華豔于紈素」，蓋書法藝術，是黑白佈局及線條表現的藝術，字體線條的墨色與鮮潔紈素兩相輝映，表達字義之外充滿意象的視覺美感，此可謂「為學藝之範閑」，篆書「嘉文德之弘懿，蘊作者之莫刊。思字體之俯仰，舉大略而論姁。」具有弘懿的文化價值。

　　身兼辭賦家、書法家、書法理論家的蔡邕，將賦與書法理論二者結合，創作〈筆賦〉、〈篆勢〉，在辭賦題材的開創上，具有極大的意義。蔡邕〈筆賦〉以詠筆而表現出書藝思想；〈篆勢〉寫篆書書寫理論，對日後同類的賦作產生啟發引導的作用，如陸機〈文賦〉以賦而書寫文學理論；而傅玄〈筆賦〉、成公綏〈故筆賦〉、託名王羲之的〈用筆賦〉、南朝齊王僧虔〈書賦〉，均深受〈筆賦〉的影響。

---

[53] 余英時〈漢晉之際士之新自覺與新思潮〉：「蓋草書之任意揮灑，不拘形跡，最與士大夫之人生觀相合，亦最能見個性之發揮也。」《中國知識階層史論（古代篇）》，（台北：聯經出版社，1989‧09），頁273。

第三節 〈彈棊賦〉

　　《昭明文選》為第一部文學選集，其對選文之分類，影響日後唐宋類書及文學選集之分類觀念甚鉅，《文選》所錄賦作分為 15類，其中並無「游藝」一類，因此游藝賦早期的留存及研究，與《文選》所列之 15 類賦作相較，明顯地未受到重視。漢賦是最能反映社會文化的文學體式，對於常民娛樂生活的描寫，在漢魏六朝之京都大賦中，俯拾即是，京都大賦遂成為目前研究民俗文化及常民生活的最佳參考文本。《藝文類聚》卷七十四「巧藝部」，其中列有射、書、畫、圍棊、彈棊、博、樗、投壺、塞、藏鉤、四維、象戲等十二子目。而以游戲、雜技、巧藝為描寫對象的辭賦，在宋初所輯的《文苑英華》中，分列在「雜伎」、「射」、「博弈」諸門。此後，清代陳元龍所編之《歷代賦匯》，列有「巧藝」一門，共收有明代前之游藝賦 54 篇，附逸句二篇，為研究歷代游藝民俗提供了寶貴的資料。[54]

　　漢魏棊藝類賦，共有 7 篇。劉向〈圍棋賦〉為第一篇棊藝類賦，今只存「略觀圍棋，法於用兵。怯者無功，貪者先亡」四句。馬融〈圍碁賦〉保存完整，亦如劉向之寫法，以兵家戰場廝殺，喻寫圍碁之對弈情況，「略觀圍碁兮，法於用兵。三尺之局兮，為戰鬥場」。王粲〈圍碁賦〉今只見序文「清靈體道，稽謨玄神，圍碁是也。」。而蔡邕〈彈棊賦〉為第一篇寫彈棊賦作。王粲〈彈碁賦〉今存序文三句：「因行騁志，通權達理，六博是也。」賦文四句：「文石為局，金碧齊精，隆中夷外，理緻肌平」。丁廙〈彈碁賦〉保存較完整，

共 48 句。魏文帝曹丕愛好彈棊，亦有〈彈棊賦〉傳世。現將今見漢魏棊藝類賦之概況，表列於下。

漢魏游藝類賦[55]

	作家	作品	出處	存佚
1	劉向	圍棋[56]賦	《全漢文》卷 35	殘
2	馬融	圍碁賦	《全後漢文》卷 18	存
3	蔡邕	彈棊賦	《全後漢文》卷 69	殘
4	王粲	圍碁賦	《太平御覽》卷 753。	賦文已佚，今只存序。
5	王粲	彈棊賦	《全後漢文》卷 90	殘
6	丁廙	彈棊賦	《全後漢文》卷 94	殘
7	曹丕	彈棊賦	《全魏文》卷 4	存

由此表可看出，棋藝賦在漢末及魏代之盛，漢魏之際〈彈棊賦〉即有四篇，此情形當與建安文人「同題競采」之風氣有關，但亦可由此窺見彈棊於漢魏之盛。

一、彈棊考源

關於彈棊為何？如何進行？今人多無所知，彈棊在宋代幾已失傳，沈括《夢溪筆談‧卷十八》云：「彈棋今人罕為之，有譜一卷，蓋唐人所為。」[57]明清時更是已無人知曉如何進行，張潮《幽夢影》

---

[55] 參考侯立兵《漢賦六朝賦多維研究》，（北京：人民出版社，2007‧09），頁185。

[56] 棋、棊、碁三字，同字異體。本節對於三字之使用，依其所收錄之典籍。

[57] 胡道靜校注《新校正夢溪筆談》，（香港：中華書局香港分局，1978‧02），頁172。

曰：「古之不傳於今者，嘯也，劍術也，彈棊也，打球也。」[58]清‧周亮工《書影》言：「古技藝中所不傳者，彈棊。」[59]說明了彈棊的失傳。

至於彈棊的發明及其流行，卻是有明確文獻記載。《西京雜記‧卷二》：「成帝蹴踘，群臣以蹴踘為勞體，非至尊所宜。帝曰：『朕好之，可擇似而不勞者奏之。』家君作彈棊以獻之，帝大悅，賜以青羔裘、紫絲履，服以朝覲。」[60]而西晉‧傅玄〈彈棊賦〉序言也說：「漢成帝好蹴踘，劉向以謂勞人體，竭人力，非至尊所宜御。乃因其體作彈棊。今觀其道，蹴踘道也。」[61]由以上二則引文可知，彈棊為劉向根據蹴踘之遊戲規則而發明。

彈棊在漢魏時十分流行。《後漢書‧梁冀傳》載：「（冀）少為貴戚……善彈棊、格五。」格五即圍棋，梁冀為順帝至桓帝時之大將軍，跋扈一時，善於彈棊之技。《世說新語‧巧藝》中也載曹丕擅長彈棊：

> 彈棊始自魏宮內，用妝奩戲。文帝於此戲特妙，用手巾角拂之，無不中。有客自云能，帝使為之。客箸葛巾，低頭拂棊，妙踰於帝。

《世說新語》言彈棊始自魏宮，其實非也，前已明言，彈棊乃劉向於成帝時發明，但從《世說‧巧藝》此條可知，彈棊於魏宮十分流行。

---

[58] 《新譯幽夢影》，（台北：三民書局，2007‧06），頁 55。

[59] 轉引自余嘉錫《世說新語箋疏》，（台北：華正書局，1993‧10），頁 714。

[60] 余嘉錫在《四庫提要辨證》中認為，此賦是葛洪抄錄劉歆《七略》中兵書略〈蹴踘新書〉條下之文，故稱劉向為家君。見《西京雜記》，（台北：地球出版社，1994‧09），頁 94－95。

[61] 清‧嚴可均輯《全晉文》，（台北：宏業出版社，1975‧08），頁 1717。

　　雖然沈括於《夢溪筆談》云，其當世已罕有人知彈棊如何進行，但若以現今可見之文獻推究，雖不知實際具體之遊戲方式，但仍能看出梗概。據《後漢書・梁冀傳》李賢注引《藝經》云：「彈棊二人對局，黑白棊各六枚，先列棊相當，下呼上擊之。」[62]唐・盧諭〈彈棊賦〉：「棊之為數也，各一十二」，[63]而余嘉錫《世說新語箋疏》中之案語及箋疏有二則如此說：

> 黑白棊各六枚者，一人之棊也。兩人則二十四枚。[64]
> 彈棊，今人罕為之。有譜一卷。蓋唐賢所為。其局方二尺，中心高如覆盂，其顛為小壺，四角微隆起。李商隱詩云：『玉作彈棋局，中心最不平』，謂其中高也。樂天詩云：『彈棋局上事，最妙是長斜』，謂抹角長斜，一發過半局。今譜中具有此法。柳子厚敍：用二十四棊者，即謂此也。[65]

綜合以上兩則引文，可知彈棊形制及遊戲之大致方式：二人對弈，每人十二枚棋子，其中黑白棋子各六枚，二人一局共二十四枚棋子。

　　對弈先列相當棋數，以指彈之以擊敵子，擊中即取之，以棋子先被取盡者為負。棋盤以石製之，棋盤二尺正方，中心高起有如倒扣之碗，上面置放一小壺，棋盤四角微微高起。[66]而在此要補充的

---

[62] 《新校後漢書注》，（台北：世界書局，1972・09），頁1508。

[63] 見清・陳元龍輯《歷代賦彙》，（南京：鳳凰出版社，2004・06），頁429。

[64] 余嘉錫《世說新語箋疏》，（台北：華正書局，1993・10），頁713。

[65] 同前註。此為余嘉錫引《詩話總龜二十八》之引《古今詩話》所言。頁714。

[66] 關於彈棊的進行，另有說法，見張承宗、魏向東著《中國風俗通要——魏晉南北朝卷》：「彈棊與角智類棋類遊戲規則完全不同，它的具體玩法，今天已不能確知，但綜合文獻所載，我們能搞摸出個大概來。彈棋棋的棋盤呈方形，是用磨得非常光滑的石頭製成的，中間隆起，四外低平，兩端各有一個虬龍盤成的圓洞。棋子由硬木或象牙等物做成，共十二枚。每方六枚。下棋雙方各佔一邊，將棋子擺好，並在棋盤上灑滑石粉，以加速棋子的運行。彈棋用手，根據對方所擺棋勢，采用摍、撥、搥、撇等技術，彈

是，彈棊的棋子大都用硬木或象牙所製，曹丕〈彈棊賦〉云：「棊則玄木北榦，素樹西枝，洪纖若一，修短無差，象籌列植，一據雙螭。」丁廙曰〈彈棊賦〉：「棊則象齒，選乎南藩。」皆可證明。

二、〈彈棊賦〉內容分析

作為第一篇以彈棊為題的賦作，但很可惜我們無法見其全貌，只能根據現存之 28 句分析。現在為方便敘述，將其引錄於下：

> 榮華灼爍，蓊不韡韡。於是列象棊，雕華逞麗。豐腹斂邊，中隱四企。輕利調博，易使騁馳。然後抵掣，兵棊夸驚。或風飄波動，若飛若浮；不遲不疾，如行如留。放一敝六，功無與儔。
> 夫張局陳棋，取法武備，因嬉戲以肄業，託歡娛以講事。設茲矢石，其夷如砥[67]。采若錦繢，平若停水。肌理光澤，滑不可屢。乘色行巧，據險用智。

分析以上文句，可分為四者，一言棋盤形制，二言棋盤廝殺之況，三言寓修習軍事於彈棊之弈，四言彈棊之對弈，須用技巧及智謀。以下則分述所言之四項內容。

乍見「榮華灼爍，蓊不韡韡。於是列象棋，雕華逞麗」四句，頗令人費解，尤其是前兩句所指為何？費振剛《全漢賦校注》：「這

開對方棋子，將自己的棋子彈入對方圓洞，同時調動自己的棋子，佈下陣勢，阻止對方棋子攻入。先將六枚棋子全部彈入對方洞中者為獲勝方。」（上海：上海文藝出版社，2001‧01），頁 616、617。

[67] 此句蔡中郎集作「其夷如破」，但觀其上下文，「破」字應據《太平御覽》作「砥」較佳。

兩句是起興，與下面的描寫缺少關聯。」但若能比較幾篇〈彈棊賦〉，就可明瞭所指為何。丁廙〈彈棊賦〉首二句言：「文石為局，金碧齊精。」局，指棋盤，文石，是有文采的石頭，此兩句是說「用有文采的石頭製為棋盤，棋盤金碧之色俱為輝煌燦爛」。曹丕〈彈棊賦〉：「局則荊山妙璞，發藻揚暉」，意思是說，棋盤是用荊山璞玉製成，藻以文飾以彰顯光輝。從丁廙、曹丕二人的句子，可看出「榮華灼爍，蕚不[68]韡韡。於是列象棋，雕華逞麗」之所指，此乃形容棋盤雕飾之盛貌。「豐腹斂邊，中隱四企」，指棋盤形狀，根據《夢溪筆談》所記：「其局二尺，中心高，如覆盂；其顛為小壺，四角微隆起。」二者可相為證。丁廙〈彈棊賦〉則曰：「隆中夷外，緻理肌平，卑高得所，既安且貞。」曹丕則云：「豐富高隆，庳根四頹，平如砥礪，滑若柔荑。」關於彈棊棋盤之形制，還可參看唐・盧諭〈彈棊賦〉：「觀乎局之為狀也，下方廣以法地，上圓高以象天，起而能伏，危而不懸，四隅咸舉。四達無偏，居中謂之豐富，在末謂之緣邊。」

　　「輕利調轉，易使騁馳」，是說棋子輕便利於轉動，容易以指撥彈使其在棋盤馳騁，「然後抵掣，兵棊夸驚，或風飄波動，若飛若浮，不遲不疾，如行如留。」是言彈棊進行時，兩方在棋盤廝殺的情形，而棋子被指彈出之勢，如風飄之飛，如波動之浮，迅度不遲如行，不疾如留。「放一敵六，功與無儔」，是說用一顆棋子擊敗對方六顆，致勝成功無人能匹敵。

　　「夫張局陳棋，取法武備，因嬉戲以肄業，託歡娛以講事。」張設棋盤，擺列棋子，取法於軍事武備，藉嬉戲而修習軍事，將娛樂寄託在如謀議軍政大事的彈棊上。「設茲矢石，其夷如砥，采若

---

[68]　《詩經・小雅・常棣之華》：「常棣之華，鄂不韡韡。」鄭箋：「承華者鄂。不，當作柎，柎，蕚足也。」蕚足，即花蒂。

錦繢，平若停水，肌理光澤，滑不可屨。」矢指棋子，石指棋盤。
張設棋盤、擺列棋子，棋盤不僅平滑如砥，其上還有如錦繢的采繪，
而棋盤之平彷彿靜止的水一般，棋盤的肌理光澤，平滑而不可踐屨。

「乘危行巧，據險用智」，藉形勢而施以巧技，面對艱難要運
用智謀，強調彈棋是一種講究技巧謀略的遊戲。曹丕〈彈棋賦〉：「惟
彈棋之嘉巧，邈超絕其無儔；苞上智之宏略，允慣微而洞幽。」唐·
張廷珪〈彈棋賦〉：「唯智是役，唯貪是慎」[69]，無論蔡邕、曹丕還
是張廷珪，皆在〈彈棋賦〉中指出彈棋用技巧及智謀的特色。

小結

蔡邕在藝術實踐上，體現出士人階層的個體自覺；[70]而蔡邕辭
賦的藝術書寫，更充份反映出東漢士人的雅趣生活之審美情趣。從
本章的討論中，我們得見蔡邕辭賦在題材創新上的開拓之功，除了
題材的創新，蔡邕辭賦的藝術書寫，更表現出辭賦在思想內容及藝
術形式的轉變。

關於題材的開創，〈瞽師賦〉是賦史上第一篇也是唯一以瞽師
為題的賦作，而〈筆賦〉、〈彈棋賦〉亦是前無古人之作。

蔡邕辭賦的特色，不僅在題材的創新，其在思想內容及藝術形
式上，亦與前人有所不同。〈彈琴賦〉未循王褒、馬融、傅毅等人
樂器類賦之書寫程式，反而言能製琴瑟的梓桐，生長於和暢之環
境，此是一觀念及寫作手法之創新，而影響了精通音律的嵇康所寫
之〈琴賦〉。此外，〈彈琴賦〉是目前所見之最早言及彈奏古琴手法

---

[69] 見清·陳元龍輯《歷代賦彙》，（南京：鳳凰出版社，2004·06），頁429。

[70] 見余英時〈漢晉之際士之新自覺與新思潮〉一文，收入《中國知識階層史
論（古代篇）》，（台北：聯經出版社，1989·09），頁265-274。

的文獻。而從〈彈琴賦〉所稽考出的樂曲名，也可看出〈彈琴賦〉的音樂文獻價值。

妙操音樂的蔡邕，在〈瞽師賦〉與〈彈琴賦〉中，呈現出的音樂思想，可析為二，一是儒家重視雅樂的思想，強調音樂通理治性的教化功能；二是音樂審美範疇的「以悲為美」。音樂作為抒發情感的媒介，傳達心中悲怨以滌邪穢，如果樂音能傳達情感，那麼悲音是所有音樂曲調中，最能感染人心引人共鳴的。

〈筆賦〉是第一篇以毛筆為題的賦作，內容主要表達了二種思想，一是文字之創造，乃「觀象於天」、「觀法於地」、「依類象形」的師法自然，而毛筆形製的象徵，體現了「天人合一」的思想；二是以歷史角度，強調毛筆之紀錄聖王立憲的政教功能。「象」、「勢」二字，是〈篆勢〉書論思想之總結。〈篆勢〉言「字體形勢」及「用筆之勢」的書論思想，即「象」與「勢」。書法源於自然，自然之物象有靜態、動態之分。施之於篆書書寫，龜文、龍鱗等自然物靜態之「象」，即字體形「勢」所欲師法者；龍躍鳥振、勢以凌雲等自然物動態之「象」，即用筆之「勢」所欲師法者。而「象」的本體根源來自於「陰陽對立互生」。

漢賦向來有著極強大的歷史傳統，其中之一點是在辭賦中隨處可見的「天道人事」觀，[71]而此天道人事觀，在〈彈琴賦〉、〈筆賦〉及〈篆勢〉亦一再出現。

〈彈棋賦〉「張局陳棋，取法武備」的思想，與先前棋藝類賦如出一轍，此則是題材開創而思想內容承繼。蔡邕做為漢末的辭賦大家、書法家、音樂家，其藝術書寫開拓了辭賦的題材，也展現了自身多項高深的藝術造詣，這種集如此多項才華學養於一身的讀書人，在漢末，蔡邕是第一人，後人也少有能超越者。

---

[71] 朱曉海〈讀兩漢詠物賦雜俎〉：「不僅詠物賦這個子目，整個漢賦都難擺脫強調天道人事功能的歷史包袱。」《漢學研究》（2000．12）。

第六章　詠物書寫

　　宇宙一切有形質者，皆為「物」。物，不僅指包括有生命的動物、植物，尚有無生命的礦物、器物、山水、建築，這些具體存在之物以及人類的生存環境皆屬之。人為萬物之一，詠人的賦作，自當也可歸納於詠物書寫之類項。

　　蔡邕辭賦的詠物書寫實有十篇，此十篇為：〈漢津賦〉、〈青衣賦〉、〈瞽師賦〉、〈短人賦〉、〈筆賦〉、〈彈棊賦〉、〈蟬賦〉、〈傷故栗賦〉、〈團扇賦〉、〈霖雨賦〉。〈漢津賦〉歌詠漢水，因體現出蔡邕對時空、史地書寫的意義，而將之列為「史地書寫」；〈青衣賦〉、〈瞽師賦〉、〈短人賦〉三篇為詠人，但前二篇又各自彰顯出蔡邕辭賦中對愛情的態度以及對音樂的思想，遂又將其分別列為「情志書寫」及「藝術書寫」；〈短人賦〉是嘲弄侏儒短人之作，依其題意，自是「詠物書寫」的詠物賦，但若依其風格、技巧而言，又可定其為俗賦，但蔡邕之俗賦，僅〈短人賦〉一篇而已；〈筆賦〉、〈彈棊賦〉分別鋪寫詠頌用於書寫的毛筆及彈棊之戲，因從其二篇，可窺見漢代士人藝術思想及雅趣生活全豹之一斑，故前文將之歸為「藝術書寫」。

　　除卻〈漢津賦〉、〈青衣賦〉、〈瞽師賦〉、〈筆賦〉、〈彈棊賦〉，本章所欲討論的詠物賦有五篇，分別為單純詠物的〈蟬賦〉、〈團扇賦〉，詠物抒懷的〈霖雨賦〉、〈傷故栗賦〉，以及戲謔嘲弄的詠物俗賦〈短人賦〉。

第一節　兩漢詠物小賦概述

　　兩漢賦作的詠物書寫，實是漢賦創作之最大宗者。[1]兩漢詠物賦的創作，繁榮興盛，司馬、揚、班、張四大家的騁辭體物大賦，其實皆為詠物書寫，此外之詠物小賦更是不勝枚舉。漢賦詠物書寫的品類之多，項目之繁，完全印證司馬相如所言：「賦家之心，苞括宇宙」，舉凡京都、田獵、苑囿、宮室，抑或關隘山河、舞樂棋琴、鳥獸草木、日用器物，均在賦家詠物的書寫下一一呈現。

　　為了要精確地陳述本章所欲討論的主題──蔡邕辭賦的詠物書寫，在此將兩漢賦作之詠物書寫區分為二，一是體物大賦，體物大賦用以騁辭鋪寫，以往皆認為此類大賦，最能代表漢代繁榮興盛與大一統的恢弘氣象。二是詠物小賦，詠物小賦或直寫其物，或託物寄意，或託物詠懷，但皆以相對簡短的鋪寫，以「品物畢圖」。蔡邕辭賦的詠物書寫，皆為此類詠物小賦，是故，本節將只討論兩漢詠物小賦的發展概況，冀能由兩漢詠物小賦的源起及流衍的釐清，有助於進一步了解蔡邕詠物小賦在賦史上所起的作用及地位。

---

[1]　章滄授〈論漢代詠物賦〉：「漢代的詠物賦今見的篇目有一百多篇，如果加上《漢書‧藝文志》所著錄的描寫山陵、雲氣、禽獸、草木等雜賦之目，有近二百餘篇。有名可考的詠物賦家達四十餘人，占漢賦作家總數的三分之二；今存完整和比較完整的詠物賦作有七十多篇，約為漢賦總和的一半。」《安慶師院社會科學學報》，（1999‧10）。

一、詠物小賦探源

　　詠物小賦源起於先秦，在漢代的發展過程中，又可分為西漢、東漢兩個階段。先秦辭賦的詠物書寫，直接影響兩漢詠物小賦者有三，一是屈原〈橘頌〉，二是荀子〈雲〉、〈蠶〉、〈箴〉三賦，三是宋玉〈風賦〉、〈高唐賦〉。此三者對漢代詠物小賦的影響，現分述如下。

　　〈橘頌〉讚美橘樹的外形及本質，以自況堅貞之情操，劉熙載《藝概・賦概》：「品藻精至，在〈九章〉中，尤純乎賦體。」[2]〈橘頌〉自可視為詠物賦之先聲。

　　荀子託物寄意，藉由對雲、蠶、箴形象而細緻的刻畫，表達出他理想中的君主和官吏應該具備的道德品行。荀賦以迂曲讔語的方式對書寫物進行描繪，這種方式自然也影響了漢賦詠物小賦的書寫技巧。《文心雕龍・諧讔》：言「讔者，隱也。遯辭以隱意，譎譬以指事也。」「或體目文字，或圖象品物，纖巧以弄思，淺察以衒辭，義欲婉而正，辭欲隱而顯。荀卿蠶賦，已兆其體」。[3]讔語以類似謎語的方式，用描繪形象，品題物性，來影射謎底。一方面極盡纖巧的運用心思，一方面又安排淺明易於忽略的脈胳來絃耀自己獨特的文辭，而讔語在使用時，用意要曲折又中肯，措辭要玄奧又清楚。讔語作為一種寫作方式，有時接近修辭的借代、諱飾，有時是借讔語以諷喻。

---

[2]　劉熙載《藝概》，（台北：金楓出版社，1998・07），頁125。
[3]　《文心雕龍注釋》，（台北：里仁書局，1998・09），頁276。

　　宋玉〈風賦〉及〈高唐賦〉是最早直接以賦名篇的詠物賦,〈風
賦〉於《昭明文選》歸為「物色類」,但此篇並非只如題名一般,
對「風」賦形寫物而已,〈風賦〉旨在揭露社會上不平等的現象,
是「意在言外」的諷諫,其不是單純的詠物,而是藉題發揮,言此
意彼,託物寄意。〈高唐賦〉鋪寫楚地巫山壯麗的山水景物,全賦
格局闊大,開啟司馬相如以降的體物騁辭大賦的書寫模式,雖說〈高
唐賦〉其體製與風格較接近漢代體物大賦,但作為先秦辭賦的詠物
書寫,其對兩漢的詠物小賦,也起了一定的影響。

　　綜觀先秦詠物小賦的源流,可發現三者皆非單純賦形寫物而
已,〈橘頌〉託物寄意,以橘自況;〈雲〉、〈蠶〉、〈箴〉亦是藉物寓
意;〈風賦〉藉題發揮,因物析理,旨在諷喻。直寫物象形質的單
純詠物小賦,至西漢時枚乘〈柳賦〉等梁孝王群臣之賦作才出現。

二、西漢詠物小賦

　　西漢詠物小賦的發展,其實比騁辭體物的大賦要來得早而發
達。《文心雕龍・詮賦》對於漢賦的發展,有如此的敘述:

> 秦世不文,頗有雜賦,漢初詞人,順流而作,陸賈扣其端,
> 賈誼振其緒,枚馬播其風,王揚騁其勢,皋朔已下,品物畢
> 圖。繁積於宣時,校閱於成世,進御之賦,千有餘首。[4]

此說明漢賦由漢初至武宣時的發展狀況,以及武宣之世,漢賦創作
之興盛。尤其枚皋、東方朔,其賦作對各種物類描繪盡致。對各種
物類進行詳盡描繪,即詠物賦之特長。〈詮賦〉篇又說:

---

[4]　《文心雕龍注釋》,(台北:里仁書局,1998・09),頁137。

至於草區禽族，庶品雜類，則觸興致情，因變取會；擬諸形
容，則言務纖細，象其物宜，則理貴側附：斯又小制之區畛，
奇巧之機要也。[5]

這一段敘述，更將詠物賦區分出「詠物小賦」。蓋詠物小賦之作，
擬之於形容描狀，則言辭必致力纖巧，狀象其物，著重從旁比附，
以求奇巧。

　　詠物小賦的創作，於西漢初期，在宗室君王及文學侍臣的參與
下，即有相當的成績。據費振剛所輯《全漢賦》，可得西漢初之詠
物小賦，有陸賈〈孟春賦〉（今只存目）、賈誼托物諷諭的〈旱雲賦〉、
單純詠物的殘篇〈籩賦〉。《西京雜記》載梁孝王忘憂館時豪七賦，
此七賦為：枚乘〈柳賦〉、路喬如〈鶴賦〉、公孫詭〈文鹿賦〉、鄒
陽〈酒賦〉、公孫乘〈月賦〉、羊勝〈屏風賦〉、鄒陽代韓安國作〈几
賦〉。此外，淮南王劉安有〈屏風賦〉、〈薰籠賦〉（存目）。武帝時，
司馬相如有〈梨賦〉（僅存一句）、〈魚葅賦〉、〈梓桐山賦〉（存目）；
孔臧〈楊柳賦〉、〈鴞賦〉、〈蓼蟲賦〉，中山王劉勝〈文木賦〉。西漢後
期，有劉向〈雅琴賦〉、〈圍棊賦〉，揚雄〈酒賦〉，劉歆〈燈賦〉等等。
　　西漢時的詠物小賦，大致可分為三種類型：一是單純詠物，如
枚乘〈柳賦〉、公孫勝〈月賦〉、鄒陽〈几賦〉、劉勝〈文木賦〉；二
是託物寄意，如羊勝〈屏風賦〉、劉歆〈燈賦〉、劉安〈屏風賦〉；
三是託物諷諭，如賈誼〈旱雲賦〉、孔臧〈蓼蟲賦〉、揚雄〈酒賦〉。
此外，王褒有〈僮約〉、〈責鬚髯奴辭〉，是嘲弄戲謔的俗賦。
　　篇幅短小，言辭纖巧，是詠物小賦的形式特色。西漢的詠物小
賦，句式多以四言為主，隔句押韻，如鄒陽〈几賦〉、公孫乘〈月
賦〉、羊勝及劉安的〈屏風賦〉、孔臧〈鴞賦〉、〈蓼蟲賦〉，皆全篇

5　《文心雕龍注釋》，（台北：里仁書局，1998．09），頁138。

四言；揚雄〈酒賦〉大抵四言，只一句為五言；劉勝〈文木賦〉一篇，以四言為主，偶有六言。騷體[6]的詠物小賦在西漢時為數較少，代表作為賈誼〈旱雲賦〉：「惟昊天之大旱兮，失精和之正理」（○○○○○○兮，○○○○○○）之句式。

西漢詠物小賦的題材，從上面徵引的篇名看來，是極為豐富的，舉凡雲、月、楊柳、文木、蓼蟲、文鹿、屏風、几、燈、棋、琴等等，凡是日常生活中看得見的動植物、器物都是賦寫的對象。[7]

三、東漢詠物小賦

東漢詠物小賦的發展情況，和西漢相較，有三處明顯不同，一是除了「單純詠物」、「託物寄意」、「藉物諷諭」三類，「詠物抒懷」這類的詠物又抒情的小賦已在魏晉之先的東漢中末葉出現。二是，

---

[6] 騷體賦的句式有四種句型，第一種是「○○○○○○兮，○○○○○○」，如〈離騷〉：「日月忽其不淹兮，春與秋其代序。」第二種是「○○○兮○○○」，如〈九歌‧山鬼〉：「若有人兮山之阿，被薜荔兮帶女蘿。」第三種是「○○○○，○○○兮（些）」，如〈橘頌〉：「后皇嘉樹，橘徠服兮。」第四種是「○○○○兮○○○」，如〈九辯〉：「悲憂窮戚兮獨處郭，有美一人兮心不繹」。上述句型，第四式在後起的騷體賦中，只是偶然出現，從來沒有構成過獨立的篇件；第三式因其容量不大的局限性，通常只在騷體賦中充當「亂辭」，也未能發展成獨立的篇制。第二式極富錯落搖曳之美，形成一種流麗飄逸的語體風格，具有表現的靈活性與藝術的美感，因而在騷體賦中的運用較多一些，但大多是用在賦篇的開頭、結尾或作品的關鍵處，承轉處外，在結構和節奏上起一定的作用，同時推重抒情或描寫波瀾起伏地向前發展，而純粹採用這種句型的騷體賦卻並不多見。因此，騷體賦句型主要使用的是第一式，也即〈離騷〉的句型。以上引錄郭建勛《辭賦文體研究》，（北京：中華書局，2007‧04），頁 13-14。

[7] 孫晶《漢代辭賦研究》：「西漢詠物賦基本以良材見用、君臣遇合為基調，因此這時的詠物賦不見崇尚自然的傾向，而是推崇人為。」（濟南：齊魯書社，2007‧07），頁 207。

騷體的詠物小賦增多，四言句式的詩體詠物小賦相對已非主流，騷體句式的詠物小賦增多，乃與騷體賦善於抒情之特點有關。三是奇僻題材的詠物小賦出現。

　　東漢詠物小賦繁多，現將其書寫方式分為四種，一為「單純詠物」，二是「託物寄意」，三是「藉物諷諭」，四為「詠物抒懷」。現依此分類敘述東漢詠物小賦之概況。

(一) 單純詠物，有：班彪〈覽海賦〉、傅毅〈扇賦〉、班固〈竹扇賦〉、班昭〈蟬賦〉、李尤〈辟雍賦〉、〈德陽殿賦〉、〈東觀賦〉、張衡〈扇賦〉、〈冢賦〉、王逸〈荔支賦〉、蔡邕〈漢津賦〉、〈團扇賦〉、〈蟬賦〉等等。

(二) 託物寄意，如：杜篤〈首陽山賦〉、〈書槴賦〉、班昭〈鍼縷賦〉、〈大雀賦〉、邊韶〈塞賦〉、蔡邕〈筆賦〉、〈彈棊賦〉等等。

(三) 藉物諷諭，有：王延壽〈王孫賦〉、趙壹〈窮鳥賦〉等等。

(四) 詠物抒懷，朱穆〈鬱金賦〉、蔡邕〈青衣賦〉、〈霖雨賦〉、〈傷故栗賦〉等等。

　　關於東漢詠物小賦句式，現則以前文所引之詠物小賦，作一概況統計。

作者、篇名	句式	作者篇名	句式	作者、篇名	句式
班彪〈覽海賦〉	六言（類騷體）[8]	傅毅〈扇賦〉	四、六言	班固〈竹扇賦〉	七言
班昭〈蟬賦〉	六言（類騷體）	李尤〈辟雍賦〉	四言為主，雜以六言	李尤〈德陽殿賦〉	四、六言

8　表中所指之六言，乃「○○○之（以）（而）○○」之句式。此種句式，是否為「騷體賦」，有所爭議，按萬光治《漢賦通論》，便將班彪〈冀州賦〉、班婕妤〈搗素賦〉等非分字句的賦作，納入騷體賦的範疇。郭建勛《辭賦文體研究》認為「○○○之（以）（而）○○」之句式，因無騷體「兮」字句錯落有致，一唱三嘆的節律感和抒情性，這一類的賦作不能歸入騷體賦。現折衷二者說法，姑以「類騷體」言之。

李尤〈平樂觀賦〉	四、六言	張衡〈扇賦〉	六言（類騷體）	張衡〈冢賦〉、	四言為主，雜五、七言
王逸〈荔支賦〉	四、六言為主雜以八言	蔡邕〈漢津賦〉、	騷體	蔡邕〈團扇賦〉、	四言
蔡邕〈蟬賦〉	六言（類騷體）	杜篤〈首陽山賦〉	四、六言	杜篤〈書櫃賦〉	四、六言
班昭〈鍼縷賦〉	六言（類騷體）	班昭〈大雀賦〉	六言（類騷體）	邊韶〈塞賦〉	四言為主，雜以五言
蔡邕〈筆賦〉	四、六言	蔡邕〈彈棊賦〉	四、六言	王延壽〈王孫賦〉	六言（類騷體）
趙壹〈窮鳥賦〉	四言	朱穆〈鬱金賦〉	騷體	蔡邕〈青衣賦〉	四言
蔡邕〈霖雨賦〉	騷體	〈傷故栗賦〉	騷體	蔡邕〈短人賦〉	騷體

說明：此表只是東漢詠物小賦粗略的統計，尚有一些屬殘篇、殘句之詠物賦，未列入其中。

　　以上 27 篇的詠物小賦，用兮字之騷體計有朱穆〈鬱金賦〉、蔡邕〈漢津賦〉、〈霖雨賦〉、〈傷故栗賦〉、〈短人賦〉等 5 篇；用六言句（類騷體）者有班彪〈覽海賦〉、班昭〈蟬賦〉、張衡〈扇賦〉、蔡邕〈蟬賦〉、班昭〈鍼縷賦〉、〈大雀賦〉、王延壽〈王孫賦〉等 7 篇；純粹四言詩體有蔡邕〈團扇賦〉、〈青衣賦〉、趙壹〈窮鳥賦〉3 篇；四、六言體的詠物小賦傅毅〈扇賦〉、李尤〈東觀賦〉、杜篤〈首陽山賦〉、〈書櫃賦〉、蔡邕〈彈棊賦〉等 5 篇。可看出以騷體及六言（類騷體）句式創作詠物小賦者，共有 12 篇，確實較多。

　　東漢詠物小賦，題材除了承繼西漢之外，與其最不同者，是以奇僻題材作為書寫對象，例如張衡寫〈冢賦〉、〈髑髏賦〉，寫墓冢及髑髏，為前人之未有；王延壽〈夢賦〉、〈王孫賦〉，〈夢賦〉是最早以夢為題的文學作品，此賦想像詭譎奇特，描寫形象生動，〈王孫賦〉寫形貌醜陋的猴類，乃前人從未關注之題；蔡邕〈瞽師賦〉寫目盲之樂師，〈短人賦〉寫侏儒短人，瞽者與侏儒皆非健全正常之人。東漢中葉以後，以「愚魯、粗拙、荒穢、困厄、災孽、殘缺、死亡」等為賦作的鋪摛對象，其審美與兩漢賦作之主流完全不同。[9]這種現象，是東漢詠物小賦有別於西漢最特殊之處。[10]

　　蔡邕乃最能代表東漢末年辭賦風格轉變之賦家，其咏物小賦之面目又是如何呢？本章所欲討論之五篇賦作，可區為三類敘述，一是〈蟬賦〉、〈團扇賦〉乃單純詠物之作，二是〈霖雨賦〉、〈傷故栗賦〉為詠物抒懷之作，三是詼諧調笑的俗賦──〈短人賦〉。

第二節　〈蟬賦〉與〈團扇賦〉

　　賦史上第一篇詠蟬賦為班昭所寫，蔡邕〈蟬賦〉為繼班昭後之第二篇。第一篇以扇為題之賦作，為班固〈竹扇賦〉，班固尚有一篇只存目的〈白綺扇賦〉，此後有傅毅及張衡之〈扇賦〉。蔡邕〈團扇賦〉繼班、傅、張之詠扇，為今可考見以賦詠扇之第四人。蟬與

---

[9]　見朱曉海〈自東漢中葉以降某些冷門詠物賦作論彼時審美觀的異動〉，《中國文哲研究集刊》，（1998．03）。

[10]　孫晶〈尚奇：漢賦創作的潛在動力〉：「如果從漢賦尚奇的角度看，東漢賦中因怪而奇的題材不應被忽略，它們是從屬於漢賦尚奇這一審美趨向的。」《漢代辭賦研究》，（濟南：齊魯書社，2007．07），頁295。

扇，是日常生活易見的鳴蟲與器物，這兩種東西，因其生活習性與
器用特色，皆與季節發生了緊密的關係。蟬與扇，日後出現在文學
作品中的意象，皆不能脫離季節更迭、生命消亡、用事潛藏等的文
化及文學意象。

一、〈蟬賦〉外緣及內容分析

《方言》：「蟬，楚謂之蜩，宋、衛之間謂之螗蜩，陳鄭之間謂
之蜋蜩，秦晉之間謂之蟬。」而蟬之小者，又另有別名：「其小者
謂之麥𧌒」，而「楚謂之蟪蛄」。至於蟬之由來，崔豹《古今注》有
一則齊女化蟬的傳說：「牛亨問董仲舒曰：『蟬為齊女何？』答曰：
『昔齊王后怨王而死，尸變為蟬，登庭樹，嘒唳而鳴，王悔恨之，
故曰齊女。』」或許是這樣的由來傳說，遂令蟬抹上了濃濃的悲怨
色彩。

蟬雖是小小的昆蟲，但在淵遠流長的文化積累中，卻有著相當
豐富的文化意象。

（一）蟬的文化意象

蟬的生命歷程及習性，常被人們用以象徵性地表達天理與人
事，運用於器用儀式及生活服飾中，也施之於文學作品中。

《淮南子》載：「蟬不食三十日而蛻。」道家謂人之死如蟬之
蛻殼，故「蟬蛻」借代謂人之死。蟬的生命歷程，從人的眼光看來，
充滿了象徵意義。蟬的幼蟲生長在陰暗的土地中，大約六年，幼蟲
變成蟬後，飛到樹上過新的生活，成蟲的生命很短暫，大約只有十
多天，這時的蟬，古人認為其只餐飲露水，但實際上牠們乃以樹的

汁液維生，成蟲的蟬，在短短十多天的生命期限中，時時在高枝上鳴叫。古人因以為蟬「惟露是餐」，故往往以「精絜」、「清絜」形容之，所以「蟬」就有高潔、廉潔之意象。

古代玉器有佩蟬、琀蟬與冠蟬，[11]服飾中有貂蟬。佩蟬用以佩戴在腰間或胸前。冠蟬是以蟬作為冠飾，應劭《漢官儀》：「侍中，左蟬、右貂。金取堅剛，百陶不耗，蟬居高食絜」，指出侍中之冠上飾有蟬。貂蟬，為胡服，「貂者，取其有文而不煥，外柔而易，內剛而勁也。蟬者，取其清虛而識時變也。」[12]用蟬之造形以為服飾，除了取其「清虛而識時變」之象徵，另有君子「清高廉潔」之意。陸雲〈寒蟬賦〉言蟬有五德，「文、清、廉、儉、信」，此間接解釋了，古人何以用蟬為佩飾、冠飾及服飾的原因。琀是古代死者口中所含之物，以蟬形為琀做為陪葬物，與道家之「蟬蛻」說法有關，道家謂人死為「蟬蛻」。[13]

蟬產卵於樹上，卵孵成幼蟲後，落在地上，鑽進泥土中蟄伏，生活在土地中的幼蟲，須經過六次蛻殼，蛻盡殼後才能成蟲，成蟲的蟬離開黑暗的土地，飛到樹上過新的生活。蟬這樣的生命歷程，令人聯想至「再生」。因「蟬蛻」之象徵意義，所以古人用琀蟬陪葬，以表達生者對亡者「死後再生」的期願。

（二）蟬之文學意象

蟬最早出現在文學作品中，分別在《詩經》及《楚辭》中。《詩經‧豳風‧七月》：「五月鳴蜩。」以蟬說明氣候節令的先兆及代表。

---

[11] 見宋彥麗〈中國古代玉器中的佩蟬、琀蟬與冠蟬〉，《文物春秋》，（1996 第1 期）。

[12] 見《太平御覽》卷九四四，蟲豸部一。

[13] 朱雲燕〈淺談蟬意象中的道家文化內涵〉，《科學論談》，（2007‧06）。

〈大雅・蕩〉：「咨女殷商，如蜩如螗。」以蜩螗為喻依，殷商為喻體，喻殷商政亂如蜩螗諠譁噪鳴。宋玉〈九辯〉：「燕翩翩其辭曰歸，蟬寂漠而無聲。」淮南小山〈招隱士〉：「歲暮兮不自聊，蟪蛄鳴兮啾啾。」〈九辯〉、〈招隱士〉中出現的蟬，皆是秋蟬，與〈豳風・七月〉言「五月鳴蜩」的夏蟬不同。古人將蟬分為春、夏、秋蟬三種，春蟬鳴聲尖而高；夏蟬鳴聲響而亮；秋蟬鳴聲則哀切淒涼。無論是〈招隱士〉中言及的寂漠無聲的秋蟬，或〈九辯〉中發出鳴聲的蟪蛄，雖然都不是被歌詠書寫的主體，但作者都以其點染營造出秋天蕭颯淒涼的氛圍，可以看出以蟬為悲秋意象的具體呈現。

「悲秋」是蟬意象在文學作品中予人最鮮明者。蟬在秋天鳴噪，令人感到季節更迭之無情，以及生命即將結束之悲哀。蔡邕〈蟬賦〉：「白露淒其夜降，秋風肅以晨興。」在白露、秋風的意象下，再加上蟬的「聲嘶嗌以沮敗，體枯燥以冰凝。」一幅蕭條衰殘的秋景，無論視覺或聽覺，皆為悲悽哀傷之美。〈九辯〉與〈招隱士〉中的蟬一般，皆是悲秋的象徵。

曹植〈蟬賦〉：「內含而弗食，與眾物而無求。棲高枝而仰首，漱朝露之清流。」蟬，因為始終在枝頭上高鳴，而又只飲露水，故予人以「高潔」的聯想。陸雲〈寒蟬賦〉：「挹朝華之墜露，含煙熅以夕飧。」郭璞〈蟬贊〉云：「蟲之精絜，可貴惟蟬。」蕭統〈蟬贊〉曰：「茲蟲清絜，惟露是餐。」皆以蟬之飲食而言其高潔。《史記・屈原賈生列傳》言屈原曰：「濯淖汙泥之中，蟬蛻於濁穢，以浮游塵之外，不獲世之滋垢，皭然泥而不滓者也。此志也，雖與日月爭光可也。」司馬遷以蟬蛻譬喻屈原出淖泥而不染的高潔品質。

《說苑》中「螳螂捕蟬」的故事令人耳熟能詳，蟬在持弓者、黃雀、螳螂此一系列的生物鏈中，是底層的「受害者」、「罹難者」，蟬於是有了「易於受害」的象徵。曹植〈蟬賦〉：「苦黃雀之作害，

患螳蜋之勁斧。有翩翩之狡童，運微黏而我纏。委厥體於膳夫，歸炎炭而就燔。」鋪寫了蟬受黃雀、螳蜋、狡童、膳夫等等之害。

綜合上述得知，悲秋、孤高自潔、易於罹害，乃是「蟬」在文學中常見之意象。

（三）〈蟬賦〉內容分析

〈蟬賦〉今存 8 句，蔡邕以客觀冷靜的筆調，描寫秋蟬在白露淒淒，秋風蕭蕭中，其短暫生命將至終點。全文如下：

> 白露淒其夜降，秋風肅以晨興。聲嘶嗌以沮敗，體枯燥以冰凝。雖期運之固然，獨潛類乎大陰。要明年之中夏，復長鳴而揚音。

中國自古即以萬物於四季之生息規律言天之理序，春生、夏長、秋收、冬藏。萬物在秋天皆展現休養斂藏之意，諸多生命也在秋天邁向衰頹、進入死亡，於是，秋天歷來有「肅殺」之隱喻。「白露淒淒，秋風蕭蕭」，淒冷蕭瑟的秋天，蟬聲「嘶嗌沮敗」，蟬之軀體枯燥如冰凝。無論是聽覺或視覺的感知，秋蟬之聲、寒蟬之體，均令人聞之傷悲，睹之悽然。「白露」、「秋風」、「聲嘶嗌」、「體枯燥」，四個羅列的意象，引人「生命衰殘，即將消亡」的哀嘆！但蔡邕在此之後，將文筆一轉，不再鋪寫寒蟬之悲，收束了以四周氛圍烘托的悲傷情感，超越物象思維的理性即刻發揮：「雖期運之固然，獨潛類乎太陰。」此二句是客觀理性的觀察。萬物有其自然規律，每一隻蟬，也必定要面臨個體生命的衰殘消亡，這是固然的期運，亦是天理天道。但獨有蟬這樣的昆蟲，在陰暗的泥土中潛藏如此久，這樣有別於其他昆蟲的習性——「獨潛類乎太陰」，自然令人聯想到君子的修身韜養。此兩句是直陳其意，但在強大文化傳統的影響

下，讀者恐怕仍會做有寓意的解讀：蟬之潛於泥土中，如君子之暗自修養品德。

個體生命有其期限，沒有一隻蟬可以自外於此，但是，將「蟬」視為一普遍全體意義的指涉，則蟬今年死亡了，明年仲夏，仍又會有蟬再踞高枝長鳴。個體意義的生命消亡了，但普遍全體意義的生命卻生生不息，這就是「要明年之中夏，復長鳴而揚音」的意義。

蔡邕〈蟬賦〉是單純的詠物，因為可以明顯的看出，此賦之作，並非先有某個志意，然後才選擇題材以寄託其意，明顯的與曹植〈蟬賦〉的託物寄意、以蟬喻人不同。但不可諱言，以讀者反應理論觀之，從蔡邕〈蟬賦〉中，確實能體味出道家的哲思。[14]在蔡邕〈蟬賦〉短短的八句文辭中，讀者所引申出的「道家人生哲學」的言外之意，自是「讀者何必不然」的解讀。作者以起首二句起興，之後六句直寫其物的筆法，並未有具體而強烈的個人志意要藉物表達，所以說，此賦應屬單純詠物之作。

二、〈團扇賦〉外緣與內容分析

《方言》：「扇自關而東謂之箑，自關而西謂之扇。」中國古扇種類繁多，據〈戰國秦漢墓葬及漢代磚石畫像所見古扇〉一文指出，戰國秦漢初，墓葬中出土的扇子，有羽扇及竹扇二種，「羽扇、竹

---

[14] 朱雲燕：「把蟬在秋天即將死去的具體事象，上升到普遍自然規律高度加以審視，暗示生命歷程的起始和結束有必然性，是期運之所然。」「一旦超脫了個體和具象的層面，生死便會置之度外，不再成為拘累於心的羈絆。此賦借蟬況人，形象地闡明了莊老的人生哲學，曲折地表達了生逢末世的士人對生命價值的體認。」〈淺談蟬意象中的道家文化內涵〉，《科學論談》，（2007．06）。

扇、繒扇、蒲扇、蒲葵扇都是秦漢以前扇子家族中的成員。」[15]扇子在長遠的歷史物質文明的發展下，其實已形成一種超越物質器用的文化象徵，而扇一旦成為文學歌詠描寫的對象，就又形成其在文學的意象。

（一）扇的文化與文學意象

扇子，做為日常生活器物，原本是用以搧風取涼的工具，但是在古代文人及女子的生活，扇子又發展出許多象徵意義，扇子出現在文學作品中，或為主角或為配角，扇子在超越其實用器物的功用之後，我們看見的，是扇子所代表的深遠的文化象徵。

崔豹《古今注》：「舜廣開視聽，求賢人以自輔，作五明扇焉。秦漢以卿士大夫皆得用之，魏晉非乘輿不得用也。」扇子，究竟始作於何時，已無可考，但據《古今注》言，舜時已有扇子，舜用「五明扇」用以廣開視聽，求賢自輔。而傳說殷高宗用「雉尾扇」，以彰顯其高貴權威。周朝制度，王后夫人車服，輦車有翟，即緝雉羽為扇，以障翳風塵也。[16]從以上引述的資料可看出，扇子在古代的作用，除了搧涼的實用性之外，尚有代表權威、身分的儀式作用。

《西京雜記》卷一記載，趙飛燕封為后，其妹趙成德贈送諸多禮物為賀，其中扇子就有雲母扇、孔雀扇、翠羽扇、九華扇、五明扇、回風扇等，[17]種類之多，材質之珍貴，可見其宮廷生活之奢華，但也可見扇子在當時，已不再只是具有實用價值的搧風取涼的器物，而成了貴族的珍器玩物。

---

[15] 鄭豔娥〈戰國秦漢墓葬及漢代磚石畫像所見古扇〉，《南方文物》，（2000 第 2 期）。

[16] 以上徵引關於「扇」的文獻資料，均見《初學記‧卷二十五、扇第七》，（北京：中華書局，2002‧04），頁 604。

[17] 《西京雜記》，（台北：地球出版社，1994‧09），頁 51。

　　扇子，有時也是某種身分、階級或精神的表徵。三國魏晉時代，士子文人常以「羽扇綸巾」之裝束，表現出風流儒雅精神。手持羽扇，風流儒雅之形象最鮮明者，莫過於才智過人的孔明及周瑜。

　　因為夏熱見用，秋涼見藏這樣的特性，扇子常常予人「用事潛處、由榮及辱」等命運變遷的聯想。文學作品中，寫扇寫得意象最鮮明強烈者，非班婕妤之〈怨歌行〉莫屬。〈怨歌行〉一出，所有和扇最直接的聯想，就是秋扇見捐的宮怨及女子見棄的哀情。因班婕妤〈怨歌行〉而形成的秋扇見捐之宮怨主題，或多或少也影響了扇意象在賦體文學中所呈現的戀君情結。[18]班固乃班婕妤的姪孫，其〈竹扇賦〉言：「削為扇翣成器美，托御君王供時有。」體現了臣子對君王信任重用的願望。扇子的期待，是能為君王所用，而若不受重用，自然就形成了「士不遇」的哀嘆了。晉朝傅咸〈扇賦〉：「秋日淒淒，白露為霜。體斂然以思暖，御輕裘于溫房。猥棄我其若遺，去玉手而潛藏。君背故而向新，非余身之無良。哀勞徒而靡報，獨懷怨于一方。」這樣「背故向新」的哀嘆，承〈怨歌行〉之一脈而來。

（二）〈團扇賦〉內容分析

　　兩漢咏扇之賦作，除班固〈竹扇賦〉之外，皆未能完整的保存，傅毅、張衡之〈扇賦〉及蔡邕〈團扇賦〉，皆為殘篇，今人無法見其全貌，實屬可惜。但以現存殘句看來，傅、張、蔡三人之詠扇賦，皆為單純詠物，無深刻寄託之意。〈團扇賦〉今存 8 句，全以四言之詩體賦而寫：

---

[18] 參見侯立兵《漢魏六朝賦多維研究》，（北京：人民出版社，2007‧09），頁 361。

　　裁帛制扇，陳象應矩。輕微妙好，其輶如羽。動角揚微，清
風逐暑。春夏用事。秋冬潛處。

八句賦文，寫扇之製作、形質、作用、特色。

　　「裁帛制扇，陳象應矩」，以言團扇以絹帛裁製而成，形貌合
於規矩。關於扇子之製作，傅毅〈扇賦〉說：「纖竹郭素，或規或
矩」。張衡〈扇賦〉則言：「寙茲竹以成扇，乃畫象而造儀，惟規上
而矩下」。三人提及或「帛」或「竹」之製扇材質，均一致強調製
作之規矩，似乎可見漢人的深厚的禮制觀。「輕微妙好」四個形容
詞，用以言團扇「其輕如羽」的形質。「動角揚微，清風逐暑」乃
言團扇之作用，傅毅〈扇賦〉曰：「搖輕箑以致涼」，班固〈竹扇賦〉
則云：「來風辟暑致清涼，安體定神達消息」。「春夏用事，秋冬潛
藏」二句，雖是客觀之敘述語，但仍令人立即聯想起班婕妤〈怨歌
行〉之語，「出入君懷袖，動搖隨風發。常恐秋節至，涼飆奪炎熱。
棄捐篋笥中，恩情中道絕。」所不同者，蔡邕〈團扇賦〉乃客觀敘
述，不帶個人主觀感情，而〈怨歌行〉以扇擬人，將個人感懷移情
於團扇而此發喟嘆。

　　蔡邕寫〈團扇賦〉之後，徐幹亦有〈團扇賦〉[19]之作，而曹植
作〈九華扇賦〉，晉·陸機、傅咸作〈羽扇賦〉、張載作〈扇賦〉等。

第三節　〈霖雨賦〉與〈傷故栗賦〉

　　不同於〈蟬賦〉、〈團扇賦〉之單純詠物，〈霖雨賦〉與〈傷故
栗賦〉乃為詠物抒懷之作。

---

[19]　《北堂書鈔》題作〈圓扇賦〉。

一、〈霖雨賦〉內容分析

　　《爾雅》曰：「久雨謂之霪，霪謂之霖。」〈霖雨賦〉今只存六句，但我們可從〈述行賦〉及其序推測出，〈霖雨賦〉應是蔡邕在此次應詔赴京師洛陽途中所寫。〈述行賦〉序云：「延熹二年秋，霖雨逾月……心憤此事，遂托所過，述而成賦。」其賦首四句言：「余有行於京洛兮，遭淫雨之經時，塗迤邐其蹇連兮，潦汙滯而為災。」再看〈霖雨賦〉如何抒寫：

> 夫何季秋之淫雨兮，既彌日而成霖。瞻玄雲之晻晻兮，聽長雷之淋淋。中宵夜而歎息，起飾帶而撫琴。

季秋時節，霖雨不止，泥途迤邐，潦汙為災，此時蔡邕心中怨憤地應命至京師鼓琴，想五侯擅權，生靈塗炭，蔡邕此行憤鬱之情，可想而知。

　　霖雨泥途，行路受阻，行役者只好「佇淹留以侯霽」，此時的蔡邕「感憂心之殷殷，並日夜而遙思兮，宵不寐以極晨。」[20]憂心而無法成眠，遂「瞻玄雲之晻晻兮，聽長雷之淋淋。中宵夜而歎息，起飾帶而撫琴」。今所見的〈霖雨賦〉在此即倏然而止，後人遂也無法得知蔡邕如何賦寫霖雨，但依循〈述行賦〉之線索推測，其寫〈霖雨賦〉時的憂心殷殷，一方面是來於自然氣象造成的霖雨不止，另一方面，更是當前社會及政治局勢的昏暗，所以說，〈霖雨賦〉是詠物以抒懷之作。

---

[20] 語見〈述行賦〉。

蔡邕寫〈霖雨賦〉之後，王粲、應瑒、曹丕、曹植四人，均有〈愁霖賦〉。由此又再度證明，蔡邕賦作所選之題材對建安賦壇創作的影響。

二、〈傷故栗賦〉外緣與內容分析

植物常因其外形及用途，在文化或文學中，形成某種意義或象徵。例如梅之凌霜傲骨、竹之虛心有節、菊之隱逸芳潔、蓮之出泥不染。植物一直是文學比興意象的重要元素，文學作品若捨植物意象而不論，則〈國風〉、《楚辭》可能就要風騷盡失，興味全無。

栗樹材質精良，栗實甜美可實，古代常栽於庭園。栗樹沒有受到太多的文人雅士的詠頌，因此在文學上也沒有形成特定的象徵，但從《詩經》時代，就可看見關於「栗」的栽種。栗在《詩經》中出現五次，[21]其中，在〈鄭風·東門之墠〉與〈鄘風·定之方中〉二處，皆是言栗樹植之於家室前之庭園。〈鄭風·東門之墠〉：「東門之栗，有踐家室。」言東門之栗樹，生長於家室排列成行之庭園前；〈鄘風·定之方中〉：「定之方中，作于楚宮。揆之以日，作於楚宮。樹之榛栗，椅桐梓漆，爰伐琴瑟。」此云定星方中，乃指周朝的正月，此時建造楚宗廟，樹皐木以度東西南北四方，復又營造居室，種植榛栗、椅桐梓漆，椅桐梓漆四木材質精良，待其長大可伐以製琴。

從以上所引之二則〈國風〉發現，二者則言栗樹之種植於庭園，雖然是直寫，並無特殊涵義，但卻彷彿也隱然將「栗樹」與「家園」

---

[21] 此四處為：〈鄘風·定之方中〉、〈鄭風·東門之墠〉、〈唐風·山有樞〉、〈秦風·車鄰〉、〈小雅·四月〉。

作了某種聯結。《論語・八佾》:「哀公問社於宰我。宰我對曰:『夏后氏以松,殷人以柏,周人以栗。』」《論語正義》云:「凡建邦立國必立社也。夏都安邑宜松,殷都亳宜柏,周都豐鎬宜栗,是各以其土所宜木也。」[22]社即土神,古時立社,各樹其土之所宜木以為主也,周朝立社,則樹以栗木。栗,植於庭園、周用以立社、社代表家國,總此關聯,種植栗樹似乎隱隱然有宗廟、家園之意象。

「人有折蔡氏祠前栗者,故作斯賦。」此是〈傷故栗賦〉之序,清楚說明作賦緣由。蔡邕家祠前之栗樹,受禍賊摧折,蔡邕感於此猗猗嘉樹卻遭災禍,故作此賦:

> 樹遐方之嘉木兮,于靈宇之前庭。通二門以征行兮,夾塏除而列生。彌霜雪之不凋兮,當春夏而滋榮。因本心誕節兮,挺青藜[23]之綠英。形猗猗以艷茂兮,似碧玉之清明。何根莖之豐美兮,將蕃熾以悠長。適禍賊之災人兮,嗟夭折以摧傷。

今見之〈傷故栗賦〉有十四句,可分為三部分,前四句敘述栗樹之種植處,之後八句描寫與歌頌栗樹之形質之美,末二句嗟嘆栗樹之遭禍賊而夭折。

蔡邕生逢桓靈衰世,桓、靈兩帝時,發生兩次黨錮之禍,第一次在漢桓帝延熹九年(166),桓帝指李膺等二百多人為黨人,下獄治罪。第二次在漢靈帝建寧元年(168),靈帝殺名士、范滂等一百多人,禁錮六百多人,逮捕太學生千餘人。蔡邕雖然不是黨人,但敬佩黨人之節操,蔡邕鄙視宦官而不與之妥協,也因此受到宦官程璜等人的迫害,之後亡命吳會十二年。「適禍賊之災人兮,嗟夭折以摧傷。」春夏滋榮,霜雪不凋的栗樹,原應根莖豐美,蕃熾悠長,

---

22　《十三經注疏・論語》,(台北:藝文印書館,1985・12),頁30。

23　「挺青藜」三字《蔡中郎集》作「凝育藜」,《初學記》作「挺青藜」,此依《初學記》。

一旦遭禍賊之摧傷而夭折，怎能不令人睹之傷悲。植於祖祠前的栗
樹被摧毀，豈不也意味家園受毀嗎？依〈傷故栗賦〉序言推測，蔡
邕寫此篇，很可能是在亡命吳會而返鄉後，見祖祠前庭成行的栗樹
遭毀，感嘆樹與人同遭禍賊之害，而詠物抒懷，蔡邕此悲傷，正如
東山之悲。

第四節　〈短人賦〉

　　身為經學家的蔡邕，曾大力反對「有類俳優」的鴻都門學「群
小」之作，並批評其「喜陳方俗閭里小事」，「連偶俗語」，但耐人
尋味的是，他仍創作了一篇連偶俗語的〈短人賦〉。〈短人賦〉是繼
王褒〈僮約〉、〈責髯奴辭〉之後，詼諧調笑的俗賦。現將兩漢詼諧
調笑的俗賦作一概述。

一、兩漢詼諧調笑俗賦概述

　　先秦時，宮廷中常見有俳優、侏儒，他們誦說俳詞以取悅或諷
諫君主。《文心雕龍・諧讔》：「昔齊威酣樂，而淳于說甘酒；楚襄
宴集，而宋玉賦〈好色〉，意在微諷，有足觀者。及優旃之諷漆城，
優孟之諫葬馬，並譎辭飾說，抑止昏暴。是以子長編史，列傳〈滑
稽〉，以其辭雖傾回，意歸於正也。」[24]西漢善說詼諧諷辭的代表
人物，為枚皋、東方朔及王褒。枚皋及東方朔詼諧調笑之俗賦，今

---

[24]　《文心雕龍注釋》，（台北：里仁書局，1998・09），頁 275。

已佚失不見載錄，而王褒則有〈僮約〉、〈責鬚髯奴辭〉傳世。費振剛編《全漢賦》雖未收〈僮約〉、〈責鬚髯奴辭〉，但兩篇所採主客問答及鋪排的方式，與賦之體製一致，故確為辭賦。〈僮約〉、〈責鬚髯奴辭〉均收入《初學記》及《古文苑》，但《古文苑》以〈責鬚髯奴辭〉為黃香所作。《古文苑》所收之文章往往令人質疑其著作權，《初學記》顯得較可信，故多數學者仍認為〈責鬚髯奴辭〉為王褒所作。

〈僮約〉鋪敘一個前倨後恭的家奴，名曰便了，某日主人王子泉令其酤酒，便了不聽命，謂主人並未在賣身契明言其須行酤酒之役，若要差遣任何工作，必須載明於契約，否則就不從命。主人聞便了此言，遂將需要便了工作之內容一一詳列於契約上。便了「讀契文遍訖，詞窮咋索，仡仡叩頭，兩手自搏，目淚下落，鼻涕一尺。」直說：「當如王大夫言，不如早歸黃土陌，蚯蚓鑽額。早知當爾，為王大夫酤酒，不敢作惡。」〈僮約〉鋪張陳寫契約內容，極盡誇張，詼諧戲謔，是此篇最精采處，後世賦作確實少見。李兆洛《駢體文鈔》認為〈僮約〉：「不能有二，後世亦未見有仿寫之者。」〈責鬚髯奴辭〉有明顯的娛樂諧趣，作者首先描狀形態翩翩的美髯，「離離若緣坡之竹，鬱鬱若春田之苗」，且「相如以之都雅，顓孫以之堂堂」，然而此奴之鬚髯，「既亂且赭，枯槁禿瘁」，又「無素顏可依，無豐頤可怙」，最後更說其鬚髯「曾不如羊之毛尾，狐狸之毫氂，為子鬚者，不亦難哉。」全篇在奴僕的鬚髯上做文章，立意諧謔，讀之立見。

東漢靈帝喜好文藝，立鴻都門學，當時諸多出身卑微而通文藝者，以「蟲篆小技，見寵於時」。鴻都門學的作品，可能因為「連偶俗語，有類俳優」，藝術價值不高，所以幾乎沒有流傳下來，但當時極力反對設立鴻都門學的蔡邕，卻有連偶俗語的〈短人賦〉傳世。〈短人賦〉鋪寫一修養極差的侏儒短人，全篇用二十個物象以

譬喻短人，雖然短人「嘖嘖怒語，與人相距」，著實令人討厭，全篇逕以鳥獸器物譬比短人，文辭已顯得苛薄。[25]但吾人懷疑，蔡邕此賦是「以其人之道，還治其人」的故意之作，蔡邕藉著嘲笑「眾人患忌，難以為侶」的侏儒短人，而用以諷刺品行不端的鴻都門群小；又或者可謂此為「以俗反俗」之作。當然這些都只是「讀者何必不然」的一種推測，若將其置於文學發展史上而言之，或可由此證明漢末俗文學的流行，已不僅止於樂府民歌，連以往予人以貴族廟堂文學印象的漢賦，也有大量的俗賦出現，甚至連蔡邕這樣的雍容風雅的士人都有戲謔調笑的俗賦作品，俗文學的風行可想而知了。

二、〈短人賦〉內容分析

〈短人賦〉是篇嘲笑侏儒短人之作，正文前有一篇四言短序，以云其寫作緣由：

> 侏儒短人，僬僥之後。出自外域，戎狄別種。去俗歸義，慕化企踵。遂在中國，形貌有部。名之侏儒，生則象父。唯有晏子，在齊辨勇，匡景拒崔，加刃不恐。其餘尫幺，劣厥僂婁，嘖嘖怒語，與人相距。矇眛嗜酒，喜索罰舉。醉則揚聲，罵詈恣口。眾人患忌，難與並侶。是以陳賦，引譬比偶。皆得形象，誠如所語。

25　龔克昌《全漢賦評注》：「對短人極盡嘲笑、醜化、侮辱、謾罵的能事。」「作為一個東漢的大學問家、經學家，寫出如此卑下的賦作，真令人驚異。這可能與中原人的優越有關。與自己受過很好的教育有關。此賦讀來詰屈聱牙，令人厭煩。」（石家莊：花山文藝出版社，2003‧12），頁841。

「〈短人賦〉一序，四言為有韻，絕似小賦。」清‧浦銑在《賦小齋賦話》之言，明白指出〈短人賦〉序言體製及特色。

侏儒即身材短小的人。《韓非子‧八奸》：「優笑侏儒，左右近習，此人主未命而唯唯，未使而諾諾，先意承旨，觀貌察色，以先主心者也。」[26]歷來對侏儒評價大抵如此，都認為此等人無獨立人格，只知奉承取悅，於國政無益。史傳尚有關於侏儒國的記載，《後漢書‧東夷列傳》：云「自女王國南千餘里至侏儒國，人長三、四尺。」[27]侏儒國中之人，只有三、四尺而已，但相較於傳說中的「僬僥國」人，三、四尺應還不算最矮。《列子‧湯問》：「從中州以東三十萬里，得僬僥國，人長一尺六寸。」這裡的僬僥短人，可只有一尺六寸，而《孔子家語》及《山海經》，也都有關於僬僥國的記載，《孔子家語》曰：「僬僥氏，長三尺，短之至也。」《山海經》云：「周饒國，為人短小，著冠帶，一曰僬僥國。」[28]

「出自外域，戎狄別種。去俗歸義，慕化企踵。遂在中國，形貌有部」，此表現出中原民族之優越感。這種民族的優越感，在古代是很普遍的心理，繁欽即有〈三胡賦〉，嘲笑「莎車之胡」、「康居之胡」、「罽賓之胡」三個少數民族人們的長相。

晏子乃春秋時有名的賢大夫，歷仕靈公、莊公、景公三朝，其人身材短小，但善辯而勇敢。當崔杼弒莊公立景公後，令諸將軍、大夫等宣誓效忠，但晏子嚴辭拒絕，此即蔡邕所謂：「唯有晏子，在齊辨勇，匡景拒崔，加刃不恐。」事實上身材短小之有德有能的人，在歷史上所見多有。《荀子‧非相》：「帝舜短……周公短……

[26] 韓非著、王先慎撰《韓非子集釋》，（北京：中華書局，2007‧10），頁54。
[27] 《新校後漢書注‧東夷列傳》，（台北：世界書局，1972‧09），頁2822。
[28] 以上徵引關於「短人」之文獻，均見於《太平御覽‧卷三十八、人事部第一九，短絕域人》，（台北：大化書局，1997‧05），頁1745。

子弓短……葉公子高，微小短瘠。」[29]帝舜、周公、孔子之弟子仲弓、楚大夫葉公，皆身材短小。《漢書》中尚有諸多關於身材短小而賢能者的記載，[30]凡此總總，皆足以說明身材短小與才德根本沒有任何關聯，故荀子據此言「非相」，申明不能以身材形貌而取人。蔡邕在序言明白指出侏儒短人何以令人患忌，短人「嘖嘖怒語，與人相距，矇眛嗜酒，喜索罰舉，醉則揚聲，罵詈恣口」，完全是一副不知禮儀的行止，所以受人鄙視，也因為如此，一代儒者蔡邕，才「引譬比偶」的寫下了這篇嘲笑侏儒的〈短人賦〉。

> 雄荊雞兮鶩鷺鵜，鵾鳩雛兮鶉鷃雌。冠戴勝兮啄木兒，觀短
> 人兮形若斯。巴巔馬兮枰下狗，[31]熱地蝗兮蘆即且，繭中蛹
> 兮蠶蠕須，視短人兮形若斯。木門閫兮梁上柱，敝鑿頭兮
> 斷柯斧，鞞鞄鼓兮補履樸兮，脫椎枘兮擣衣杵，視短人兮
> 形如許。

此篇寫作技巧單一，全篇只用誇張之比喻，一用到底。

賦中用了二十個物象以比喻短人，這二十個物象分為四類，一是鳥獸，二是昆蟲，三是短木，四是器物。禽鳥有：雄荊雞、鶩鷺鵜、雛鵾鳩、雌鶉鷃、戴勝鳥、啄木鳥，走獸有巴巔馬、枰下狗。昆蟲包括：熱地蝗、蘆蜈蚣（即且）、繭中蛹、蠶蠕須。所謂的短木，包括木門閫、梁上柱、敝鑿頭、斷柯斧、脫椎枘、擣衣杵。器物則如鞞鞄鼓、補履樸。全篇只一個喻體，即侏儒短人，二十個上述的喻依，共同點乃「皆是短小之物」，再加上複杳運用的「觀（視）

---

[29] 《荀子新注》，（台北：里仁出版社，1983·11），頁 60-61。
[30] 《漢書》：「嚴延年為人短小精幹，敏於政事。」又：「樓護為人短小，精辯論議，常依名節，與谷永俱為五侯上客。」「郭解為人短小恭儉，諸公以此重之。」
[31] 《蔡中郎集》脫此句，嚴可均據《初學記·卷十九》「蔡賦巴馬」條補至此處。

短人兮形若斯（形如許）」者三，構成了這一篇諧俗短賦。從中也可看出俗賦用以「賦誦」的特性。

小結

歸納蔡邕辭賦的詠物書寫，其特色有二：一是題材眾多，影響建安賦之取材，二是多用騷體以抒悲懷。

蔡邕十首詠物小賦，題材多元，其中有寫漢水的〈漢津賦〉，有寫自然天象的〈霖雨賦〉，有寫人的〈青衣賦〉、〈瞽師賦〉、〈短人賦〉，有體現書法理論及天人思想的〈筆賦〉、〈彈棋賦〉，有寫隨身小物的〈扇賦〉，有寫鳴蟲的〈蟬賦〉，有寫植物的〈傷故栗賦〉。蔡邕詠物小賦題材之廣，為兩漢第一。而蔡邕詠物辭賦在題材的開拓，直接影響了建安文人辭賦題材的選擇。建安文人與蔡邕詠物賦同題或類似主題的賦作，所見多有，如〈霖雨賦〉寫霖雨為蔡邕首創，應瑒、王粲、曹丕、曹植則皆作〈愁霖賦〉；蔡邕首作〈彈棋賦〉，王粲、曹丕、丁廙亦皆有〈彈棋賦〉。此外，曹植有〈鶺雀賦〉、〈蝙蝠賦〉兩篇俗賦，極有可能亦受到蔡邕作〈短人賦〉的影響。

蔡邕詠物小賦的另一特色，是多用騷體以抒懷。用騷體句式詠物抒懷，是東漢末年辭賦的風氣及特色，雖不是蔡邕獨擅，但因蔡邕詠物小賦最多，故最能以一家而見此風氣及特色，其十篇詠物小賦，純用騷體句式有五，[32]〈蟬賦〉則為六言句式（類騷體）；四、六言句式則有〈筆賦〉、〈彈棋賦〉；用四言詩體有三。[33]若以本章所討論之五篇詠物小賦而言，純用騷體句式有〈霖雨賦〉、〈傷故栗賦〉、〈短人賦〉；六言（類騷體）為〈蟬賦〉一篇，四言詩體為〈團

---

[32] 騷體賦七篇為：〈漢津賦〉、〈霖雨賦〉、〈瞽師賦〉、〈短人賦〉、〈傷故栗賦〉。
[33] 四言詩體賦三篇為：〈青衣賦〉、〈彈棋賦〉、〈扇賦〉。

扇賦〉一篇。此統計結果與第一節所列之「東漢詠物小賦句式統計表」的比例，能對照地看出東漢詠物小賦的句式確實以騷體較多。

　　綜合上述，我們可說，蔡邕辭賦的詠物書寫，最能具體而微的彰顯出東漢詠物賦與西漢之不同，並且其對建安辭賦之取材影響又最為明顯。

第七章　蔡邕的辭賦觀

　　蔡邕對辭賦的看法，形諸於文字，主要出於對漢靈帝設立「鴻都門學」的反對一事上，留下的文獻，即載於《後漢書》本傳中的〈上封事陳政要七事〉。蔡邕在其封事曰：「夫書畫辭賦，才之小者，匡國理政，未有其能。」後人據此常謂蔡邕之辭賦觀乃承揚雄「童子雕蟲篆刻，壯夫不為」一脈，為「否定漢賦價值」之論。但一切思想的發生，大抵皆從解決問題而來，揚雄及蔡邕的辭賦觀，因其面對的問題核心不同，其實也有分別，並非完全一致。

　　漢靈帝一如武帝、宣帝一樣，是愛好辭賦的帝王，但武、宣盛世，靈帝自無法企及。武帝雖好大喜功，在政治上仍是英主，靈帝則沒有絲毫可誇的功業，徒只展現出衰世帝王之荒唐行止，因此，當靈帝提倡「鴻都門學」文藝，大力拔擢一群善文藝卻趨勢無行的「斗筲小人」時，就遭受到諸多大臣的勸諫及反對。蔡邕謂「夫書畫辭賦，才之小者，匡國理政，未有其能」之語，完全就是針對此而發。故要瞭解蔡邕的辭賦觀，除了必須先瞭解蔡邕之前的各辭賦觀，尚必須對「鴻都門學」設立始末及其影響有全面的掌握，方能從「根源」處理解蔡邕何以反對鴻都門學之設置。最後，蔡邕辭賦創作所體現的精神，更是其辭賦觀的具體實現，在探究蔡邕辭賦觀時，是不可忽視不論的。

第一節　兩漢辭賦觀概述

　　兩漢辭賦觀，大致皆從儒家「功利的文藝觀」而來。所謂「功利」乃指在政治及倫理層面的功能，換句話說，就是孔子詩教中的「興觀群怨」、「事父、事君」的功能。環繞於此的兩漢辭賦觀，是強調辭賦的諷諫及頌美功能。賦家創作麗則或麗淫的辭賦，諷諫天子舉措以及歌頌大漢一統天下的盛世景象，因此受到帝王深深的喜愛，但賦家卻又無法因為創作辭賦而獲得施展政治抱負的機會，於是，在施展抱負無門，以及不甘於自身政治地位輕微的情況下，賦家故而有否定辭賦價值以及自身地位之言論。枚皋自言「為賦乃俳，見視如倡」，及揚雄謂辭賦「童子雕蟲篆刻，壯夫不為」，皆源於此而生。本節即從這四方面，概略敘述兩漢辭賦觀。

一、進呈忠言的諷諫功能

　　漢人說詩，主要以「美」、「刺」言之，漢人言賦，也以美、刺繩之；所謂美，即頌美，所謂刺，即諷諫。無論頌美或諷諫，「美、刺」的詩教，一直影響著先秦以後的文藝，「興觀群怨」的政教功能，也向來被視為文藝創作時的指導原則，以及評價文藝作品的標準。傳統儒生一向服膺於政教合一的文藝觀，認為文藝必須有益於政治修身，始為有價值。漢人在評價漢賦時，大致仍依循此傳統觀念。

　　司馬遷在《史記》中，對漢賦有極為精要的評論，司馬遷不僅批評漢賦的「虛辭濫說」，更強調肯定的是，漢賦所具的諷諫功能。〈司馬相如列傳〉言相如之〈天子游獵賦〉：「其卒章歸之於節儉，

因以風諫。」又曰：「相如雖多虛辭濫說，然其要歸引之節儉，此與詩之風諫何異？」司馬遷是肯定相如〈天子游獵賦〉所彰顯之諷諫精神的。〈太史公自序〉又云：「〈子虛〉之事，〈大人〉賦說，靡麗多夸，然其風諫，歸於無為。」自司馬遷始，漢代評論漢賦者，皆以諷諫為圭臬地批評及要求漢賦創作，於此，對漢賦的評論遂始終處於經學的籠罩，一直未有獨立於儒家功利的文藝觀出現。揚雄、劉歆、王充等人批評漢賦「勸而不止」、「沒其諷諭之義」，乃達不到諷諫作用，而劉歆、班固認為，漢賦「抒下情而通諷諭，或以宣上德而盡忠孝，雍容揄揚，著於後嗣，抑雅頌之亞也。」雖然他們對賦的褒貶不一，言論各異，但他們所用以檢視漢賦的標準卻是一致的，即「是否具有進呈忠言的諷諫功能」！[1]

　　揚雄在精心模擬司馬相如的賦作時，也將諷諫精神發揮於賦作，其四大名賦，無一不是對帝王的苦心諷諫。〈甘泉賦〉立意在勸成帝勿如夏桀、商紂建築琁室、傾宮；〈羽獵賦〉是藉批判漢武帝廣開上林苑而「奪民」，而諫成帝不該沈迷田獵；〈河東賦〉是為了鼓勵成帝將追慕先聖的念頭付諸行動；〈長楊賦〉大力鋪張描繪天子羽獵過程，其實是顯示其荒淫，文中虛構的子墨客卿指責成帝擾民，這其實才是揚雄內心的想法與寫作動機。

　　《漢書‧揚雄傳》載：「雄以為賦者，將以風也，必推類而言，極麗靡之辭，閎侈鉅衍，競於使人不能加也，既乃歸之於正，然覽者以過矣。往時武帝好神仙，相如上〈大人賦〉欲以風，帝反縹縹有凌雲之志。由是言之，賦勸而不止，明矣。」[2]揚雄《法言》：「或曰：『賦可以乎？』曰：『諷乎！則已；不已，吾恐不免於勸也。』」[3]臣子作賦本為諷諫帝王戒奢崇儉，但反因華麗閎侈的文辭，壯闊場

---

[1]　參見踪凡《漢賦研究史論》，（北京：北京大學出版社，2007‧05），頁75。
[2]　《新校漢書集注》，（台北：世界書局，1972‧03），頁3575。
[3]　揚雄著、韓敬注《法言注》，（北京：中華書局，1992‧12），頁25。

面的鋪寫，而成了勸誘帝王奢侈的媒介，此是揚雄觀察現實及其自
身經歷的深刻體認。例如，其寫〈甘泉賦〉之「屏玉女而卻宓妃」，
本為諷諫成帝，但成帝未悟其諫，仍寵信趙昭儀；其又不滿於賦家
長期以來的政治地位不高，「又頗似俳優淳于髡、優孟之徒，非法
度所存，賢人君子詩賦之正也，於是輟不復為。」[4]揚雄名言，稱
賦為「童子雕蟲篆刻」，「壯夫不為」，即是在此情況下而發。揚雄
起初是抱著極大的熱情創作辭賦，是想盡人臣為文諷諫之職，日後
卻因看出漢賦諷諫帝王的功能，實無可能達到，又「恐不免於勸」，
遂對漢賦大力批判，並且不再作賦。揚雄「童子雕蟲篆刻，壯夫不
為」的否定辭賦之論，完全是出自於──「作賦而欲諷諫之不可能」
的反省。揚雄作賦，乃為諷諫帝王，揚雄罷賦，乃因諷諫帝王之不
可實現，是故可謂揚雄作賦、罷賦皆因「諷諫」。

二、潤色鴻業的頌美功能

　　前文將辭賦的諷諫目的及功能大致說明，現則說明漢賦的頌美
目的及功能。班固〈兩都賦·序〉：「或曰：『賦者，古詩者流也。』……
或以抒下情而通諷諭，或以宣上德而盡忠孝，雍容揄揚，著於後嗣，
抑亦雅頌之亞也。」[5]班固在此，同時肯定辭賦的諷刺及頌美的功
能，其所言的「抒下情而通諷諭」是指漢賦的諷諫功能；「宣上德
而盡忠孝」，即是指辭賦頌美的功能。班固謂漢賦為「雅頌之亞」，
從儒家經學傳統大力地肯定漢賦的價值及確立其地位。班固是漢代
儒家正統思想的史學家及文學家，其撰寫《漢書》典重華贍且維護

4　語見《漢書·揚雄傳》，同注 251。
5　《增補六臣註文選》，(台北：華正書局，1980·09)，頁 21-22。

正統的風格立場，明顯與司馬遷寫《史記》的雄深雅健且批判統治者不同，由此處或可看出，班固對顯揚大漢天威強盛國勢的漢賦會如何評價。班固生在政治清明、社會安定的東漢初年，出身世家大族，有淵遠正統的家學，深受儒家學說影響，但因其出身及際遇的順遂，再加上社會相對穩定，使得他只看到了社會安定、經濟繁榮、文化興盛的表面現象，導致漢賦批判政治、反映現實的功能，受其或有意或無心地忽略了。

三、娛樂審美的價值

西漢帝王及諸侯王，多愛辭賦，武帝、宣帝、吳王、梁孝王、淮南王均有文學侍從之臣，帝王對辭賦的愛好，也促使了辭賦創作的興盛。司馬相如寫〈天子游獵賦〉，受到武帝的喜愛，也因此受封為郎。漢武帝是個好大喜功的帝王，之所以喜歡相如所寫的游獵賦，當然不可能是因為其結尾「引之節儉」的諷諫，他所欣賞的，自是游獵大賦所呈現的壯闊場面，磅礴氣勢，鋪張描寫以及華贍文辭。漢武帝實際上純粹是以聲色娛樂的審美觀點，看待臣子們所獻的大賦。兩漢皆同，臣子們作賦的用意很可能是在諷諫，但帝王們卻大都將其作為娛樂以享受其文辭之美，此即揚雄、王充所指陳「欲諷反勸」的原因。

宣帝也是個愛好辭賦的帝王，《漢書‧王褒傳》：「議者多以為淫靡不急。上曰：『不有博奕者乎？為之猶賢乎已！辭賦大者與古詩同義，小者辨麗可喜。譬如女工有綺縠，音樂有鄭衛，今世俗猶皆以此虞耳目，辭賦比之，尚有仁義諷諭，鳥獸草木多聞之觀，賢於倡優博奕遠矣。』」[6]宣帝在此，除了提出辭賦的諷諭教化功能、

---

[6] 《新校漢書集注》，（台北：世界書局，1972‧03），頁2829。

多識鳥獸草木的博識功能，但更重要的是，他明確地肯定辭賦娛樂
審美的功能。辭賦文字華美，音韻和諧，又常以誇張虛構鋪寫各樣
事物，尚奇尚麗的文體特色，具有極大的藝術感染力，宣帝雖認為
「辭賦大者與古詩同義」，其實更在意的，是辨麗可喜、悅人耳目
的辭賦。不可諱言的，宣帝對辭賦如此的評價，其實才真正的超越
了儒家功利的文藝觀，而將辭賦的價值，定位在其自身的藝術審美
上。宣帝這段對漢賦評議的言論，以藝術審美的立場而言，不啻是
大膽進步的，他敢於肯定漢文帝曾壓抑的綺縠之美而言其不害女
功，他敢於肯定孔子欲排除的鄭衛之聲的優美動人，在唯經學思想
是從的大漢之世，這是極大膽極具挑戰儒家權威的一種漢賦觀。

四、漢代賦家政治地位及其自我評價

　　漢代帝王純以欣賞者的立場去鑑賞辭賦，故西漢帝王之辭賦賞
鑑眼光其實不弱，甚至能超越傳統文人的觀念，將辭賦獨立於政治
功能而加以藝術地評賞，武帝、宣帝對辭賦之評論，即是明證。相
對於帝王欣賞辭賦的立場，賦家在創作同時，也對辭賦以及賦家自
我價值加以評價，自然無法超脫如帝王般純以審美角度評論，更重
要的是，長期受儒家經學濡染的辭賦作家，其根深柢固的建業立
功、經世致用的思想，自不可能輕易動搖改易。賦家在因創作辭賦
而受帝王賞識加以任官後，想的當然不只是如何創作潤色鴻業的辭
賦，而是如何能實踐其長久以來的政治抱負，但辭賦作家這樣的想
法，卻一直被帝王忽略，他們大都只被帝王以專業藝人看待，所以
辭賦作家才會有「自悔類倡」的慨嘆與反省。

　　漢代辭賦家的地位不高，是不爭的事實。枚皋、東方朔與司馬
相如皆是寫賦能手，但皋、朔二人都「見視如倡」，帝王只把他們

視為倡優，將漢賦當作消遣娛樂的事物，並不重視他們，司馬相如、枚皋、東方朔是如此，揚雄也是如此。

《漢書‧嚴助傳》：「相如常稱疾避事，朔、皋不根持論，上頗俳優蓄之。」司馬相如在政治上未受武帝重用之後，就常藉口生病而不上朝，其實是表明心跡，不想再做一個只是應命作賦「幫閑」的人。司馬相如晚年，自寫〈封禪文〉，其實是要向武帝證明其也有參與軍國大事的能力，因為相如不甘其建業立功之初衷受忽視；不甘其籌謀理政的能力受到壓抑。武帝心中始終明白：善於作賦是一回事，治理政事又是一回事，所以沒有重用這一群辭賦作家。

枚皋是個「不通經術，詼笑類俳倡，為賦頌，好嫚戲」的文人，枚皋賦「凡可讀者百二十篇，其尤嫚戲不可讀者尚數十篇」。他與東方朔常被人並而提及，二人皆是言語詼諧的賦家。班固寫《漢書‧枚皋傳》時，將枚皋、司馬相如、東方朔作一比較，認為枚皋「為文疾，受詔輒成，故所賦者多。司馬相如善為文而遲，故所作少而善於皋」，又認為枚皋為賦善於東方朔。班固又曰：「皋賦辭中自言為賦不如相如，又言為賦乃俳，見視如倡，自悔類倡也。故其有詆娸東方朔，又自詆娸。」[7]東方朔則有〈答客難〉而創「設論」之賦體，其創作目的主要是抒發空有才學抱負而未受重用的牢騷。從以上所述，可明顯的看出，即便是言語詼諧、立身不如儒生嚴謹的枚皋、東方朔，也都不滿其未受帝王重視而地位如倡的狀況，在這樣的情況下，賦家會看重自己的身分及看重辭賦，自當是不可能。

揚雄以奏賦知名，「除為郎，給事黃門，與王莽、劉歆並。哀帝之初，又與董賢同官。」[8]後來王莽、董賢皆位列三公，權重一時，但博學通儒又擅長作賦的揚雄，卻「家產不過十金，代無儋石

7　《新校漢書集注》，（台北：世界書局，1972‧03），頁2397。
8　《新校漢書集注》，（台北：世界書局，1972‧03），頁3583。

之儲」。揚雄起初是抱著極大的熱情創作辭賦的，但寫賦既不能達到政治諷諫的目的，又不能參與國政有所作為，尚且連換取富貴都不可能，如此，揚雄晚年遂將心力付諸撰寫思想著作上，對早先所寫的辭賦予以否定，遂有「童子雕蟲篆刻，壯夫不為」深刻悔悟的名言。揚雄晚年對於辭賦價值及賦家地位的否定，源自於其經世濟民的政治抱負之失落，其並非從一開始就否定辭賦，這一點是必須要釐清的。

第二節　漢靈帝與鴻都門學

　　帝王雅愛文藝，本是美事，如漢武帝之賦〈秋風辭〉、〈悼李夫人賦〉；魏文帝之樂府詩歌清綺，又有文學史上首篇文學批評專文〈典論·論文〉；唐玄宗之好詩文，善音律，製〈霓裳羽衣曲〉，此皆令人津津樂道。但帝王首先須將治理天下擺在第一要務，政治清明後而談文藝，才能是真風雅，若無治國之才，徒善文藝，令國政窳敗，則謂重本輕末，本末倒置。漢靈帝、李後主、宋徽宗常被相提並論，三者皆是愛好文藝的帝王，後主、徽宗為亡國之君，漢靈帝雖未致漢室滅亡，但漢室長久處於外戚閹宦專權之混亂政局，又因其昏庸無能，寵信宦官，無心治國，愛好新奇事物而縱情聲色，令原本已風雨飄搖之漢室，更加動蕩，其死後漢室也名存實亡。漢靈帝、李後主及宋徽宗，徒愛好文藝而治國無能，確實令人欷歔感歎。

一、漢靈帝設立鴻都門學之始末

　　漢靈帝善音樂、書法、好辭賦，曾因懷念王美人而作〈追德賦〉、〈令儀頌〉，東漢帝王如此愛好文藝者，大概只有靈帝一人。靈帝

之愛好文藝，除了個人喜好之外，想當然耳的推論考察，應與當時的風氣習尚有關。東漢中後期，士人明顯的更重視生活雅趣及娛情，表現在文藝創作上，展現了更多采紛呈的樣貌，例如馬融、崔瑗、張衡、蔡邕，就是多才多藝的士人代表。馬融「善鼓琴，好吹笛」；崔瑗精善草書，[9]著有流傳至今最早的書法專論〈草書勢〉；張衡除了精通辭賦、科學之外，繪畫造詣亦深；蔡邕更是其中之翹楚，一人而精通音樂、書法、繪畫、辭賦等各種才藝。大量琴棋書畫兼擅的士人於漢季出現，彰顯出的，其實是這一個時代的風氣。靈帝生在這樣的時代環境下，愛好書畫[10]、辭賦等文藝，其實是很容易理解的。[11]

靈帝愛好文藝，本是雅事，但另一方面，他又是昏庸無能、縱情於聲色犬馬的帝王。關於漢靈帝荒唐行逕，《後漢書》〈靈帝紀〉及〈五行志〉分別記載：

> 帝作列肆於後宮，使諸采女販賣，更相竊盜爭鬪。帝著商估服，飲宴為樂。又於西園弄狗，著進賢冠，帶綬。又駕四驢，帝躬自操轡，驅馳周旋，京師轉相放效。[12]

由此可看出，漢靈帝相當喜愛市井俗塵之趣，但其在宮中弄狗駕驢，行逕實已顯現末代之主的荒頹氣息。

> 靈帝好胡服、胡帳、胡牀、胡坐、胡空侯、胡笛、胡舞，京都貴戚皆競為之。靈帝於宮中西園駕四白驢，躬自操轡，驅

9　《博物志》：「漢世，安平崔瑗、瑗子寔、弘農張芝、芝弟昶並善草書。」

10　《三國志·魏志·武帝紀》裴松之注引衛恒〈四體書勢·序〉曰：「至靈帝好書，世多能者。」

11　參見胡旭〈鴻都門學、曹氏家風與漢魏文藝的繁榮〉，《廈門大學學報（哲學社會科學版）》，（2006 年第 4 期）

12　《新校後漢書注·靈帝紀》，（台北：世界書局，1972·09），頁 346。

> 馳周旋，以為大樂。於是公卿貴戚轉相放效。
>
> 熹平中，省內冠狗帶綬 有一狗出，走入司徒府門，或見之者，莫不驚怪。京房易傳曰：「君不正，臣欲篡，厥妖狗冠出。」後靈帝寵用便嬖子弟，永樂賓客，鴻都群小，傳相汲引，公卿牧守，比肩是也。[13]

靈帝愛好異域之新奇事物，影響所及，京都貴戚也競效成風。靈帝在後宮恣意嬉戲，又任用便嬖子弟、設立鴻都門，內宮外廷之風氣更加敗壞。

靈帝在光和元年「始置鴻都門學」。《後漢書》李賢注：「鴻都，門名也，於內置學。時其中諸生，皆刺州、郡、三公舉召能為尺牘辭賦及工書鳥篆者相課試，至千人焉。」[14]這大致說明了鴻都門學的基本特徵，乃主要從事尺牘、辭賦、書法、繪畫等文藝的創作和研究。

《後漢書‧蔡邕傳》：「初，帝好學，自造皇羲篇五十章，因引諸生能為文賦者。本頗以經學相招，後諸為尺牘及工書鳥篆者，皆加引召，遂至數十人。侍中祭酒樂松、賈護，多引無行趣勢之徒，並待制鴻都門下，喜陳方俗閭里小事，帝甚悅之，待以不次之位。」[15]這裡較清楚的說明了鴻都門學的形成及設立，原本靈帝是引諸生能為文賦者，後來能為文賦者，又漸漸變成能為尺牘工書鳥篆者，至數十人，之後樂松、賈護，引薦無行趣勢之徒，待制鴻都門下。鴻都門學的學者，喜陳方俗閭里小事，因此受到靈帝的喜愛及重用。

由於漢靈帝的大力提倡支持，鴻都門學的發展十分迅速，在極短的時間裡，學者數量達到千人。鴻都門學的著名學者，出為太守、

---

[13] 《新校後漢書注‧五行志》，（台北：世界書局，1972‧09），頁 3237。

[14] 《新校後漢書注‧靈帝紀》，（台北：世界書局，1972‧09），頁 341。

[15] 《新校後漢書注‧蔡邕傳》，（台北：世界書局，1972‧09），頁 1991-1992。

刺史、入為尚書、侍中，甚至封侯拜爵，但士人君子皆恥與鴻都門學學者並列。[16]漢靈帝且又詔中尚方為鴻都文學樂松、江覽等三十二人繪象立贊，以勸學者。

　　鴻都門學代表著不同於經學的新思潮，鴻都門學的設立，顯示了儒學已不再受到帝王重視，這一方面與儒學自身發展有關。東漢中葉之後，儒學漸漸地失去生氣，所謂「章句漸疏，多以浮華相尚，儒者之風蓋衰矣。」[17]靈帝即位之初雖然也頗好經學，曾造《皇羲篇》五十章，又允蔡邕等人所奏，正定六經文字，即經學史上極重要的熹平石經。[18]但靈帝真正喜好的，更是追求新奇事物，沉溺於淫奢恣意的遊樂中，如此的帝王而周遭又充斥著不肖閹宦如張讓、趙忠等人，[19]即帝位一久，治國安邦無方之外，也早已疏於留意經

---

[16] 《新校後漢書注‧蔡邕傳》：「光和元年，遂置鴻都門學，畫孔子及七十二弟子像。其諸生皆勅州郡三公舉用辟召，或出為刺史、太守，入為尚書、侍中，乃有封侯賜爵者 士君子皆恥與為列焉。」前揭書，頁1998。

[17] 《後漢書‧儒林傳》：「自安帝覽政，薄於藝文，博士倚席不講，朋徒相視怠散，學舍頹敝，鞠為園蔬，牧兒蕘豎，至於薪刈其下。順帝感翟酺之言，乃更脩黌宇，凡所造構二百四十房，千八百五十室。試明經下第補弟子，增甲乙之科員各十人，除郡國耆儒皆補郎、舍人。本初元年，梁太后詔曰：『大將軍下至六百石，悉遣子就學，每歲輒於射月一饗會之，以此為常。』自是遊學增盛，至三萬餘生。然章句漸疏，而多以浮華相尚，儒者之風蓋衰矣。黨人既誅，其高名善士多坐流廢，後遂至忿爭，更相言告，亦有將行金貨，定蘭臺泰書經字，以合其私文。」

[18] 《後漢書‧儒林傳》：「熹平四年，靈帝乃詔諸儒正定五經，刊於石碑，為古文、篆、隸三體書法以相參檢，樹之學門，使天下咸取焉。」按，據〈蔡邕傳〉則是言蔡邕「奏求正定六經文字」。

[19] 《後漢書‧宦者列傳》張讓、趙忠傳云：「是時（按，指靈帝時）讓、忠及夏惲、郭勝、孫璋、畢嵐、栗嵩、段珪、高望、張恭、韓悝、宋典十二人，皆為中常侍，封侯貴寵，父兄子弟布列州郡，所在貪殘，為人蠹害。」趙忠「又造萬金堂於西園，引司農金錢繒帛，仞積其中，又還河閒買田宅，起第觀。帝本侯家，宿貧，每歎桓帝不能作家居 故聚為私藏，復寄小黃門常侍錢各數千萬。常云：『張常侍是我公，趙常侍是我母。』宦官得志，無所憚畏，並起第宅，擬則宮室。帝常登永安候臺，宦官恐其望見居處，乃使

術,而為了要進一步追求個人的好尚,又為了要成立一支與士族出身的官僚相抗衡的政治勢力隊伍,鴻都門學便應運而生。

靈帝設立鴻都門學,並大力拔擢鴻都門學之士人,昭示著政治勢力的必須重新分配,也顯示出靈帝有意疏遠傳統經學。東漢中期以後,政治上幾乎由外戚與宦官輪流把持,帝王年幼時政權在外戚手上,一旦帝王長大,就靠著內閣之力剷除外戚,外戚勢力一旦消滅,就變成宦官持政。由太學生出身的士人夫,深受經學薰陶,視外戚、宦官專權而不可忍,但畢竟手無大權,所能做的也只有上書諫言或朝上議政,但帝王專制體制本身的缺點即存在於此,若不遇明君又無忠臣輔政,朝野中就算有再多的諍臣節士,也無法挽狂瀾於即倒。桓靈之際,士大夫與太學生形成批評時政的清議,帝王與宦官當然也無法忍受自許清流的士大夫及太學生,也因此才有慘烈的兩次黨錮之禍。靈帝大力拔擢傾心致力文藝創作的鴻都門學學者,使其加官封爵,在政治上,明顯的是要壓抑由修習傳統經學而受舉任官的士人夫,對以經學取士的傳統而言,是莫大的衝擊,尤其破壞了以往選才任官的體制,當然,最現實的問題還是政治勢力的重新分配,對於倚賴誦習經學欲出仕者而言,自是嚴重的打擊。然而,若鴻都門學者不僅善文藝,尚能襄助靈帝治國,那麼反對鴻都門學的正當性恐怕就顯得不足以說服人,而只是士大夫仕途升遷的考量而已,偏偏那群因鴻都門學而任官者,皆是無能安邦治國又趨勢無行之人。如此,以楊賜、蔡邕、陽球為代表的反對聲浪,站在維護朝廷任官體制及經學權威的立場及出發點,自有其政治及學術上的正當性了。

中大人尚但諫曰:『天子不當登高,登高則百姓虛散。』自是不敢復升臺榭。」

二、蔡邕等人反對鴻都門學的理由

　　《文心雕龍‧時序》云：「降及靈帝，時好辭製，造皇羲之書，開鴻都之賦，而樂松之徒，招集淺陋，故楊賜號為驩兜，蔡邕比之俳優，其餘風遺文，蓋蔑如也。」[20]任何一種文學風尚的產生及流行，皆源自於整個時代背景的諸多因素。靈帝之設立鴻都門學，也是如此，是出自於政治、學術、帝王喜好，以及時代風氣好尚等等諸多因素。

　　楊賜、陽球、蔡邕三人，是反對鴻都門學的主要人物。

　　曾為漢靈帝師的光祿大夫楊賜，上書靈帝，剴切言及任用鴻都門學學者所造成的敗壞士風，斲喪官箴：

> 又鴻都門下，招會群小，造作賦說，以蟲篆小技見寵於時，如驩兜、共工更相薦說，旬月之間，並各拔擢，樂松處常伯，任芝居納言。郤儉、梁鵠俱以便辟之性，佞辯之心，各受豐爵不次之寵，而令搢紳之徒委伏吠畝，口誦堯舜之言，身蹈絕俗之行，棄捐溝壑，不見逮及。冠履倒易，陵谷代處，從小人之邪意，順無知之私欲，不念〈板〉、〈蕩〉之作，蛇蜴之誡。殆哉之危，莫過於今。[21]

楊賜在此大力批評鴻都門學學者，以蟲篆小技受皇上恩寵，並明確指出樂松、任芝、郤儉、梁鵠等皆因此居要職或受豐爵，而此皆便辟佞辯之人。皇上不任用有德有能者，而用此群小，是「冠履倒易，

20　《文心雕龍注釋》，（台北：里仁書局，1998‧09），頁 815。
21　《新校後漢書注‧楊震傳附楊賜傳》，（台北：世界書局，1972‧09），頁 1780。

陵谷代處」，楊賜還要直言皇上此行是「從小人之邪意，順無知之私欲」，不思〈板〉、〈蕩〉刺天子無道及傷時政之微言，如此則導致國家危殆。

時任尚書令的陽球，也上書奏罷鴻都門學，除了提出與楊賜相同的觀點，指明出身鴻都門學的官員，皆是一群俛眉承睫，徼進明時的小人，但其重點更在勸皇上，原本設有的太學、東觀就足以明聖化。

> 奏罷鴻都文學，曰：「伏承有詔勅中尚方為鴻都文學樂松、江覽等三十二人圖象立贊，以勸學者。臣聞傳曰：「君舉必書。書而不法，後嗣何觀！」案松、覽等皆出於微蔑，斗筲小人，依憑世戚，附託權豪，俛眉承睫，徼進明時。或獻賦一篇，或鳥篆盈簡，而位升郎中，形圖丹青。亦有筆不點牘，辭不辯心，假手請定，妖偽百品，莫不被蒙殊恩，蟬蛻滓濁。是以有識掩口，天下嗟歎。臣聞圖象之設，以昭勸戒，欲令人君動鑒得失。未聞豎子小人，詐作文頌，而可妄竊天官，垂象圖素者也。今太學、東觀足以宣明聖化。願罷鴻都之選，以消天下之謗。書奏不省。[22]

陽球上書進言，批評鴻都門學學者的品行問題，但相較於楊賜的諫言，陽球還指出，樂松、江覽其人皆出身微賤。

陽球與蔡邕是仇家，[23] 又是好申韓之學的人，與楊賜、蔡邕的經學思想並不同轍，但在建議靈帝罷止鴻都門學之一事上，見解卻是一致。陽球奏書請靈帝廢除鴻都門學，靈帝根本不理睬，或許是

---

[22] 《新校後漢書注・酷吏列傳》，（台北：世界書局，1972・09），頁2499。
[23] 陽球打擊宦官勢力不遺餘力，但其自己也是中常侍程璜女婿，陽球與蔡邕叔父蔡質有閒隙，程璜與陽球合力陷害蔡邕叔姪，蔡邕因此與家屬髡鉗徙朔方。陽球還派刺客於路上追刺蔡邕。

奏書所言「松、覽等皆出於微蔑，斗筲小人」，踩到靈帝的痛腳。靈帝劉宏，為蕭宗（章帝）玄孫，曾祖河閒孝王開，祖淑，父萇。劉宏在被立為帝前，只是個封襲的解瀆亭侯。靈帝生母永樂太后，好聚金以為堂室，又教靈帝賣官受錢，靈帝極可能是因早年生長在相對貧寒的侯家，所以當上皇帝之後，異常地聚斂錢財。陽球批評鴻都門學的樂松、江覽等人出身微賤，也許靈帝認為陽球有意暗指靈帝之出身寒微。

　　蔡邕反對漢靈帝設立鴻都門學，見於〈上封事陳政要七事〉之第五事：

> 臣聞古者取士，必使諸侯歲貢。孝武之世，郡舉孝廉，又有賢良、文學之選，於是名臣輩出，文武並興。漢之得人，數路而已。夫書畫辭賦，才之小者，匡國理政，未有其能。陛下即位之初，先涉經術，聽政餘日，觀省篇章，聊以游意，當代博弈，非以教化取士之本。而諸生競利，作者鼎沸。其高者頗引經訓風喻之言；下則連偶俗語，有類俳優，或竊成文，虛冒名氏。臣每受詔於盛化門，差次錄第，其未及者，亦復隨輩皆見拜擢。既加之恩，難復收改，但守奉祿，於義已弘，不可復使理人及仕州郡。昔孝宣會諸儒於石渠，章帝集學士於白虎，通經釋義，其事優大，文武之道，所宜從之。若乃小能小善，雖有可觀，孔子以為『致遠則泥』，君子故當志其大者。[24]

蔡邕在此對靈帝的進言，主要是說武帝以孝廉、賢良、文學取士，所以名臣輩出，文武並興。進一步的意思則是指，「當代博弈，非

24　《新校後漢書注·蔡邕傳》，（台北：世界書局，1972·09），頁1996。

以教化取士之本」，而鴻都門學學者書畫辭賦的才能，乃小才小能，不足以證明其有匡國理政的能力。

綜合楊賜、陽球、蔡邕三人反對鴻都門學的理由可歸納為三，一是不贊成靈帝以書畫辭賦之才而任官，造成敗壞士風，斲喪官箴，二是認為應效先帝王，重視經術，以經術取士任官，不該再以鴻都文藝取士任官。三是批評鴻都門學「連偶俗語」、「有類俳優」的弊病，以及鴻都門學學者的理政能力與品行，

蔡邕在〈上封事陳政要七事〉中的「反對鴻都門學」論點的精神，其實是強調選才任官應與文藝創作分離。但為了要說明鴻都門學對政治所造成的負面影響，蔡邕必須陳述鴻都門學之弊，他說鴻都門學之作，「下則連偶俗語，有類俳優」，「連偶俗語」是鴻都門學文藝的形式特色，是靈帝所喜愛的，但卻也是最令以儒學為正統的士大夫所詬病之處。蔡邕反對靈帝以鴻都門學取士任官，明白地將文藝才能與政治才能做一區分，其實本質是正確無謬且具進步思想的，[25]善書畫辭賦者不等於有匡國理政的能力，為了強調這一點，蔡邕才要說「書畫辭賦，才之小者」。但是也因「書畫辭賦，才之小者，匡國理政，未有其能」之語，後人在討論蔡邕的辭賦觀時，就將蔡邕歸為「否定辭賦」之保守派了。[26]如果以蔡邕〈上封

---

[25] 王夫之在《讀通鑑論‧卷八》中言：「夫文賦亦非必為道之所賤也……蔡邕者，亦嘗從事矣，而斥之為俳優，將過無乎！要而論之，樂而不淫，誹而不傷，麗而不蕩，則涵泳性情而蕩滌志氣者，成德成材以後，滿於中而逸於外者之所為。而以之取士於始進，導幼學以浮華，內遺德行，外略經術，則以導天下之淫而有餘。故邕可自為也，而不樂松等之輒為之，且以戒靈帝之以拔人才於不次也。」王夫之這一段話，說出了以文賦取士的弊病，是使學風浮華，士人不重德行，忽略經術，並且解釋了蔡邕何以要勸靈帝廢止鴻都門學的原因。《讀通鑑論》，（台北：漢京文化事業有限公司，2004‧03），頁254。

[26] 龔克昌〈評漢代的兩種辭賦觀〉：「蔡邕對辭賦的看法極為保守。」此文收於《中國辭賦研究》一書中。踪凡《漢賦研究史論》：「他們（指蔡邕、楊賜

事陳政要七事〉就斷定蔡邕的辭賦觀是「否定辭賦」的保守派，是未能深入探索蔡邕辭賦創作與「言論」[27]的關連。

第三節　蔡邕辭賦創作所體現的辭賦觀

要探究蔡邕的辭賦觀，若只看其在〈上封事陳政要七事〉的言論，難免流於片面、獨斷。〈上封事陳政要七事〉乃針對鴻都門學取士之時弊而發，目的清楚明確，是政治性的文書，並不是專門談文藝辭賦的言論，所以，不該放大蔡邕在其中的言論，認為此即蔡邕的辭賦觀，應該要探究蔡邕辭賦創作所體現出的創作態度與精神，才能最直接的見其辭賦觀。

一、游於藝的直抒性靈

蔡邕辭賦創作的動機與心態，可謂符合了儒家「游於藝」的創作文藝觀。「志於道，據於德，依於仁，游於藝」，一直以來是儒者立身的標準，儒者須先求道、踐履仁德，行有餘力才談及文藝。蔡邕是經學家，其立身為學也依循此一準則。但蔡邕與司馬相如、揚雄、班固等具儒者身分的辭賦家不同，其三人均將辭賦創作與政治

與陽球）抨擊鴻都之士以及鴻門下產生的逸樂小賦，固然反映了他們對宦官把持的鴻都門學欺罔君上、竊取利祿、專權縱恣、敗壞世風的醜惡行徑的憎惡和批判，同時也反映了他們重道輕藝、重經學而輕辭賦的狹隘政功利的漢賦觀。」（北京大學出版社，2007·05），頁 158。

[27] 事實上，蔡邕在〈上封事陳要七事〉中，對「辭賦」的看法，只是片段的言論，尚不足以成為其辭賦的理論。

緊密結合，希望能以辭賦創作受到皇帝重用，或是認為辭賦必須在
政治上起到諷諫、頌美的功能。但蔡邕與則不然，分析蔡邕的辭賦
可知，他是將「政治動機與目的」，與「辭賦創作」分離的。蔡邕
是經學家，卻創作一反經學面目而受人譏評的小賦，如張超寫〈誚
青衣賦〉譏誚〈青衣賦〉「文則可嘉，志鄙意微」；錢鍾書說蔡邕〈協
初賦〉[28]「粉黛施落，髮亂釵脫」為淫媟文字之始；〈短人賦〉也
被龔克昌在《全漢賦評注》中評為「卑下的賦作」。從這一點上來
看，蔡邕在創作辭賦時，是擺脫其經學思想經學家與身分，超越儒
家「功利的文藝觀」的，這種情況，正與日後蕭綱〈誡當陽公大心
書〉所言：「立身之道，與文章異，立身須先慎重，文章且須放蕩」
的思想精神暗合。蔡邕以游於藝的態度創作辭賦，沒有儒家「經世
致用」、「諷諫頌美」的目的，他以游於藝的態度獨抒性靈，或許從
某方面來說，這種游於藝的精神，反而近於莊子「遊」的精神。

　　蔡邕所創作的辭賦，在整個漢代辭賦的發展及演變上，顯得相
當重要，蔡邕辭賦題材之多元，為兩漢之最。蔡邕辭賦的內容，有
諸多「逆俗」之大膽言論，[29]亦是兩漢之最。蔡邕辭賦寫琴棋書藝，
體現了漢末士人重視生活雅趣的個體自覺，蔡邕辭賦的藝術書寫及
詠物書寫，是對日常生活周遭小事小物的詠嘆書寫，在「游於藝」
的創作動機下，自然地體現出作者自身的藝術造詣，也自然流露
出對於自然與人文之物的游賞及真摯情感，充份彰顯出漢末辭賦不
同於先前辭賦「虛辭濫說」、「義尚光大，潤色鴻業」的風格，而是
一種直寫胸臆，抒發性靈的娛情美感，這種創作的風格，對建安辭

28　〈協初賦〉與〈協和婚賦〉應合為〈協和婚賦〉一篇，第四章已言明。
29　〈青衣賦〉大膽言及對青衣婢女之悅愛、〈協和婚賦〉大膽言及夫婦性愛，
　　〈短人賦〉諷刺戲謔有違詩教溫柔敦厚，均與儒家文藝觀不相合，故在此
　　謂之「逆俗」，此「逆俗」之意，乃指違反儒家詩教之文藝觀。

賦起了極大的影響，以此探究蔡邕辭賦觀，其辭賦創作可謂是完全超越、擺脫儒家經世致用的創作動機。

二、超越諷諫頌美

　　蔡邕於〈筆論〉曾言：「書者，散也，欲書先散懷抱，任情恣性，然後為書之，若迫於事，雖中山兔毫，不能佳也。」蔡邕認為寫字時，若迫於事而寫，即使用最好的中山兔毫筆，也不能將字寫好，要寫字前，須先散其懷抱，任情恣性揮灑，才能將字寫好。辭賦與書畫皆為藝術創作，蔡邕認為「任情恣性」、「不迫於事」，以這樣的態度創作辭賦，當然超越了經學的諷諫頌美。

　　蔡邕辭賦中，沒有一篇是「義尚光大，潤色鴻業」的，可見其在創作時，不以儒家經世致用為追求目標，他的辭賦不講政治的諷諫與頌美，只是言所欲言。這種「游於藝的直抒性靈」，自然地也超越了漢儒說詩的美刺功能。以蔡邕作品分析之，其〈述行賦〉寫對生民的關懷，並非為了勸諫皇上；〈釋誨〉中也沒有任何歌頌今上之言。蔡邕辭賦最受人矚目者，除了〈述行賦〉開杜甫「朱門酒肉臭，路有凍死骨」之社會關懷先聲，還有一系列寫婚姻戀愛的小賦，大膽地寫出了夫婦歡愛、兩情相悅的美好，敢於正視人類正常的情欲，而將之以藝術方式表達，此是當時以經學立身立言的士人所不敢言的。

　　漢末以蔡邕為代表的這種「直抒性靈」、「超越美刺」的辭賦創作態度，直接影響了建安辭賦。因為創作時超越了美刺，沒有欲使辭賦「義尚光大，潤色鴻業」的動機，只寫誠懇的心志、真實的情感，沒有虛辭濫說，沒有道德教訓，不將經世濟民之大業寄託於辭賦中，而是寫日常生活親切可見可聞的事物，將辭賦創作從「政

治」、「經術」中獨立出來，這些都是蔡邕對建安辭賦最直接的影響。
後人常謂文學自建安時期始有自覺，其實建安時期之「文學自覺」，
乃深深得益於漢末以蔡邕為代表的這種辭賦創作精神，這種辭賦創
作的精神，就是「直抒性靈」、「超越美刺」。

　　而我們也由此處看出，蔡邕這種辭賦創作所彰顯出的「直抒性
靈」、「超越美刺」的精神，是「作者」蔡邕透過辭賦「作品」親身
踐履的辭賦觀。所以，不應只是以「反鴻都門學」的言論看「政治
的蔡邕」，否則，我們所能見到的，只是在政治領域的蔡邕對時弊
的批評，我們應該從蔡邕辭賦創作分析其所體現的辭賦觀，如此才
能看到「文學的蔡邕」對辭賦看法的真切實踐。

三、體小思精，不尚淫夸

　　漢末辭賦大多體製短小，蔡邕辭賦尤其明顯。漢末小賦興盛，
自可視為乃一時代之風尚，然造成時代風尚，必有其因，漢末小賦
盛行，一方面是文學本身變異的要求，一方面則肇因於文學之外的
條件改變。大賦的恢弘典重卻又板滯，已無法滿足尚新尚奇的審美
心理，於是賦家轉而創作清新可喜的小賦，這種轉變是所有文學體
式發展必經的變易歷程，古今中外，由來如此。而漢季政治及社會
長期動蕩不安，賦家未有安定承平之生活環境以茲創作騁辭大賦；
再者，士子文人的個體自覺蒙發，轉而重視內心真實情感的表述，
賦家也再不熱衷創作義尚光大、潤色鴻業的辭賦，轉而表達對黑暗
現實的關心及憤懑。

　　辭賦體製短小，自然於描寫、敘述時，就不宜使用誇張地鋪陳
與排比的藝術手法，或者應該反過來說，因為不用誇張地鋪陳與排

比（賦）手法，反而側重於「興」的技巧，故蔡邕辭賦的體製自然就呈現短小精巧的特色。

綜觀蔡邕辭賦之創作，我們見其體小思精，不尚淫夸的創作觀。蔡邕辭賦的「體小思精」，體小，乃指辭賦的體製篇幅短小；思精，乃指辭賦的思想情感深摯真誠。也由於「體小思精」，故體現出「不尚淫夸」的風格與精神。蔡邕辭賦因為體製短小，思想情感真摯，並且語言精雅清麗、樸實平易，沒有大賦「虛辭濫說」的靡麗，是故展現出與漢大賦迥然不同的「不尚淫夸」的辭賦觀。也因此我們說，蔡邕是比寫〈兩京賦〉的張衡更能彰顯出漢賦轉變風貌的辭賦大家。

小結

兩漢的辭賦觀可概分為二，一是以儒家思想為主導的諷諫頌美觀，而從此又分離出「肯定」與「否定」辭賦價值的思想，司馬遷、班固二人基本上皆肯定辭賦在諷諫或頌美上的功能，而揚雄則因為「恐不免於勸」而否定辭賦價值；再者，因賦家身分未能在政治上受重用的情況下，東方朔、枚皋則以「見視如倡」自嘲，誠然也變成了否定辭賦價值的一種言論。二是以娛樂審美立場肯定辭賦的價值，這種辭賦觀的代表者為西漢帝王，宣帝以「女工有綺縠，音樂有鄭衛」肯定「辨麗可喜」的辭賦，突顯出辭賦審美的藝術價值。

蔡邕對辭賦的看法，固然明顯的在「反鴻都門學」之事上，言「夫書畫辭賦，才之小者，匡國理政，未有其能。」但說這些話的動機及目的，完全是為了針砭時弊，故而將書畫辭賦之才，與匡國理政之才做一區分，希望漢靈帝恢復以往取士任官的方式及途徑，不要再因書畫辭賦之能而任官，不要再賦予鴻都門學者這些趨勢小人之理政重任。蔡邕〈上封事陳政要七事〉本是政治活動的上書，

所思考的當然是匡國理政之事，其他諸事相對而言自然會屬於「小事」，其他能力當然相對而言自然會屬於「小能」。我們應對蔡邕發此言論（書畫辭賦，才之小者）的背景有一深入的理解，方不致只以寥寥數語，就率爾論定蔡邕以「才之小者」之言來否定辭賦價值。

在反對鴻都門學之一事上，與其說蔡邕否定辭賦價值，不如說蔡邕深刻地以為「書畫辭賦創作能力」與「政治能力」二者，不能畫上等號。辭賦創作的高手，不一定就有匡國理政的能力，更何況，鴻都門學者的品行大都不佳，其創作書畫辭賦的動機皆為了求取利祿，所創作的題材，又都是為了迎合靈帝喜好的閭里方俗小事，不能超然地、不迫於事地創作。鴻都門學者這樣的創作作品，確實也沒能通過歷史的淘洗而流傳，倒是蔡邕不為政治目的而創作的辭賦，至今仍可見其面目。

從蔡邕流傳於今的辭賦作品中，探究其中所體現的辭賦觀，我們發現蔡邕在創作辭賦時，完全不受經學家身分之束縛，超越了傳統諷諫美刺的辭賦觀，以游於藝的態度，直抒性靈，寫對社會的關懷，寫對漢水的歌詠，寫兩性戀情，寫琴棊書藝，寫霖雨團扇，在在以藝術審美的立場寫生活周遭可聞可見的事物，不寫「義尚光大，潤色鴻業」的大賦，而其不尚淫夸的辭賦創作觀，寫就體小思精，語言精雅清麗、樸實平易的辭賦，諸此，均直接影響了建安辭賦的選材與表現方式。蔡邕辭賦對建安辭賦巨大的影響，說明了蔡邕辭賦作品脫離了「政治」與「經術」意識型態的籠罩，獨立成為純粹的藝術，而不再是其他的附庸。

第八章　結論

一、曠世逸才——蔡邕

　　集經學家、史學家、書法家、音樂家、文學家多重身分於一身的蔡邕，是不世出的才子，在中國文學史上庶幾可謂博學多才之第一人。蔡邕出生於文化教養極高之名門豪族，成長於有獨特審美趣味及隱逸風氣之陳留，師事溫柔謹素之胡廣、私淑剛貞不黨之朱穆，諸此，皆對其人格氣性產生深遠的影響。蔡邕又以其超卓絕異才華，留下豐富的文學作品，其碑銘成就為史上第一，其辭賦作品又是東漢末年最具承繼與開創性者，而其辭賦題材之廣、數量之多，更是兩漢無人能比。蔡邕早年寫〈釋誨〉以明「閑居翫古，不交當世」之志，但其亦有淑世、用世之志，惜其生於衰世，未遇明主，所事靈帝為昏庸荒誕之君，無心國政，不辨忠奸。蔡邕日後受司徒劉郃、大匠作陽球及中常侍程璜之構陷，流徙朔方，後又因忤王智而亡命於吳會十二年，最後不得已仕於貪殘之董卓。董卓就戮後，蔡邕於王允前嘆息，致其著漢史之宿志無可完成而歿，且招致顧炎武「無守、無識」之苛評，這是時代的悲劇，亦是蔡邕個人的悲劇。但無論如何，蔡邕是兩漢時代的學術、文學巨擘，這一點是無人可否認的。

　　蔡邕辭賦在文學史上的價值，乃以有別於漢大賦長篇巨製的型態，以精雅清麗的風格，開啟建安以降的辭賦新風貌，無論是「體

物瀏亮」抑或「緣情綺靡」的書寫，蔡邕辭賦均有佳作，而建安時文壇出現的「擬蔡」之風，亦能證明蔡邕辭賦實為漢大賦至六朝小賦轉折之樞紐，更可從蔡邕辭賦清楚看出其承繼與開創的精神。

二、蔡邕辭賦的承繼、開創與特色

關於蔡邕辭賦的承繼與開創，可從體類、題材、思想內容、寫作方式等言之。在敘述蔡邕辭賦的承繼與開創前，根據前文四個章節的討論，在此用表格顯示，以便此後閱讀時易於對照：

篇名	承繼	開創	建安同題類賦作
述行賦	1. 體類：承繼劉歆〈遂初賦〉、班彪〈北征賦〉、班昭〈東征賦〉而來。 2. 寫作方式：因地及史的隸事用典。	1. 思想內容：（1）打破放逐者寫紀行賦的心理模式，建立「反放逐」的紀行賦書寫。（2）對傾危皇權及大一統帝國的失望、質疑。（3）對無告百姓深刻的關懷，對貪殘朝貴尖銳的批判。	王粲〈初征〉、〈述征〉應瑒〈撰征〉、〈西征〉徐幹〈序征〉、〈西征〉阮瑀〈紀征〉、繁欽〈述行〉〈述行〉、楊修〈出征〉、曹丕〈述征〉、曹植〈述行〉、〈述征〉
漢津賦	1. 題材：班彪、班固〈覽海賦〉。 2. 寫作方式：承繼漢大賦「史乘」意義的筆意，客觀真實寫出符合地理知識。	1. 題材：第一篇以江河為題的辭賦。	應璩〈靈河賦〉

篇名	承繼	開創	建安同題類賦作
協和婚賦	1. 寫作方式：對新娘的描摹，承襲宋玉〈神女賦〉而來。	1. 題材：第一篇以婚姻為題的辭賦。 2. 思想內容：頌贊夫婦歡愛的辭賦，不受禮教拘束。	曹植〈感婚賦〉
青衣賦	1. 寫作方式：承繼《詩經》對美女的描摹筆法。	1. 題材：第一篇以青衣婢女為題的辭賦，亦是第一篇具愛情意義的辭賦。 2. 思想：用兩性、階級平等的立場對待青衣婢女。	
靜情賦	1. 題材：承繼張衡〈定情賦〉、〈同聲歌〉而來。 2. 寫作方式：承張衡〈定情賦〉的手法、筆意、句式。		應瑒〈正情賦〉、阮瑀、陳琳〈止欲賦〉、王粲〈閑邪賦〉、曹植〈靜思賦〉
釋誨	1. 體類：承繼東方朔〈答客難〉以降之設論類賦而來。 2. 寫作方式：一如以往之設論體賦，大量用典，藉史事以申己志。		
九惟文	1. 體類：承《楚辭》之〈九懷〉、〈九嘆〉、〈九思〉等而來。		
弔屈原文	1. 體類與題名：繼賈誼〈弔屈原文〉而作。		
瞽師賦	1. 思想內容：寫哀音感人之況，以及表達「哀音為美」的音樂審美思想。	1. 題材：第一篇以瞽師為題的賦作。	

篇名	承繼	開創	建安同題類賦作
彈琴賦	1. 題材：此前有劉向〈雅琴賦〉、傅毅、馬融〈琴賦〉。 2. 思想：(1) 承繼儒家重視雅樂以通理治性的樂教思想。(2) 表現悲音感人之審美趣味。	1. 内容：(1) 第一篇言及彈琴手法的辭賦。(2) 第一篇具大量音樂文獻（樂曲名）的辭賦。(3) 寫琴木生長之環境和美，其象徵意義，不同於以往的樂器類賦。	
筆賦	1. 思想：兩漢辭賦無所不在的天人合一思想，以毛筆體製象徵自然天道。	1. 題材：第一篇以筆為題的賦作。	
篆勢	1. 體類：承崔瑗〈草書勢〉之書論而來。	1. 思想：言篆書形體之勢及用筆之勢，皆取法於自然事物之象（包含動態與靜的自然事物）。	
彈棋賦	1. 題材：屬棋藝類賦，承繼劉向、馬融〈圍棋賦〉而作。 2. 思想：承繼劉向、馬融之「略觀圍棋，法於用兵」思想，言「張局陳棋，取法武備」。	1. 題材：第一篇以「彈棋」為名的賦作。	王粲、丁廙、曹丕〈彈棋賦〉。
蟬賦	1. 題材：承繼班昭〈蟬賦〉。		曹植〈蟬賦〉
團扇賦	1. 題材：承繼班固〈竹扇賦〉、〈白綺扇賦〉；傅毅、張衡〈扇賦〉。		徐幹〈團扇賦〉、曹植〈九華扇賦〉
霖雨賦		1. 題材：第一篇以霖雨為題的賦作。	應瑒、王粲、曹丕、曹植〈愁霖賦〉

篇名	承繼	開創	建安同題類賦作
傷故栗賦		1. 題材：第一篇以栗為題的藉物抒懷賦。	
短人賦	1. 體類：繼王褒〈僮約〉、〈責髯奴辭〉之詼諧調笑俗賦而作。	1. 題材：第一篇以短人為題的俗賦。	

（一）蔡邕辭賦的承繼

　　從體類的承繼看蔡邕辭賦，其〈述行賦〉繼劉歆〈遂初賦〉而來；〈釋誨〉繼東方朔〈答客難〉以降之設論類賦而來；〈九惟文〉繼《楚辭》之〈九懷〉、〈九嘆〉、〈九思〉等而來；〈弔屈原文〉承賈誼同題賦作而來；〈篆勢〉繼崔爰〈草書勢〉之書論而來；〈短人賦〉承王褒〈僮約〉、〈責髯奴〉之詼諧調笑俗賦而來。

　　寫作方式的承繼情況有：〈述行賦〉承先前之紀行賦的寫作手法，以因地及史的隸事用典為主要寫作方式；〈漢津賦〉承繼漢大賦「史乘」筆意，乃是一篇客觀真實的寫出符合地理知識的地理賦；〈協和婚賦〉對新娘美貌的描摹，承襲宋玉〈神女賦〉筆意與句式；〈靜情賦〉仿擬張衡〈定情賦〉；〈青衣賦〉寫青衣之美，承襲《詩經·碩人》對美女的描摹筆法；〈釋誨〉大量引用事典，以申己意，一如以往設論體賦的寫法。

　　蔡邕辭賦中的題材承繼情況：〈漢津賦〉前寫「水」的賦作，有班彪、班固的〈覽海賦〉；〈彈琴賦〉前有劉向〈雅琴賦〉、傅毅及馬融之〈琴賦〉；同屬棋藝類賦作，在〈彈棊賦〉之前有劉向、馬融的〈圍棋賦〉；班昭〈蟬賦〉在蔡邕〈蟬賦〉之前；同樣寫「扇」，〈團扇賦〉前有班固〈竹扇賦〉、〈白綺扇賦〉，傅毅、張衡〈扇賦〉。

　　辭賦是極重傳統以及具模擬精神的文類，蔡邕辭賦思想內容的
承繼，亦多可見。如：〈瞽師賦〉寫笛音哀傷感人，表達「哀音感
人」、「以悲為美」的音樂審美；〈彈琴賦〉中，承繼且體現出儒家
重視雅樂以通理治性的樂教思想，以及表現悲音感人之審美趣味；
〈筆賦〉承襲西漢辭賦以來之天人合一思想，以毛筆形製象徵自然
天道。

（二）蔡邕辭賦的創新

　　蔡邕辭賦在題材上的多元，是其辭賦最大的特色。至於蔡邕辭
賦的題材創新之具體情況又是如呢？〈漢津賦〉為第一篇以江河為
題的辭賦；〈協和婚賦〉是第一篇以婚姻為題的辭賦；〈青衣賦〉是
第一篇以青衣婢女為題的辭賦，同時也是第一篇具有愛情意義的辭
賦；〈瞽師賦〉為第一篇以瞽師為題的辭賦，同時也是史上唯一的
一篇；第一篇以筆為題的辭賦是蔡邕〈筆賦〉；第一篇以彈棊為書
寫對象的辭賦是〈彈棊賦〉；〈霖雨賦〉是第一篇以霖雨為題的辭賦；
〈傷故栗賦〉是第一篇以栗為題的藉物詠懷賦；〈短人賦〉是第一
篇書寫侏儒短人的賦作。

　　蔡邕辭賦思想內容上的創新亦具特色：〈述行賦〉打破了放逐
者寫紀行賦的心理模式，建立「反放逐」的紀行賦書寫，以及對傾
危皇權及大一統帝國的失望、質疑，對無告百姓深刻的關懷，對貪
殘朝貴尖銳的批判。〈協和婚賦〉大膽正視夫婦歡愛，不受迂腐禮
教拘束，而〈青衣賦〉則能用兩性與階級平等的立場，對待內慧外
美的婢女。〈彈琴賦〉的內容，有大量的樂曲名，而首先在辭賦中
言及彈琴手法，其寫琴木生長於和美之環境，寄託之思想，不同於
以往的樂器類賦。〈篆勢〉以賦體而寫書論，文中彰顯蔡邕對篆書

體勢的理論，〈篆勢〉言篆書形體之勢及用筆之勢，皆取法於自然事物之象。

　　蔡邕辭賦於體類、題材、思想內容及寫作方式上，均所有承繼，由此也可看出蔡邕學養的豐富，但若只有承繼而未能創新則不足以成大家，蔡邕辭賦的成就之一，是在題材的開創之功，由前文所述，蔡邕辭賦題材屬創新的作品，即有九篇，佔其辭賦總數將近一半，而其思想內容有別於以往傳統，更是受人矚目，〈述行賦〉關懷生民的思想，〈協和婚賦〉、〈青衣賦〉無視於封建禮教拘束的真情摯意，在在表現不同於騁辭大賦的「虛辭濫說」，而展現其個人真實的情性與思想，也由此印證了龔克昌所言：「蔡邕不僅是轉變漢賦思想內容的第一人，他同時也是轉變漢賦藝術形式的第一人。」蔡邕於辭賦言志抒懷賦，不特意諷刺頌美，多寫日常生活小物以及文人日常生活休閒，體製形式短小而情真辭綺，不同於漢賦四大家的辭賦寫游獵、都邑，而這樣題材、思想、內容、體製的轉變，較漢賦轉變期的代表人物張衡更加明顯、更加徹底。這樣的辭賦特色，對建安辭賦的影響既深又廣，從上表統計之蔡邕辭賦與建安同題、同類賦作，可看出全豹之一斑。此外，建安之後的魏晉駢賦體小而美，豈不從蔡邕辭賦而來，故陶秋英言：「蔡邕大開魏晉駢賦之路」，誠不虛也。

（三）蔡邕辭賦的特色

　　蔡邕辭賦的特色有三，一是題材多元，思想創新，此是蔡邕辭賦的最大特色；再者，其以辭賦談藝詠物，趣味兼善雅俗；其改變漢賦敘事鋪寫的特長，而以辭賦抒情詠懷，心精辭綺。

1. 題材多元，思想創新：蔡邕辭賦十九篇，其中有九篇之題材為首見，題材多元與創新之外，其思想內容亦多見創新。

2. 談藝詠物，兼善雅俗：蔡邕辭賦有一特色，即以辭賦為體而談論敘寫琴棋書藝，內容精要，能體現東漢士人生活之雅趣，辭賦內容且具藝術理論與文獻研究的價值。其詠物小賦，雖多為殘篇，仍可見其書寫之精雅，無論寫霖雨、故栗之傷，或是賦寫扇與蟬之小物，都能表現出東漢詠物小賦與西漢之不同。而〈短人賦〉則顯示蔡邕辭賦的創作，不僅寫士人的雅趣生活，也寫俚俗的戲謔詼諧小賦。

3. 序志抒情，心精辭綺：〈述行〉、〈釋誨〉二篇以言己志，展現其人格氣性及其應世的思想趨捨，而關懷生民撻伐權貴的深痛悲吟，開社會詩人杜甫「朱門酒肉臭，路有凍死骨」之先聲。其他如對青衣抒發深深戀慕之情，〈霖雨賦〉、〈傷故栗賦〉所抒的悲懷。以賦抒發情懷，開建安、魏晉之抒情小賦風氣。蔡邕辭賦的風格特色，是心精辭綺。「心精」指其辭賦思想內容，「辭綺」指辭賦的用字遣辭的技巧及風格，蔡邕辭賦用典精雅，句多俳偶，辭尚清麗，無論是序志或抒情，都展現心精辭綺的特色。

三、蔡邕辭賦觀與辭賦成就

　　蔡邕對辭賦的看法，明顯的在「反鴻都門學」之事上，蔡邕言：「夫書畫辭賦，才之小者，匡國理政，未有其能。」但說這些話的動機及目的，完全是為了針砭時弊，故而將書畫辭賦之才，與匡國理政之才做一區分，希望漢靈帝恢復以往取士任官的方式及途徑，不要再因書畫辭賦之能而任官，不要再賦予鴻都門學者這些趨勢小人之理政重任。在反對鴻都門學之一事上，與其說蔡邕否定辭賦價值，不如說蔡邕深刻地以為「書畫辭賦創作能力」與「政治能力」

二者，不能畫上等號。鴻都門學者的辭賦作品，沒能通過歷史的淘洗而流傳，倒是蔡邕不為政治目的而以游於藝的態度創作的辭賦，至今仍可見其面目。蔡邕辭賦表現出一種新的、超越了諷諫美刺傳統的辭賦觀，使辭賦脫離了「政治」與「經術」意識型態的籠罩，不再是其他的附庸，而獨立成為純粹的藝術。

　　蔡邕辭賦展現了迥異於漢大賦的體製與風格，為另一個辭賦的高峰——建安辭賦開啟了風氣，在漢末賦壇上，唯一能譽為辭賦巨擘者只有蔡邕。趙壹、王延壽、禰衡雖亦被列為漢末辭賦名家，但趙壹辭賦篇數不多，《全漢賦》收錄只有四篇，〈刺世疾邪賦〉、〈窮鳥賦〉為名篇，〈迅風賦〉只存十四句、〈解擯〉只存一句。王延壽辭賦只有三篇，〈魯靈光殿賦〉善圖物寫貌，劉勰稱「瑰穎獨標」，但畢竟只是繼班、揚之餘緒，〈夢賦〉與〈王孫賦〉之題材雖具創新之意，但其辭賦總體的成就仍比不上蔡邕。而禰衡年輩較晚，其惟一賦作〈鸚鵡賦〉又屬建安時的辭賦，應畫入建安辭賦。劉大杰所言「蔡邕是漢代辭賦的殿軍」，是蔡邕辭賦成就最簡要的描述與最精確的評價。

參考文獻

《蔡中郎集》蔡邕，（台北：新興書局，影印四部集要海源閣本，1959‧12）

《琴操》蔡邕，（台北：藝文印書館，1972）

《全上古秦漢三國六朝文》嚴可均，（台北：宏業書局，1975‧08）

《全漢賦》費振剛等，（北京：北京大學出版社，1997‧03）

《全漢賦評注》龔克昌等，（石家莊：花山文藝出版社，2003‧12）

《全漢賦校注》費振剛等，（廣州：廣東教育出版社，2005‧09）

古籍（依經史、子、集、類書、筆記之著作年代排列）

經部

《十三經注疏‧周易》魏‧王弼、晉韓伯注，唐‧孔穎達等正義，（台北：藝文印書館，1985‧12）

《十三經注疏‧詩經》漢‧毛亨傳，鄭玄箋，唐‧孔穎達等正義，（台北：藝文印書館，1985‧12）

《十三經注疏‧周禮》東漢‧鄭玄注，唐‧賈公彥疏，（台北：藝文印書館，1985‧12）

《十三經注疏‧禮記》東漢‧鄭玄注，唐‧賈公彥疏，（台北：藝文印書館，1985‧12）

《十三經注疏‧左傳》西晉‧杜預注，唐‧孔穎達等正義，（台北：藝文印書館，1985‧12）

《十三經注疏・論語》魏・何晏等注，宋・邢昺疏，（台北：藝文印書館，1985・12）

《十三經注疏・爾雅》東晉・郭璞注，宋・邢昺疏，（台北：藝文印書館，1985・12）

史部

《國語》東周・左丘明撰，（台北：里仁出版社，1982・12）

《史記三家注》西漢・司馬遷著，南朝宋・裴駰集解，唐・司馬貞索隱，唐張守節正義，（台北：七略出版社，1991・03）

《新校漢書集注》東漢・班固著，唐・顏師古注，（台北：世界書局，1972・03）

《新譯列女傳》西漢・劉向著，黃清泉注譯，（台北：三民書局，2003・02）

《白虎通疏證》東漢・班固著，清・陳立撰，（北京：中華書局，1994・08）

《新校本三國志注附索隱》西晉・陳壽著，宋・裴松之注，（台北：鼎文書局，1990・02）

《新校後漢書注》南朝宋・范曄，唐・李賢注，（台北：世界書局，1972・09）

《元和姓纂》唐・林寶，（日本京都：中文出版社，1976・06）

《晉書》唐・房玄齡等撰，（台北：藝文印書館，1957）

《繹史》清・馬驌，（台北：台灣商務印書館，1967）

子部

《荀子新注》東周・荀況，（台北：里仁出版社，1983・11）

《韓非子集解》東周・韓非原著，清・王先慎撰，（北京：中華書局，2007・10）

《淮南鴻烈解》西漢・劉安等人撰，高誘注，（台北：世界書局，影印摛藻堂四庫全書薈要本，1987）

《法言注》西漢・揚雄著，韓敬注，（北京：中華書局，1992・12）

《抱扑子內篇》東晉・葛洪，（台北：台灣古籍出版社・2005・12）

集部

《楚辭補注》東漢・王逸章句，宋・洪興祖補注，（台北：大安出版社，2004・01）

《陶淵明集》東晉・陶淵明著，逯欽立校注，（台北：里仁書局，1985・04）

《增補六臣註文選》梁・蕭統編，唐・李善、呂延濟、劉良、張銑、李周翰、呂向註，（台北：華正書局，1980・09）

《文心雕龍注釋》梁・劉勰著，周振甫注釋，（台北：里仁書局，1998・09）

《樂府詩集》宋・郭茂倩編，（台北：里仁書局，1981・03）

《歷代賦彙》清・陳元龍輯，（南京：鳳凰出版社，2004・06）

類書

《藝文類聚》唐・歐陽詢等編，（上海：上海古籍出版社，2007・08）

《初學記》唐・徐堅等編，（北京：中華書局，2004・02）

《太平御覽》宋・李昉等編，（台北：大化書局・1997・05）

筆記

《博物志》西晉・張華，（台北：金楓出版有限公司，1987・01）

《西京雜記》東晉・葛洪，（台北：地球出版社，1994・09）

《世說新語箋疏》南朝宋・劉義慶著，余嘉錫箋疏，（台北：華正書局，1993・10）

《新校正夢溪筆談》宋・沈括著，胡道靜校注，（香港：中華書局香港分局，1978・02）

《新譯幽夢影》明・張潮，馮保善注譯，（台北：三民書局，2007・06）

《讀通鑑論》清・王夫之，（台北：漢京文化事業有限公司，2004・03）

《日知錄集釋》清・顧炎武著，黃汝成集釋、欒保群、呂宗力校點，（上海：上海古籍出版社，2006・12）

《歷代賦話校證》清・浦銑著，何新文、路成文校證，（上海：上海古籍出版社，200・03）

《藝概》清・劉熙載，（台北：金楓出版社，1998・07）

今著（依書籍出版年代排列）

（一）賦學

陶秋英《漢賦之史的研究》，（台北：新文豐出版公司，1980・02）

何沛雄《漢魏六朝賦家論略》，（台北：台灣學生書局，1986・06）

李曰剛《辭賦流變史》，（台北：文津出版社，1987・02）

姜書閣《漢賦通義》，（濟南：齊魯書社，1989・10）

畢萬忱、何沛雄、羅忼烈《中國歷代賦選・先秦兩漢卷》，（南京：江蘇教育出版社，1990・12）

尹賽夫、吳坤定、越乃增《中國歷代賦選》，（太原：山西教育出版社，1991・03）

葉幼明《辭賦通論》，（長沙：湖南教育出版社，1991・05）

遲文浚、許志剛、宋緒連主編《歷代賦辭典》，（瀋陽：遼寧人民出版社，1992）。

程章燦《魏晉南北朝賦史》，（南京：江蘇古籍出版社，1992・02）

霍旭東、趙呈元、阿芷主編《歷代辭賦鑑賞辭典》，（合肥：安徽文藝出版社，1992・08）

簡宗梧《漢賦史論》，（台北：東大圖書公司，1993・05）

霍松林等《辭賦大辭典》，（南京：江蘇古籍出版社，1996・05）

郭維森、許結《中國辭賦發展史》，（南京：江蘇教育出版社，1996・08）

馬積高《賦史》，（上海：上海古籍出版社，1998・09）

黃水雲《六朝駢賦研究》，（台北：文津出版社，1999・10）

李炳海《黃鐘大呂之音——中國古代辭賦的文本闡釋》，（長春：吉林人民出版社，2001・05）

廖國棟《建安辭賦之傳承與拓新——以題材及主題為範圍》，（台北：文津出版社，2000・09）

許結《中國賦學歷史與批評》，（南京：江蘇教育出版社，2001・07）

龔克昌《中國辭賦研究》，（濟南：山東大學出版社，2003・11）

曹道衡《漢魏六朝辭賦》，（台北：萬卷樓，2004・03）

郭建勛《先唐辭賦研究》，（北京：人民出版社，2004・05）

馮良方《漢賦與經學》，（北京：中國社會科學出版社，2004・08）

余江《漢唐藝術賦研究》，（北京：學苑出版社，2005・01）

馬積高《歷代辭賦研究史料概述》，（北京：中華書局，2005・03）

許結《賦體文學的文化闡釋》，（北京：中華書局，2005・09）

程章燦《賦學論叢》，（北京：中華書局，2005・09）

鄭毓瑜《性別與家國——漢晉辭賦的楚騷論述》，（上海：上海三聯書店，2006・06）

王煥然《漢代士風與賦風研究》，（北京：中國社會科學出版社，2006・10）

熊良智編《辭賦研究》，（北京：商務印書館，2006・11）

郭建勛著《辭賦文體研究》，（北京：中華書局，2007・04）

蹤凡《漢賦研究史論》，（北京：北京大學出版社，2007・05）

孫晶《漢代辭賦研究》，（濟南：齊魯書社，2007・07）

侯立兵《漢魏六朝賦多維研究》，（北京：人民出版社，2007・09）

（二）其他

沈尹默著，馬國權編《沈尹默論書叢稿》，（香港：三聯書店，1981・07）

李正治主編《政府遷台以來文學研究理論及方法之探索》，（台北：台灣學生書局，1988・11）

余英時《中國知識階層史論（古代篇）》，（台北：聯經出版社，1989‧09）

勞思光《新編中國哲學史》（台北：三民書局，1990‧01）

饒宗頤《文轍——文學史論文集》，（台北：台灣學生書局，1990‧11）

劉大杰《中國文學發展史》，（台北：華正書局，1991‧07）

陸文郁《詩草木今釋》，（台北：長安出版社，1992‧03）

葉明媚《古琴音樂藝術》，（台北：台灣商務印書館，1992‧07）

黃慶萱《修辭學》，（台北：三民書局，1992‧09）

蘇冰、魏林《中國婚姻史》，（台北：文津出版社，1994‧04）

錢鍾書《管錐編》，（北京：中華書局，1994‧06）

葛瀚聰《中國琴學源流論疏》，（台北：中國文化大學出版社，1995‧07）

陳振濂主編《書法學（上）》，（台北：建宏書局，1996‧05）

王鎮遠《中國書法理論史》，（合肥：黃山書社出版，1996‧11）

彭衛著《漢代婚姻形態》，（西安：三秦出版社，1998）

陳新文編《雅趣四書》，（武漢：湖北辭書出版社，1998‧04）

蕭元《書法美學史》，（長沙：湖南美術出版社，1998‧06）

張承宗、魏向東著《中國風俗通要——魏晉南北朝卷》，（上海：上海文藝
　　出版社，2001‧01）

劉若愚著、杜國清譯《中國文學理論》，（台北：聯經出版社，2001‧05）

李美燕《琴道思想基礎與美學研究價值》，（高雄：麗文文化出版社，2002‧
　　09）

葛翰聰《中國古琴文化論述》，（台北：中國文化大學出版社部，2002‧11）

藍旭《東漢士風與文學》，（北京：人民文學出版社，2004‧05）

胡旭《漢魏文學嬗變研究》，（廈門：廈門大學出版社，2006‧01）

郭平《古琴縱談》，（濟南：山東畫報出版社，2006‧02）

劉躍進《秦漢文學編年史》，（北京：商務印書館，2006‧05）

學位論文

劉香蘭《蔡邕及其碑傳文研究》,(政治大學中文研究所碩士論文,1990)

張秋麗《漢魏六朝紀行賦研究》,(政治大學中文研究所碩士論文,1996)

金恕賢《詩經兩性關係與婚姻之研究》,(輔仁大學中文研究所碩士論文,1997)

何于菁《東漢辭賦與政治》,(成功大學中文研究所碩士論文,1998)

洪然升《書法與政治關係之研究——以兩漢魏晉南北朝為研究範圍》,(逢甲大學中文研究所碩士論文,2000)

侯深《蔡邕研究》,(華中師範大學碩士論文,2001)

戴伊澄《文選音樂類賦篇研究》,(台灣師範大學國文研究所碩士論文,2002)

高一農《漢賦專題研究》,(陝西師範大學博士論文,2003)。

高長山《蔡邕文學活動綜論》,(東北師範大學博士論文,2003)

傅建忠《蔡邕辭賦研究》,(福建師範大學碩士論文,2003)

佘紅雲《蔡邕思想及其辭賦碑銘研究》,(湖南師範大學碩士論文,2005)

李佳穎《身體知覺與書法美學——開展文體知覺現象的研究》,(南華大學環境與藝術研究所,2006)

期刊論文

陳祚龍〈關於後漢蔡邕生平的一些小問題〉,《文藝復興月刊》,(1973‧04)

陳仲奇〈蔡琰晚年事跡獻疑〉,《文學遺產》,(1984 第 4 期)

何新文〈賦家之心,苞括宇宙——論漢賦以「大」為美〉,《文學遺產》,(1986 第 1 期)

齊天舉〈漢末文風轉變中的代表作家蔡邕〉,《文學遺產》,(1986 第 2 期)

高安澤〈東漢陳留蔡邕的事略〉,《中原文獻》,(1988‧01)

沈謙〈蔡邕《郭有道碑》評析〉,《明道文藝》,(1988‧11)

伏俊璉〈美的企慕與欲的渲泄──屈原、宋玉、司馬相如美人賦散論〉,《社會科學》,(1990 第 4 期)

王琳〈簡論漢魏六朝的紀行賦〉,《文史哲》,(1990 第 5 期)

呂佛庭〈蔡邕與漢熹平石經〉,《中原文獻》,(1991‧10)

袁行霈〈陶淵明《閑情賦》與辭賦中的愛情閑情主題〉,《北京大學學報》,(1992 第 5 期)

史福慶、張萬青〈蔡邕故里新考〉,《河南大學學報》,(1994‧01)

岡村繁著,王琳、牛月明譯〈從蔡邕看東漢末期的文學趨勢〉,《陽山學刊(社會科學版)》,(1994 第 3 期)

顧農〈蔡邕論〉,《中國古代‧近代文學研究》,(1994 第 6 期)

寇志風〈蔡邕新論〉,《社會科學輯刊》,(1995 第 2 期)

宋彥麗〈中國古代玉器中的佩蟬、琀蟬與冠蟬〉,(《文物春秋》,1996 第 1 期)

許兆昌〈論先秦時期瞽矇的社會功能及歷史地位〉,《史學集刊》,(1996 第 2 期)

鄧安生〈蔡邕著作辨疑〉,《古籍整理研究學刊》,(1996 第 6 期)

池萬興〈論魏晉南北朝的婚姻賦〉,《西藏民族學院學報(社會科學版)》,(1997 第 4 期)

覃壽芳〈論賦中的蟬意象的建構及意蘊的流誅變〉,《廣西範大學學報(研究生專輯)》,(1997 增刊)

朱曉海〈自東漢中葉以降某些冷門詠物賦作論彼時審美觀的異動〉,《中國文哲研究集刊》第 12 期,1998‧03)

朱國華〈蔡邕的悲劇〉,《讀書》,(1998‧04)

王連儒〈「答難」「釋誨」體式與兩漢辭賦作者之主體意識〉,《山東社會科學(雙月刊)》,(1998 第 5 期)

梁承德〈兩漢賦論思想〉,《中國文化月刊》,(1999‧01)

章滄授〈論漢代詠物賦〉,《安慶師院社會科學學報》,(1999‧10)

李炳海〈跋涉遐路感今思古──漢代紀實性述行賦品評〉,《古典文學知識》,(1999‧03)

陳春保〈漢代詠物賦的模式及其變遷〉,《山東師大學報(社會科學版)》,(1999 第 5 期)

鄧安生〈蔡邕的思想與文化成就〉,《天津師大學報》,(1999 第 5 期)

武懷軍〈漢賦與六朝文論中的形似論〉,《中國韻文學刊》,(2000 第 1 期)

韓高年〈漢代四言詠物賦源流新探〉,《西北師大學報(社會科學版)》,(2000‧01)

鄭豔娥〈戰國秦漢墓葬及漢代磚石畫像所見古扇〉,(《南方文物》,2000 第 2 期)

汪小洋〈漢代賦家的自我否定與文學進步〉,《廣播電視大學學報(哲學社會科學版)》,(2000 第 3 期)

李炳海〈辭賦研究的視角轉變〉,《東北師大學報(哲學社會科學版)》,(2000 第 4 期)

王利鎖〈漢代設論文簡議〉,《河南大學學報(社會科學版)》,(2000‧05)

汪小洋〈漢末賦壇特徵與賦家〉,《江蘇廣播電視大學學報》,(2000‧06)

許東海〈賦心與女色──論漢賦中的女性書寫及其意涵〉,《成大中文學報》,(2000‧06)

俞紀東〈蔡邕青衣賦研究〉,《上海財經大學學報》,(2001‧01)

翟翠芳〈《詩經》與漢賦美人形象之比較〉,《樂山師範學院學報》,(2001 第 5 期)。

李齊芳〈真假蔡邕之辨〉,《歷史月刊》,(2001‧08)

朱曉海〈漢賦男女交際場景中兩性關係鉤沈小記〉,《台大文史哲學報》,(2001‧11)

馬積高〈編輯《歷代辭賦總匯》當議〉,《中國文學研究》,(2002 第 1 期)

馬鳳華〈中國文學中琴的文化的意蘊及其發展化〉,《克山師專學報》,(2002 第 4 期)

龔克昌〈論兩漢辭賦與書法〉,《文史哲》,(2002 第 5 期)

朱曉海〈讀兩漢詠物賦雜俎〉,《漢學研究》,(第 18 卷第 2 期,2000・12)

廖國棟〈古典辭賦的主題與技巧〉,《國文天地》,(2003・02)

劉桂華〈漢代史上的一朵奇葩──淺談蔡邕的戀情賦〉,《濟南大學學報》,
　　(2003 第 3 期)

郭建勛〈兩漢魏晉賦中的現實女性題材與性別表達〉,《中國文學研究》,
　　(2003・第 4 期)。

張春麗〈簡論漢賦在漢末的發展〉,《河南教育學院學報(哲學社會科學
　　版)》,(2003 第 4 期)

傅建忠〈典雅:蔡邕辭賦的美學品格〉,《西安電子科技大學學報(社會科
　　學版)》,(2003・06)

伏俊璉〈漢魏六朝的詼諧詠物俗賦〉,《西北大學學報(社會科學版)》,
　　(2003・09)

張娟〈試析蔡邕的道德論〉,《錦州師範學報》,(2003・09)

陳小芒、廖文華〈蟬詩與蟬文化〉,《西南民族大學學報(人文社科版)》,
　　(2003・11)

張娟〈論蔡邕的才性觀〉,《唐山師範學院學報》,(2003・11)

韓高年〈兩漢咏物小賦源流概論〉,《中國韻文學刊》,(2004 第 2 期)

張新科〈漢賦的經典化過程──以漢魏六朝時期為例〉,《人文雜誌》,(2004
　　第 3 期)

〈固迷世紛,永矣長岑──班固、崔駰的人生道路之比較〉,《樂山師範學
　　院學報》,(2004・04)

王燕〈兩漢對問體賦的士人心態研究〉,《中國文學研究》,(2004 第 2 期)

李彤〈論漢代的詠物小賦〉,《長沙電力學院學報(社會科學版)》,(2004・05)

孫鵬〈漢魏六朝音樂賦整理研究史述略〉,《菏澤師範專科學校學報》,
　　(2004・08)

王兆鵬〈漢代室內小物賦初探〉,《欽州師範高等專科學校學報》,(2004・09)

白崇〈由失意看道家思想對漢代士人精神的補充〉,《中國文學研究》,（2005 第 1 期）

李詠梅〈漢魏六朝文學中的「美人」形象淺析〉,《西華師範大學學報》,（2005 第 3 期）

王渭清、張弘〈「以德為美」與「美在豔情」——中國古代女性審美品質 探源〉,《遼寧師範大學學報（社會科學版）》,（2005‧05）

伏俊璉〈漢魏六朝調笑戲謔類俗賦〉,《蘭州大學學報（社會科學版）》, 2005‧05）。

吳章燕〈從「哀嘆不遇」到「進退唯適」——兩漢問對體賦的文士心態〉, 《周口師範學院學報》,（2005‧07）

簡宗梧〈賦與設辭問對之關係考察〉,《逢甲人文社會學報》,（2005‧12）

蘇洪強〈散懷恣性，物我同一——論蔡邕的書法生態美學思想〉,《柳州師 專學報》,（2005‧12）

查金萍〈漢魏六朝鳥獸蟲賦三題〉,《安徽大學學報（哲學社會科學版）》, （2006‧01）

陳恩維〈漢代設論文的魅力及魅力的失落——兼論漢代士人典型人格的構 建〉,《韶關學院學報》,（2006‧01）

章雯〈壓抑、張揚與超脫——兩漢與魏晉文士自嘲意識比較〉,《寧德師專 學報（哲學社會科學版）》,（2006‧02）

劉桂華〈蔡邕「變節說」辨〉,《山東社會科學》,（2006 第 2 期）

方建勛〈考釋古代書論中的「勢」〉,《南通大學學報（社會科學版）》, （2006‧03）

侯立兵〈論設難體〉,《陝西師範大學學報（社會科學版）》,（2006‧03）

高長山〈清切哀傷、詩體古舊的蔡邕《琴操》——兼論漢代琴曲歌辭與樂 府詩、五言詩的關係〉,《古籍整理研究學刊》,（2006‧03）

黃鴻瓊〈蔡邕書論的美學思想〉,《三明學院學報》,（2006‧03）

傅合遠〈蔡邕書法美學思想的理論價值〉,《山東大學學報（哲學社會科學 版）》,（2006 第 3 期）

何如月〈蔡邕出仕董卓「無守無識」辨〉,《求索》,(2006‧04)

段蓮〈蔡邕交游考〉,《漳州師範學院學報(哲學社會科學版)》,(2006 第 4 期)

陳紹皇〈蔡邕音樂思想〉,《懷化學院學報》,(2006‧05)

汪青〈雅韻琴音——蔡邕〈琴賦〉的文學與音樂解讀〉,《名作欣賞》,(2006 第 5 期)

胡旭〈漢末、建安時期文學觀念的嬗變〉,《浙江社會科學》,(2006‧11)

陳利明、孫世雲〈蔡邕:漢末到建安的轉型〉,《古典文學研究》,(2006 第 12 期)

趙青〈「和」實生「物」——中國古代樂論的「生成」〉,《貴州大學學報》,2007 第 2 期)

鄭明璋〈論漢代音樂文化視野下的漢賦創作〉,《青島大學師範學院學報》,(2007‧3 月)

蕭琴〈蔡邕與音樂〉,《宜賓學院學報》,(2007‧05)

朱雲燕〈淺談蟬意象中的道家文化內涵〉,《科學論談》,(2007‧06)

劉桂華〈試論蔡邕抒情詠物小賦的藝術特色〉,《理論學刊》,(2007‧07)

王芙蓉、張志春〈中國古代女子與扇〉,《中華女子學院學報》,(2007‧10)

楊長興〈蔡邕故里考〉,《中原文獻》,(2007‧10)

顧濤〈典軌初肇:論蔡邕的書法實踐與理論〉,《書畫世界》,〈2008‧01〉

國家圖書館出版品預行編目

長日將落的綺霞──蔡邕辭賦研究 / 劉楚荊著.
-- 一版. --臺北市：秀威資訊科技 2010.07
　　面；　　公分.--(語言文學；PG0351)
BOD 版
參考書目：面
ISBN 978-986-221-445-9(平裝)

1.(漢)蔡邕　2.漢賦　3.文學評論　4.傳記

842.2　　　　　　　　　　　　　99005340

語言文學類　PG0351

長日將落的綺霞──蔡邕辭賦研究

作　　者 / 劉楚荊
發 行 人 / 宋政坤
執行編輯 / 邵亢虎
圖文排版 / 郭雅雯
封面設計 / 蕭玉蘋
數位轉譯 / 徐真玉　沈裕閔
圖書銷售 / 林怡君
法律顧問 / 毛國樑　律師
出版印製 / 秀威資訊科技股份有限公司
　　　　　　台北市內湖區瑞光路 583 巷 25 號 1 樓
　　　　　　電話：02-2657-9211　　傳真：02-2657-9106
　　　　　　E-mail：service@showwe.com.tw
經 銷 商 / 紅螞蟻圖書有限公司
　　　　　　台北市內湖區舊宗路二段 121 巷 28、32 號 4 樓
　　　　　　電話：02-2795-3656　　傳真：02-2795-4100
　　　　　　http://www.e-redant.com

2010 年 7 月 BOD 一版
定價：270 元

讀　者　回　函　卡

感謝您購買本書，為提升服務品質，煩請填寫以下問卷，收到您的寶貴意見後，我們會仔細收藏記錄並回贈紀念品，謝謝！

1.您購買的書名：＿＿＿＿＿＿＿＿＿＿＿＿＿＿＿＿＿＿＿

2.您從何得知本書的消息？

　□網路書店　　□部落格　□資料庫搜尋　□書訊　□電子報　□書店

　□平面媒體　□ 朋友推薦　□網站推薦 □其他＿＿＿＿＿＿

3.您對本書的評價：(請填代號　1.非常滿意 2.滿意 3.尚可 4.再改進)

　封面設計＿＿　版面編排＿＿　內容＿＿　文/譯筆＿＿　價格＿＿

4.讀完書後您覺得：

　□很有收獲　□有收獲　□收獲不多　□沒收獲

5.您會推薦本書給朋友嗎？

　□會　□不會，為什麼？＿＿＿＿＿＿＿＿＿＿＿＿＿＿＿＿＿

6.其他寶貴的意見：＿＿＿＿＿＿＿＿＿＿＿＿＿＿＿＿＿＿＿

＿＿＿＿＿＿＿＿＿＿＿＿＿＿＿＿＿＿＿＿＿＿＿＿＿＿＿＿＿

＿＿＿＿＿＿＿＿＿＿＿＿＿＿＿＿＿＿＿＿＿＿＿＿＿＿＿＿＿

＿＿＿＿＿＿＿＿＿＿＿＿＿＿＿＿＿＿＿＿＿＿＿＿＿＿＿＿＿

讀者基本資料

姓名：＿＿＿＿＿＿＿＿＿＿　年齡：＿＿＿＿　性別：□女 □男

聯絡電話：＿＿＿＿＿＿＿＿　E-mail：＿＿＿＿＿＿＿＿＿＿

地址：＿＿＿＿＿＿＿＿＿＿＿＿＿＿＿＿＿＿＿＿＿＿＿＿＿＿

學歷：□高中(含)以下　　□高中　　□專科學校　　□大學

　　　□研究所(含)以上 □其他＿＿＿＿＿＿＿＿＿

職業：□製造業 □金融業 □資訊業 □軍警 □傳播業 □自由業

　　　□服務業 □公務員 □教職　□學生 □其他＿＿＿＿＿＿